筑摩選書

長山靖生
Nagayama Yasuo

日本回帰と文化人

昭和戦前期の理想と悲劇

日本回帰と文化人——昭和戦前期の理想と悲劇　目次

第二章　文学者たちの「日本回帰」　077

第六章　大東亜戦争は王道楽土の夢を見るか　237

終　章　それぞれの戦後

日本回帰と文化人——昭和戦前期の理想と悲劇

はじめに――危機の時代における心理と思考

私の疑問はとても単純である。なぜ日本は、幕末維新の危機を乗り越えて曲がりなりにも近代化を成功させたにもかかわらず、昭和一六（一九四一）年に無謀な戦争へと突入していったのか。それに先立つ一九三〇年代に、どうして大陸の戦火を収拾して手を引くことができなかったのか。近代日本は幕末維新期から畏怖を含む西洋憧憬と、もっぱら虚構の日本への回帰願望を繰り返しながら文化を培っていった。が、昭和一〇年代になると日本回帰、日本賛美がエコーのように鳴り響くようになっていく。明治期には民間の自主自立の気概をも培ったナショナル・アイデンティティが、なぜ昭和戦前期になるともっぱら個人の自由を縛り、国民を一つの方向へと駆り立てる（依存せしむる）ものとなっていったのか。そこにどのような連続性と変転があったのか。

一九三〇年代は世界が危機に瀕した時代だったが、なかでも日本は死滅に向かって急傾斜していった。その意味で当時の日本は、世界の最先端を行っていたといえるのかもしれない。それは一九二九（昭和四）年にアメリカの株式市場暴落に端を発した世界恐慌が引き金だったとはいえ、以前から日本国内に積みあがっていた近代的発展の矛盾の飽和の現れでもあった。維新以来、日本は幾度も危機に直面してきたが、大筋では右肩上がりで発展してきた。だがその無理は濁った澱のように積み重なっていたのである。

危機に遭遇した時、人は自らの良心と良識を試されることになる。世界恐慌下では日本だけでなくあらゆる国々が不穏な空気に覆われ、過激な政治思想や民族主義、あるいは人種差別的な優生思想が台頭した。第一次大戦後のヴェルサイユ体制は国際協調による平和の永続を希求して、限定的ながら帝国主義国家からの被支配民族の独立を認める民族自決権を支持し、列強諸国によるさらなる植民地拡張を抑制し、軍備縮小を進めるなどの協調的平和主義が図られた。日本の場合、軍縮条約による軍備削減は、財政健全化のためにも望まれることだったが、予算を絞られる軍部は当然ながら不満を抱き、長期的な財政立て直しよりも目先の景気刺激策を求める財界や肥大した国家意識を持った国民からも批判を招いた。

日本は日露戦争の戦費を多額の外債で賄うことでようやく勝利を得たが、国内には格差拡大と慢性的貧困という現実を抱えていた。第一次世界大戦時には欧州が戦場になったため一時的に輸出が伸びて戦時好況を迎えた一方で物価の高騰を招き、戦後は欧州の産業生産力復活に押されて戦後恐慌をきたした。さらに関東大震災もあって、貿易商・生産会社・銀行などの倒産が続出し、多くの企業が日本銀行の特別融資と大蔵省預金部の救済資金によってようやく支えられる状況で、常態的不況のまま昭和に及んだ。

それでも「一等国」意識や世界大戦（第一次）以降の「五大強国」入りで自己認識を肥大化させていた多くの国民にとっては、「強国」としての一層の拡張を望む威勢のいい声のほうが心地よく感じられたのである。あるいはむしろ、困窮しているからこそ強国意識に固執していたというべきなのかもしれない。

経済恐慌下の日本では昭和六（一九三一）年に満州事変が勃発して国際的非難を浴び、翌七年に五・一五事件、一一年に二・二六事件と軍部のクーデターが相次いで起きている。そして三七年の盧溝橋事件を契機としてはじまった日本と中国の軍事衝突は、事変といわれながらも事実上の全面戦争となっていった。日本国内の日常生活も二・二六事件以降は急速に軍国主義に染められ、国家による各種統制が厳しくなった。

だがそれに先立つ大正期から昭和初頭（一九二〇年代）にかけては、都市部を中心に大衆レベルでの文化や娯楽の普及が見られていた。それは教育熱から円本ブームに至る教養主義、エロ・グロ・ナンセンスの大衆娯楽、そしてマルクス主義の浸透など様々な位相に及んだ。

しかし世界恐慌以降、世界各国は生き残りをかけた自国優先の保護主義的政策をとるようになり、欧米先進国は国際連盟が理想に掲げた国際主義を後退させ、自国勢力圏を囲い込む保護主義的政策へと転じた。日本の場合、それは大陸での利権拡張に向かっていった。そもそも日本は欧米諸国に比べて経済基盤が脆弱だったが、昭和恐慌以降はいよいよ事態が切迫した。浜口雄幸内閣は日本の低コストを武器に輸出増加をはかってある程度成功し、さらに第一次大戦以来続いていた金輸出禁止を解く、いわゆる金解禁を断行したが、この直前にウォール街の株価大暴落が起きた。その結果、日本からは金が流出するばかりで、肝心の輸出はかえって縮小するという最悪の状況に陥った。輸出総額は昭和四年の四六億円から五年の三二億円、さらに八年には二四億円と激減、国内通貨発行高は収縮し、物価は暴落した。

都市生活も厳しかったが、農家の疲弊はそれにもまして顕著だった。ことに養蚕農家は、アメリカ向け輸出が多かった生糸の価格が恐慌による世界的不景気で一気に下落したため、大打撃を受け、昭和六年には東北や北海道が冷害による凶作で深刻な事態に陥った。都市部でも企業や銀行の破綻が続出。失業者が増え、農村でも都市部でも労働争議が頻発して、社会は一挙に不安定化した。

その一方で維新以来、日本の人口は増え続けていた。江戸中期以降三〇〇〇万人程度にとどまっていた人口は、近代化と同時にみるみる増え、昭和五年には六五〇〇万人に達していた。当時、日本の国土ではこれだけの人口を養うには足りないと考えられており、特に「農家の次三男に耕地を与え自立を促す」「失業者に職と希望を与える」ことが国家の急務とされ、大陸での勢力圏拡張は、そうした「持たざる庶民」にこそ強く望まれた面があった。

こうした国家・国民のエゴはすべての国に程度の差こそあれ潜在しており、それが恐慌で露呈すると国家間の貿易障壁は増大し、優生学の浸透もあって国民の健康衛生への関心が高まる一方、「不健全な存在への排除のまなざし」、つまり人種差別や有病者、性的マイノリティへの偏見が一九二〇年代より露骨になった。ナチス・ドイツがユダヤ人を差別排除し、また精神病患者や同性愛者にも弾圧的に臨んだことはよく知られているが、こうした政策は何もナチス・ドイツだけの現象ではなく、アメリカやフランス、イギリスでもかなり激しい人種的差別や同性愛者弾圧が起きていた。

こうした事態を目の当たりにした西田幾多郎は、〈これまでは諸《もろもろ》の国々は世界に於て横に並んでいた、世界は空間的であった。今は世界は縦の世界となった。時間的となった〉(『日本文化の問題』)と表現している。

日本はさらにもうひとつの困難を抱えていた。議会政治の行き詰まりである。明治二三(一八九〇)年にはじまった日本の議会政治は、昭和五年には施行四〇年を迎え、既に男子のみではあったものの納税等の資格制限のない普通選挙が実施され、二大政党制の議会政治がそれなりに成熟するなど、曲がりなりにも機能し、発展してきた。しかし公正性を期して実施された普通選挙の下で、労働者や農民らいわゆる無産有権者に対する買収が公然と行われて政治腐敗が深まる一方、人気取りのために実行不可能な公約が飛び交うポピュリズムが招来された。軍部が内閣のコントロールを離れて政治に介入する口実となった「統帥権干犯」というテーゼを、最初に議会に持ち出したのは、軍縮問題で政府与党を攻撃したいと考えた当時野党の犬養毅だった。その犬養がやがて首相となった際には、けっきょく財政再建のために軍事予算削減を考慮せねばならない立場となり、青年将校らが起こしたクーデターによって暗殺されることになるのは、何とも皮肉な事態と言わざるを得ない。

その後も政争やクーデター、軍部による揺さぶりなどが続き、国民の政治不信にいっそう拍車をかけ、拡張主義的な軍部や国体明徴を叫ぶ国粋主義者の台頭を受け入れる素地が広がっていった。その一方でアナキズムやマルキシズムに対する弾圧は徹底したものとなり、やがてはリベラル派を追放しようとする運動にまで展開していくことになる。こうした動きは政治のみならず文化全般や生活面にまで及んだ。大正後期から昭和初頭にかけて都市部を中心に形成された市民文化の健全性は徐々に後退し、あるいは刹那的な爛熟状況となり、やがては禁じられていくことになる。

だがそのような時代において、思想や文化面では「不思議な明るさ」が見られたともいわれている。当時の雰囲気を直接味わうことはできないが、例えば一九三〇年代の大衆歌謡は大正オペラ時代の哀調とも、昭和初期の翻案ジャズやシャンソンとも違っている。『小さな喫茶店』はタンゴが原曲だが、『二人は若い』『東京ラプソディ』『一杯のコーヒーから』など、大陸で戦火が続いている時期の流行歌には「不思議な明るさ」がある。

生活基盤が脅かされていると感じた人々は安定を願い、閉塞状況に置かれた人間は変化を希求するものだ。昭和戦前期の日本人を捉えたのは「日本精神」であり「日本回帰」だった。この曖昧な概念のなかに、人々は様々なものを見出したのである。ブルジョワ批判は左翼だけでなく右翼の主張でもあり、国家社会主義的な傾向が旧左翼を取り込んで力を増すという現象も起きていた。その文脈ではブルジョワ的文化は軽佻浮薄なアメリカニズムとして批判され、国家に奉仕する勤労の連帯や融和や等質性が「日本的」なものとして称揚されることになった。

大正期には平和的な教養主義、耽美主義の主唱者として知られていた思想家や文学者もまた、「日本回帰」「日本賛美」に大きく関わってくることになる。例えば、それは和辻哲郎や阿部次郎、亀井勝一郎らによる日本古典美の称揚であり、保田与重郎ら「日本浪曼派」のデカダン美学であり（太宰治の〈アカルサハ、ホロビノ姿デアラウカ〉もその延長にあるといえよう）、北原白秋、萩原朔太郎、三好達治、高村光太郎らによる「日本回帰」「戦争詩歌」であり、三木清の「東亜協同体論」や京都学派の「世界史の哲学」であった。

それは思想言論への統制が強化され、政府や軍部への批判が封殺されたなかで書かれた妥協の産物だったが、一面では彼ら自身の内的欲求がなかったとは言えず、たしかに言論統制下だからこその抑制されたアイロニカルな文化思想の高揚でもあった。彼らの言説は単純に時局に妥協迎合したものではなく、そこにはぎりぎりの抵抗も見受けられれば、実際に作者自身にとっては真実であっただろう日本美の再発見もあった。しかも伝統的日本美の再発見は、非伝統的で狭量な現代（当時の）日本への批判ともなり得るものであり、メフィストフェレス的にあえて誤読を誘う表現で批判を賛美のように語る口調も見られた。もっともそのなかには、今でも意図を正しく理解されていないものもあるように思う。

ある時代における進歩的思想や改革への努力が、後の時代からみれば不十分であるがゆえに反動的とすら見えることがままあり、また人それぞれの立場によっても見え方は違ってくるものである。本書で取り上げる人々の思想は、その時代状況や立ち位置を考慮しないと真意が見えにくいものが少なくない。

左右どちらの立場から見ても、好ましくない負の部分を帯びていることもあって、昭和一〇年代の日本文化は開戦から八〇年の今日でも、批判的な距離を置いてでなければ接することの難しい領域となっている。だがそれは、そうした弾圧期におけるリベラルな思想家たちの抵抗と挫折の意味に対しても、きちんと向き合おうとしない態度といわざるを得ない。また当時の日本を席巻した「日本への回帰」「日本主義」「日本精神」「日本美称賛」「愛国運動」の文化的側面を、単に政治に従属したプロパガンダとしてしか理解しないことは、個々の国民感情や作家・学者の営為に内的必然性や自己の課題の投影を見ようとしない、きわめて浅薄な捉え方と言わざるを得ない。それもまた政治に囚われた偏狭な姿勢ということになるだろう。

もちろん何事にも例外はあり、戦時体制から戦中に至る思想運動を肯定的に評価する論者もいないわけではない。しかしそうした論考は、紋切り型の批判と同様に、紋切り型の肯定に陥りがちで、当時の日本賛美を無批判に再現するかのような政治的境地へと収斂していくことが多い。これもまた別の意味で個々の作家や学者の内的問題を無視したものにすぎないだろう。

当時の思想家や文学者、哲学者らが語る世界論や日本文化論には、日本社会の全体主義への傾斜に対して、全面的な共感を示したというよりは、日本の歴史文化に対する認識や全体主義そのものの文化的意義づけの修正、ひいては政策の転換を求めているものが少なくない。同時にそこには美学的な暗い衝動の共感が語られているのだが、当時の文芸や思想に理知的な明晰さや創造意欲の高揚を認めることは、今でも禁じられている感があり、彼らの思念——当時好まれた言い方をするなら玲瓏《れいろう》なロゴスと鬱勃《うつぼつ》たるパトスの統合——を「私たちの問題」として引き受けることを拒んできた。

本書では主に昭和戦前期の代表的な文学者や哲学者の「日本回帰」的作品を通して、彼らが考えた「日本的」なものとは何だったのか、その日本的なものと「世界的」「東亜的」なものとの関係はどのように理解されていたのかを考えてみたい。この行為は、必然的に現代における極端に単純化された日本観への批判ともなるだろう。そしてまた、政治的困難に対して文化的言説に何が可能であり、また発信者の意図をゆがめて利用されないためにはいかなる配慮が必要なのかをも考えるひとつの機会となればと願っている。

なお文章の引用にあたっては、旧字旧仮名を新字旧仮名に、片仮名の送り仮名は平仮名に改めた。ただし戦後版全集等で仮名遣いが改められているものは新仮名遣いとしたものもある（主要参考文献参照）。また資料によっては句読点等を補った箇所もある。地名、戦役名等は引用文との整合性も勘案して当時の呼称を優先した。御寛恕を願いたい。

第一章

西洋憧憬と日本への思慕

欧化への抵抗――佐田介石の内外対比論

「日本的なもの」「日本精神」とは何か、それはどのように語られてきたのかを眺めてみると、あまりに融通無礙《むげ》なことに驚く。日本的なものは時に天壌無窮の不変性に置かれるかと思えば、逆に何ものをも受け入れる柔軟性に求められてきた。

維新開化期の日本では、福澤諭吉、加藤弘之、中村正直らによる西洋知識の伝達・啓蒙の教えが熱心に摂取される一方、思想界にも王政復古に連動する復古運動が見られた。江戸時代には周辺的な学問に過ぎなかった国学が台頭し、朱子学中心の幕藩官学に代わって新政府太政官のもとで国学者が官職に登用され、神道もまた神祇官として政治的な力を得たのである。中世以降の神仏習合の流れのなかで神社の多くは寺院の下に置かれていたが、維新によって力関係が逆転し、廃仏毀釈の嵐が吹き荒れることとなった。なぜ神道と仏教を再分離する運動のみならず、廃仏という方向での運動となったかといえば、もちろん長らく下風に置かれていた神官らの仏僧への反感があったわけだが、いかに日本の伝統と化していたとはいえ、もともと仏教は大陸から伝来した外来宗教であり、理論的には国学者や神官らにとって攘夷の対象だったためだ。一時とはいえ明治維新期の日本回帰は、仏教排斥まで行ったのであり、漢字を排して日本語の表記を仮名文字だけにしようという仮名文字運動もまた、「外来文字である漢字排斥」を思想的根拠のひとつとしていた。

こうした圧力に対して当然ながら仏教界から反撃が起きたが、それは神道や新政府と正面から対抗するというより、仏教もまた聖徳太子の古代以来、長らく皇室や豪族公武諸家からも崇敬を集めてきたと説き、日本の重要な精神的支えであり伝統文化だと主張する形をとるのが普通だった。とはいえ仏教界は従順一方だったわけではなく、キリスト教排斥や政府が進める欧化思想を批判することで、急激な変化に不満を募らせた民衆を取り込もうとする反動的な動きも起きていた。佐田介石《さたかいせき》（一八一八―八二）は、そうした仏教系の反動的維新運動の急先鋒だった。

浄土真宗本願寺派の僧侶である佐田介石は、幕末期に攘夷がいわれる一方で蘭学や洋学が急速に日本に浸透してきたことに危機感を覚え、仏教説話と矛盾対立する自然科学の知識を排撃しはじめた。特に介石が嫌悪したのは、大地は地球という球体であり、その地球が太陽の周りをまわっている惑星のひとつだとする地動説だった。西洋中世の天文学勃興期には天動説を採っていた教会権力によってコペルニクスやガリレオ・ガリレイが弾圧を受けたことはよく知られているが、介石は仏教説話が説く須弥山《しゅみせん》中心の宇宙論を原理主義的に重んじ、宗教哲学の立場から地動説を排撃した。しかし開明期の人間である介石のユニークな点は、須弥山宇宙論を唱えるにあたって単に仏典に準拠するのみならず、その宇宙像を可能にする自然科学的な理論を組み立てようと努

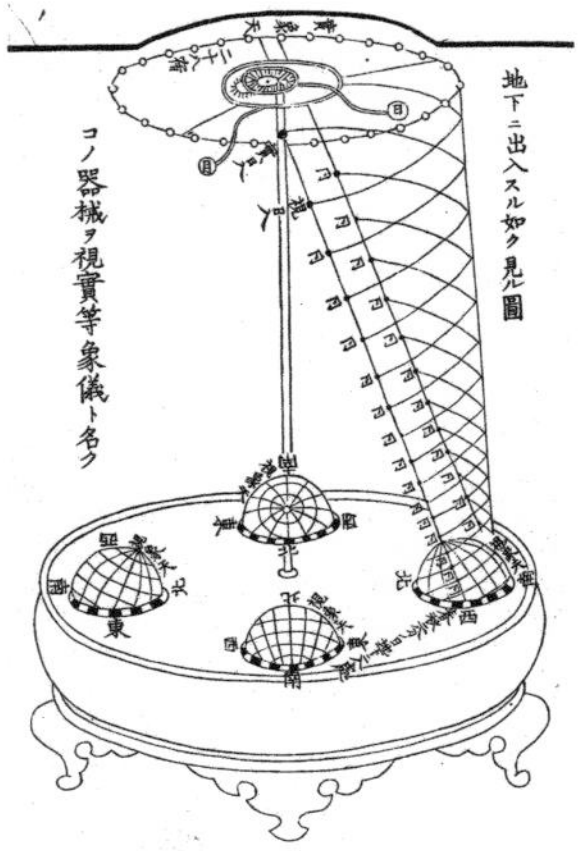

視実等象儀の図（佐田介石『視実等象儀詳説』より）

めた点にある。介石は須弥山を中心とした宇宙における太陽や月、惑星の運行を合理化するための図像を描き、その宇宙模型（「視実等象儀」と名付けられた）すら作らせた。それは以前からあった仏説による須弥山図とも異なる独自のものとなり、むしろ中世キリスト教会が公認していた天動説の宇宙図に似ている。

介石は浄土真宗の寺院などを説法場所として、日本全国をめぐって自作の宇宙図や宇宙模型を示しつつ講演して廻ったが、その活動は明治維新後になるとますます活発になった。新政府がキリスト教を容認し、寺子屋などの古い教育体制を吸収解体して学校制度を全国に敷き、西洋流の知識を教えるようになると、介石の講演の主題は、西洋知識や急激浅薄な欧化政策への批判、そして輸入超過が日本経済に与える深刻な打撃についてへと変わっていく。介石の欧化批判は民衆の心に刺さるところがあったらしく、共鳴する人々は少なくなかったという。

例えば筑波山を臨む茨城県真壁郡横根村に生まれ、筑波根《つくばね》詩人と呼ばれた横瀬夜雨《よこせやう》は、『明治初年の世相』のなかで、明治初年代の介石人気は大したもので、介石が来るというと寺の本堂には善男善女がつめかけ、入りきれない聴衆が堂外にあふれるほどだったと記している。介石を「今釈迦様」と呼ぶ熱狂的な支持者もいた。

長野県更級郡網掛村では、文明開化の時節にあわせて村会用に購入した椅子を他村に売り払った。また別の村でも、同様に介石の説法に感化された人々が、西洋式に椅子と机に切り替わった村役場の椅子を打ち毀して騒動になっている。どうしてそのような事態になったのかというと、西洋文物批判の一例として、椅子（洋席）排斥を取り上げたからだ。特に公的機関が西洋式の建物や調度を取り入れていることを、介石は激しく批判した。

介石は椅子が日本人にとって有害である理由を三つ挙げている。その内容は「一に国家の奢侈の基」であり、「二に自国の産物消費の道を塞ぐ」、「三に椅子に坐し候はば、我日本の正心浮かれ易き害有り」というものだった。

文明開化期の日本では、舶来品をありがたがり、西洋の高級品を買い入れるばかりでなく、工業的に大量生産された安い品物が入ってくることで、日本の在来産業は大きなダメージを受けていた。

明治初期の舶来品礼賛の有り様を、中村正直は次のように伝えている。

試みに東京の八百八町にいって、その景況を察してみよ。呉服屋にゆけば、ラシャ洋布はねだんが安く、絹や紗は高い。人たれか安いものを捨てて高いものを買おうか。酒店で休んでみよ、ブドウ酒、シャンパン、ビールはまさに勢いをえ、売上げの上位をしめて、日本酒のようなものは棄ててかえりみられない。さらに、出勤する官員の姿をみよ。衣服はもとより靴から帽子の先まで舶来のものばかりであろう。学校に遊んでその規則をみるなら、洋人先生が上位にあって高給をうけ、邦人先生はわずかに衣食を給するのみ。料理店にすわってみるがよい。大鏡から椅子、盤、燭台、じゅうたん、みな洋品で、日本産のものといえば花びんの花枝のほか見るべきものがあろうか。（中略）ああ、経済に志がなければなにもいうまい。志があり、これらのことを観察するとき、どうして慨嘆しないでいられようか。工業を興して、国産を高め、国民を富すゆえんを考えないでいられようか。

（引用は色川大吉『近代国家の出発』による）

明治三年にスマイルズの『セルフ・ヘルプ』を『西国立志編』の邦題で訳出した中村は、元儒学者だったが、西洋文明のなかに東洋道徳に通じる精神性を見出し（一時はキリスト教に傾倒しさえした。その影響は彼が起草に関わった教育勅語にも及び、「夫婦相和シ」というキリスト教的美徳が刻印された）、明治六年には福澤諭吉、加藤弘之、西周《にしあまね》、森有礼《もりありのり》らと共に明六社を起こしていた。そんな中村から見ても、当時の舶来品礼賛は危惧すべきものだった。

仏教のみならず、日本のすべてが滅びようとしているとの危機感が、介石を急き立てていた。介石は思いつく限りの舶来品批判を展開したが、なかでも有名なのは「ランプ亡国論」だろう。介石はランプの普及によって生ずる弊害を一六箇条にまとめて批判した。

一に毎夜金貨大減の害
二に国産の品を廃物となすの害
三に金貨の融通を妨るの害
四に農や工の職業を妨るの害
五に材木の値上さするの害
六に洋鉄を倍弘むる道を広く開くの害
七に船来の糞を入るる道を開くの害
八に消防の術も及ばざるの害
九に人を焼死さするの害
十に全国終に火災を免れざるの害
十一に火原を殖し増すの害
十二に市街村落終に荒土となすの害
十三に五盗増し殖すの害
十四に罪人を倍増すの害
十五に眼力を損し傷むるの害
十六に家宅品物及び人の鼻目まで燻ぶるの害

ここに並んでいるのは、ほとんどが理屈にならない理屈だ。舶来品のランプ輸入のために金が海外に流出し、行灯作りや魚油、菜種油などの国内産業が致命的なダメージを受け、職を失う日本人が出たのは確かだった。しかし火災は行灯でも起こる。むしろ木と紙で出来ている行灯のほうが、倒れればすぐに燃え広がる危険が高いような気がする。

ただ、ここで注目したいのは、ランプの明るさ、さらにはガス灯や電灯の明るさは、文明開化のメタファーであり、庶民生活の隅々までを照らす新たな文明の象徴的存在だったことだ。それは文字通りの「文明の光」だったのだが、「明るすぎる」と危惧する声は、意外にも導入当初には、各方面から上がっていたらしい。ランプが明るすぎて目に悪いと感じたのは、介石だけではなかったのである。

この点は進歩の本場と考えられていた西洋でも、似たような事情があった。一八八〇年代にはしきりに「新しい灯り」は明るすぎると取りざたされており、昔ながらの穏やかな灯りに戻そうという動きすらあった。

一八八一年にパリ市に設置された電気照明に関する調査委員会は、新しい照明が健康に及ぼす危険性について、何度も警告を発している。また一八八二年にフランス医学衛生協会で開かれた会議において、国立工学院のE・トレラ教授は〈強すぎる明かりは小さな視界では光波となってそのまま残り、完全には吸収されない。部分的に目の中に残り、目をいためることになる。予防策はただ一つ、色つきの眼鏡をかけることである〉と述べたという〈A・ベルトラン、P・A・カレ著『電気の精とパリ』松本栄寿・小浜清子訳、玉川大学出版部、一九九九年)。

電気を使用する際にはサングラスをかけるべきだというのだから、介石の主張と似たようなものである。もっとも、西洋で問題視されたのは電気照明であり、「昔に戻す」とは、介石が排撃してやまないランプの使用にほかならなかったのだが。

フランスにおける電気照明への過剰な危険視には、介石のそれと共通する、古くからの生活習慣が崩されることへの懸念が、少なからず影響していた。そうした意味でも介石の危機意識は、単なる無知蒙昧の産物ではなく、科学時代を生きた伝統派知識人に共通する「行き過ぎた科学偏重に対する警戒」だったのであり、一九世紀後半の世界的な科学嫌悪の潮流に合致した反応と見ることができる。

夜間照明の進歩は、それまでの生活リズムをも破壊するものだった。夜が明るくなることで、生活時間は夜遅くまで延びた。それは人々の生活に余裕を生じさせる以上に、あわただしさをもたらした。たいていの場合、何らかの発明品が登場すると、それによって生活が便利になって余裕が生ずると宣伝される。しかし現実はむしろ逆方向に振れるのがつねだ。例えば鉄道の発達も飛行機の発明も、当初は、旅行が楽でスピーディになることで、人々の生活は時間的にもゆとりあるものに変わると信じられていた。産業が機械化されれば、労働時間は短縮されて労働者も夕方にはオペラに行けるようになるといわれたものだ。だが現実には、機械に追いまくられるようにして生産の向上が追求されるようになり、労働者の生活はますますあわただしくなった。それはホワイトカラーも同様だった。交通網が整備されると、かつては一泊が当たり前だった出張が日帰りとなり、余暇が生まれるどころかますます忙しくなる――そうした「文明化」「進歩」の競争のなかに、明治の日本は組み込まれていったのだった。科学文明は、物質的には生活を豊かにしたかもしれないが、精神的な余裕にまではなかなか手が回らないというのが歴史的事実だろう。

ランプの輸入と並んで、介石が強く批判したのが洋傘の輸入である。日本には昔から和傘があり、洋傘の輸入は在来国内業者を圧迫するものだというのが彼の主張だった。

このように国内産業擁護のために舶来品を攻撃し続けた介石だったが、洋傘排撃論では、国内で洋傘を生産している業者から営業妨害で訴えられるという一幕もあった。明治五年頃になると、海外から輸入した材料を国内で加工する形での洋傘国内生産もはじまっていたのである。もっとも、介石にいわせれば、日本のものになるのは組み立ての手間賃だけで、肝心の骨組みなどの高価部品は輸入しており、日本の貴重なカネが海外に流出する事態は相変わらずだった。金属製の傘骨を含む洋傘の全部品が国内で生産できるようになるのは、明治二三年を待たなければならなかった。

急激な西洋化／文明化によって、日本独自の技術を持った多くの職人が失業した。また山林の伐採が促進され、田畑や庭までつぶして金になる（輸出産業としての）茶や桑畑を拓く動きも進んだ。経済優先の拝金的傾向が強まり、地域の共同体や自然環境までもが破壊されていると介石は主張した。

彼は国内産業の保護、技術改善を訴え、雑誌「栽培経済問答新誌」を発行している。この雑誌も、また彼の生前の著書もすべて和紙に刷られていることはいうまでもあるまい。

雑誌を発行し、また舶来品排斥・国産品推奨の「いろは歌」や俗謡を作っては講演などを通して庶民に広める啓蒙宣伝活動をしただけでなく、介石は現実政治に直接働きかけるべく、明治六年に新政府の左院に対して、国内産業、文化の保護育成を求める「建白」を提出している。

翌明治七年、介石は新政府に提出した「建白」を上梓して世に問うた（全三巻）。そのなかで介石は、日本が抱えている課題を網羅的に論じている。その項目は次の二三箇条に及んでいた。

上巻　文明開化、改暦、洋席、断髪、服制、学問、和洋婚姻、養獣、備へ米、立礼、富国強兵ノ次序
中巻　煉化石、鉄道、造幣寮、楮幣、自主自由、租税、開墾山林
下巻　旧藩士進退、人材登庸、兵制、富国方法、城市存亡

介石は「文明開化」冒頭で〈欽而案ずるに、文明開化と申事、西洋に限れる事に非ず。西洋には西洋に固有する処の文明開化あり、日本には日本に固有する処の文明開化あり〉と述べる。〈日本に固有する物あれども、之を開くべき知識無き〉ことが問題だが、その解答は西洋にある

わけではないという。なぜなら、西洋と日本は違うからだ。
日本と西洋の違いを、介石は次のように説明している。

各国衣食住の別あるものは、是れ気候と風土との別有るに依る。是れ人力にて故比《わざと》別を成すには非ず。是れ全く天より其気候風土に応じて賦与する処なり。依之外国の風俗を以て、漫に日本へ移し難し。今日本と英国と比較して其別を詳にせば、彼の英国の如きは一日の間だ日光を見る事僅に六時（半日なり）なれば、万物悉く日光に温めらるゝ事、我日本の半日の間なり。之を以て彼国の陰湿の気の盛なる事推て知らるゝなり。此の如く陰湿の気盛なる故、田に穀も桑も綿も産せず、山に竹木も生ぜず、米穀を産せざる故に肉を食とし、桑綿を生ぜざる故へ毛織を衣とす。又竹木を産せざる故へ、家を造るに瓦（煉化石也）石鉄の三を以て家材と致せり。又山に柴薪木炭を生ずる事少き故へ専ら石炭而已《のみ》を用ゆ。我日本は気候暖和、土地膏肥なる故へ、五穀豊熟し、桑綿豊産し、又竹木繁茂せり。故に食は五穀を用ひ、衣は綿布絹布を用ひ、家は木材を用ひ、烹炊には柴薪を用ゆ。故に我日本に於ては、外国の毛服を服し、肉を食とし、煉化造りに致す類ひは、天授の産物に背けば、国家に果して害有り。

介石によれば、現在、西洋と日本にみられる差は、その気候風土に基づいて生じた文化伝統の違いによるものであって、進歩―因循という優劣格差ではないという。ここにおいて介石は、幕末期に露骨に示していた西洋敵視の差別的感情を封印する一方、進歩／進化という観念によって人種間に生物学的な序列があるかのようにみなす民族優劣論を否定し去ったのだった。しかし各地域、各民族間にはさまざまな特質があり差異があるのは事実だ。それは何に由来するというのか。ここで介石が提示したのは「土地に合った文化があり、文明がある」という考え方であり、地域ごとの自然風土と調和した各地域の人々の生活を重んずるという価値観だった。こうした考えは、当時広く世界で信じられていた社会進化論と真っ向から対立するものだったが、地球環境を考えたエコロジーにも通じる思想だった。

また増税は、いつの時代も庶民泣かせだが、介石はそれにも嚙みついている。たとえば新政府が創設した造酒税を取り上げて〈眼前の大益に似て、実は　天朝並に農民の大損たる事夥し。（中略）税高を承れば大益に見ゆれども、天下の事を大観して深く考へれば、此れはたとへば十文の利を得て百文の益を失へるよりも甚し〉とする。

その理由は、高い造酒税によって国内の造酒業が衰退を招き、米の価格下落まで引き起こすようになりつつあるからだ。そのため、介石によれば〈天下の造酒家一人として減造せざるもの無し。之に就て俄に天下の米穀の消費の道塞がり、余れる米何程夥く相成たるや〉という事態に陥り、酒の減産のみならず、米価の暴落、ひいては農家の衰退まで招くという。〈若し消費する者少く造り出す者多きに過る時は、其価下落せざる事を得ず。（中略）我国産物の第一たる米穀に及ぶもの無し。因て米穀の価下落するときは、先づ第一の損たるは　天朝に在り。第二の損たるは農民たり〉というのが介石の理論展開だった。

さらに「富国の事」のなかでは、国を豊かにするための基本姿勢として〈一に厚く仁義を布く、二に非分の交を謝し、三に応分の富を求む、四に国産を盛大に起し、五に消費の道を盛にし、膨脹力を張るべし〉の五則をあげる。二以降の各項目は簡単にいうと、分限にすぎた過大な交際は謝絶して浪費を抑え、勤励努力に見合った報酬を国民諸職業に行き渡らせる。生産の向上とあわせて内需を拡大し、堅実な国民経済を確立するというもので、近代経済学の考え方から見ても合理的なものだ。では「一に厚く仁義を布く」というのは何だろう。

若し国政不仁なれば、民必ず怨む。怨む末は必ず怒る。怒る末は必ず国乱れ、財尽き、人亡ぶ。故に仁義絶るときは、人々ポリスを付け置とも、国の暴動息む時無し。之がために、官の費へ際限無し。因て国を富すには、一日も不可欠は仁義なり。

政治や経済の根底には仁義がなければならない。それは道徳ではなく、真の効率化のための必須要件なのだ。

また介石は、外国（西洋）の産業経済は「外に広く内に狭い」という。つまり輸出中心である。これに対して、日本は「外に狭く内に広い」という。輸入超過であり、このままでは貿易収支の不均衡から、日本経済は早晩破綻することになる。介石が発行した「栽培経済問答新誌」の表紙

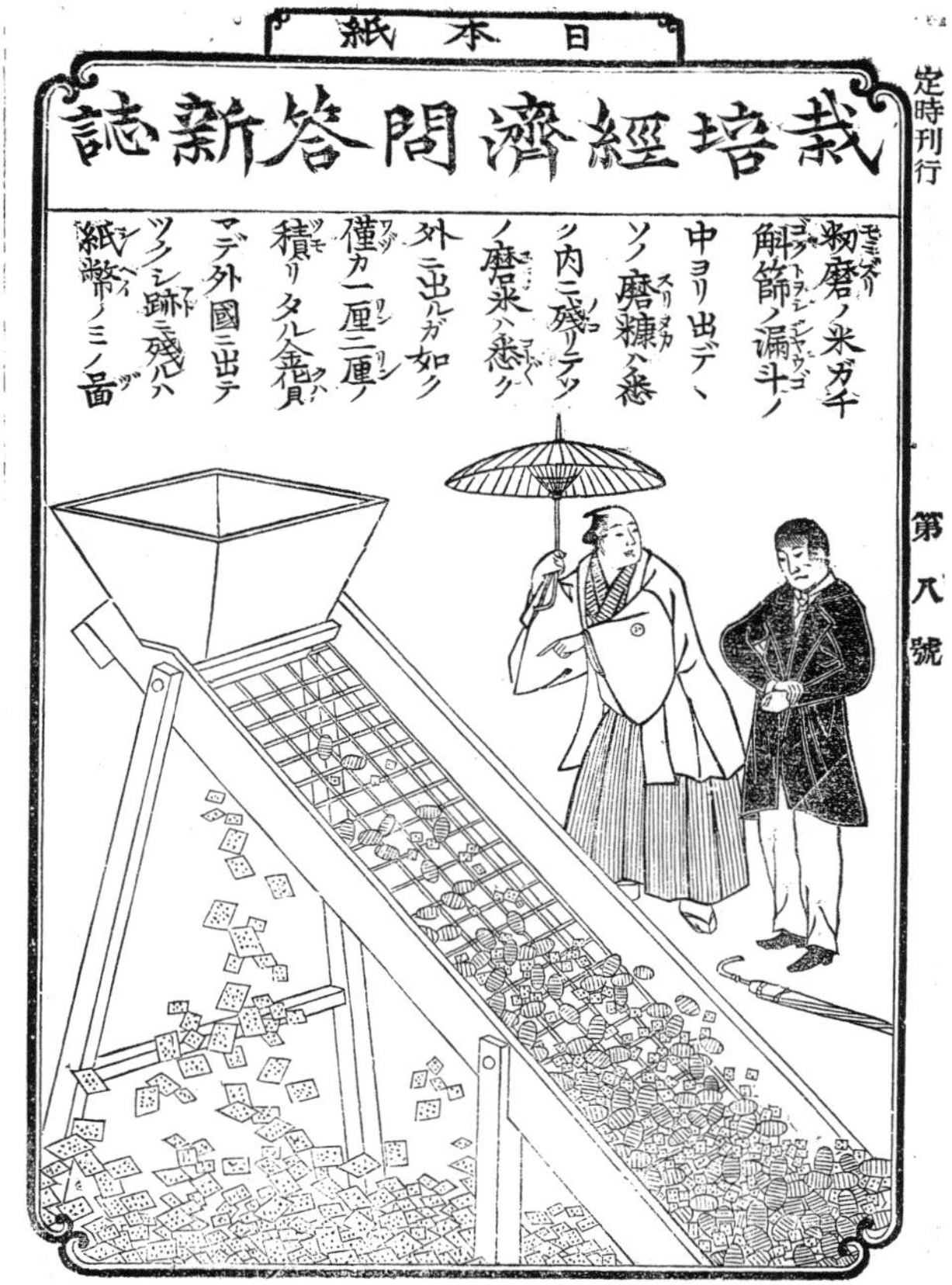

佐田介石発行の雑誌「栽培経済問答新誌」 国産品愛用を説き、日本からの金貨流出を批判している

（前頁図参照）には、米と籾糠《もみぬか》を振り分けるセンバコキの漏斗が描かれている。よく見ると、なかに残っているのは籾糠のように価値の軽い紙幣であり、外に出てしまっているのが米ならぬ金貨などの実勢通貨となっている。これが「開化」の実情であると、和装の男が洋装の人物に説いているのだ。

さらに介石が扱いに心を砕いたのは、没落士族救済策である。「旧藩士進退の事」で介石は、まず〈地下堂上の別を廃せられ、四民均しく苗字を与へ（中略）四民合一に可相成事は何ぞ疑ひを容るるに及ん〉と、身分制度が廃止されて武家の世が終わったことを称賛している。彼は身分制度を復活せよ、というような守旧派ではない。問題は禄を失った士族を適切に活かす道がないことなのである。

ここで介石はきわめて興味深い論を展開する。

従来一家の諸侯に費る物品は万家の平民に用る品よりも多し。之に加へて広く数十万の大小禄の藩士の家に費る品も、今日にくらぶれば、三百倍四百倍すべし。然に一時百万石の諸侯迄も、平民並みの暮しに相成り、剰へ華士族迄内職を始めて、却て売手と相成れり。

日本全土が諸大名によって分割統治されていた時代には、地方にも金が回った。しかし今では彼らは貧窮し消費を削っているのみならず、零細生産者となってさまざまな商売に新規参入しはじめた。これによって従来からの職人商人は過当競争に曝されて〈旧商旧職の商ひ先きを狭くし、之に加へて段々買手は少く相成〉という事態に追い込まれており、この需給バランスの崩れが、日本を衰退させるという。

それでは士族をどう処遇したらいいのか。消費者として活用せよというのが、介石の主張だった。文化的に優れている士族たちは趣味がよく、彼らの消費動向は国内産業の改善向上に寄与するところ大だ、と。

こうした佐田介石の主張は、自助努力による立身出世が、富国強兵という国是と連動して国民の目標であり希望とされた近代日本では、奇説以外の何ものとも感じられなかった。だが一九六〇年代になると、現金給付が最も効率のいい経済援助形態だとの考えが経済学者から提唱されるようになり、フリードマンのような再分配政策反対派も「負の所得税（ネガティヴ・インカム・タックス）」を支持するといった現象もみられた。これは佐田介石が唱えた没落士族の「消費者としての活用」の、形を変えた経済理論化といえなくもない。デフレ経済下にあっては、生産拡大よりむしろ消費拡大が政策上重要であるとして、その導入を真険に求める声が上がっている。

介石は近代的な経済学を学んでいたわけではないが、目前にある現象をめぐって、経世済民をことととして具体的に思考することで、ところどころ本質をついた論を展開したといえるかもしれない。彼は経済的には重商主義者であり、内需拡大、国内産業振興を唱えていた。単に唱えたばかりではない。実際、舶来製品に対抗する国内生産材料による新製品の開発にも関わった。その代表的な製品が「観光灯」だ。ランプが石油を用いるのに対して、観光灯は日本伝統の菜種油や魚油を用いる。いわば行灯の改良製品である。さらに介石は、レモンの代用品として「名物みかん糖」、輸入砂糖を用いない「日本砂糖製の菓子」や「観光団子」、シャボンの対抗商品として「都々一あらひ粉」などを開発、製造販売した。

さらに介石は共鳴者たちに呼びかけ、外国製品不買、国内製品推奨のための結社を全国各地で組織した。主なものに憂國社（長野県）、保國社（大阪府）、観光社（東京府）、六益社（西京）、護國社（滋賀県滋賀郡）、共憂社（滋賀県蒲生郡）、博済社（滋賀県坂田郡浅井郡）、済急社（岐阜県）、輔國社（愛知県）、魁益社（三重県）、保國社分社（兵庫県、島根県、山口県岩国郡、徳島県）、六益社分社（丹波、丹後、但馬）などがあった。

「朝日新聞」（明治一三年一二月五日付）には、保國社設立に関する次のような記事が出ている。

彼佐田介石師が主となりて設けられたる保國社と云ふは、愛国心の三字に原由せしものにて、此社に加入する者は誓て外国の物品を一切用ひさせず、只自国の品を以て衣食住に充るものなりとぞ。今此挙の有りし趣意たるや、師が平生高座に上りて高く論ぜらるゝ栽培経済論を実行させ、以て輸入品を減じ、而して金貨の濫出するを防ぐの方法なり。若し之をして弥々実行ならしめば、金融の道自ら明け、漸々国家の衰微を療し、遂に富国強兵万代不易の基礎を堅むるに至らん。之に依り、愛国有志の輩は追々彼社に加入せんことを欲し、昨今続々申出ると云ふ。

こうした運動は新政府にとっても莫迦にならない勢力だった。外国製品への反対運動には不平士族と農民職人らをも糾合する求心力があり、それは政府の欧化政策への反対を超えて自由民権と結びつき、薩長藩閥中心の政府に対する反対運動ともなっていく。「民権」を求める「民」のなかには、政府が進める中央集権の近代国家としての新日本ではない、別の「日本への回帰」を求める心情もあったのである。ここには昭和初期に急進化する「下からのファシズム運動」が先取りされているようにもみえる。また『栽培経済論』にみられる風土論——欧米と日本やアジアの違いを文明の進歩（上下関係）ではなく温帯冷帯・乾燥多湿などの地理的差異（水平関係）にみるという姿勢は、志賀重昂《しがしげたか》『日本風景論』や和辻哲郎『風土』の先駆をなすものでもあった。なお佐田介石の『建白』は昭和一六年、日本評論社の〈明治文化叢書〉の一冊として『社会経済論』の名で復刊され、その国産品推奨運動・代用品運動は、戦時体制の鑑として顕彰されるようになる。

政教社の国粋主義

志賀重昂（一八六三—一九二七）の『日本風景論』（明治二七）は日本の地形上の特性を地勢・気候・植物・地質など全四章で記述論考したもので、地理学書として書かれているのだが、現代的な地理学書としての様式を整えていないところにかえって自在な著者の姿勢が表れているユニークな魅力を持った本だった。自然科学的地理学というよりも、それぞれの土地にまつわる伝承や古典詩歌を引きつつ瀟洒なる日本各地の風景美を謳い、抒情的にも訴えかける文芸的作品であった。この書を以て内村鑑三は、志賀を「日本のラスキン」と称賛した。そもそも自然科学的な価値に限定すれば、地理学上の具体的・客観的な記述は今日的な感覚からすれば不十分なものの、健康的知見を交えつつ登山の醍醐味を伝えたり、自然保護の重要性を説くような進取的な視点も見られた。

志賀重昂は三河国岡崎藩儒官の家に生まれ、攻玉社で英語を学び、大学予備門に進み、やがて札幌農学校に進んだ人物だった。北海道では未開拓地探検に熱中するなど「風景」「国土」への関心を培う一方、西洋方式の全面的移入には疑問を抱くようにもなる。その背景には黄色人種に対する蔑視が見え隠れする外国人教師に対する反感もあった。

その後、明治一八年に英国が朝鮮海峡の巨文島を占領する事件が起きると、憤慨して対馬に渡り状況を視察。翌年には海軍練習船「筑波」に便乗し、カロリン諸島やオーストラリア、ニュージーランド、サモワ、ハワイなどを巡ったのちに帰還した。欧米列強による南洋諸地域植民地化の実情に衝撃を受けた志賀は、日本の危機についても強く思うところがあったようだ。この知見をもとに『南洋時事』(明治二〇)を刊行、さらに同年一二月、鳥島への邦人置き去り事件が起きると、志賀は政府批判の論陣を張る一方、自ら同島への救助隊に参加してもいる。

志賀重昂は国粋主義者だったが、この時期に彼らが唱えた国粋主義は「欧化」に対する「国粋」つまり日本の固有性尊重の意であり、後年の軍国主義的な国家拡張を推奨する政治的運動とは直接は関わらないものだった。

国粋主義を唱える政教社は明治二一年三月末に、当初は同人一三人で発足している。メンバーは東京英語学校（現・日本学園）系の杉浦重剛、志賀重昂、今外三郎、菊池熊太郎、杉江《すぎえ》輔人《すけと》、松下丈吉、宮崎道正ら七人、哲学館（現・東洋大学）系の井上円了、三宅雪嶺、加賀秀一、辰巳小次郎、棚橋一郎ら五人、それに勧誘を受けて参加した島地黙雷。なかには両校にまたがって関与していた者もいる。

名前を見てもわかるように、ここに集まったのは単に頭の固い復古論者ではなく、西洋の新学問を身につけた若い知識人たちで、国際情勢を敏感に受け止めることで、政府が進める拙速で浅薄な欧化政策は「国民固有の元気」、つまり国民の自信や意欲を枯渇させ、かえって日本の植民地化をもたらすと懸念していた。

政教社は、不平等条約を改正して日本の植民地化を防ぎ、民族的独立と統一を願うという目的では政府と一致していたが、欧米列強に日本を西欧基準での文明国と認めてもらうことで目的を達しようとする当時の政府とは姿勢を異にしていた。ここに集った人々は、民族の主体性を確立してこそその目的は可能となるのであり、日本文化創造の道は西洋の模倣ではなく自己の伝統文化の延長から生まれるのだと主張した。とはいえ西洋文化を否定するのではなく、自然科学の知見や合理的思考法など、その長所は取り入れ消化すべきとした。なお「国粋」という語はナショナリティの訳語であり、この概念も近代の国際社会のスタンダードとして取り入れたものだった。政教社は雑誌「日本人」を発行した。ちなみに政教社という結社名は井上円了が、「日本人」という誌名は三宅雪嶺が命名したといわれており、雑誌の主筆は志賀重昂が務めていた。

明治二一年四月三日に刊行された「日本人」第一号には次のような論考が並んでいる。

志賀重昂「「日本人」の上途を餞す」
杉浦重剛「日本学問の方針」
松下丈吉「政党の起る所以を論ず」
井上円了「日本宗教論」
辰巳小次郎「日本人の外人尊奉」
今外三郎「日本殖産策」
杉江輔人「士気振ふ可し」

志賀は続けて第二号に「「日本人」が懐抱する処の旨義を告白す」、第三号に「日本前途の国是は「国粋保存旨義」に撰定せざるべからず」を著し、西洋の開化知識を移入するにあたっても日本国粋の精神を忘却することなく、これを咀嚼し消化して日本の伝統的風土に同化させるべきだと主張した。また文学面でも西洋文学思潮の移入追随にばかり囚われず、日本の伝統的な文芸文化の再発見を通して日本独自の文学を打ち立てようとした。

政教社の人々は、政府だけが国家を動かすのではなく、国民全体がそれぞれにより良き日本を築く努力をすべきという立場から政府専制に反対しており、有志賢民の積極的政治参加を求めている点では民権思想に通じるところもあった。実際「日本人」は明治二〇年代にいち早く社会主義思想を紹介してもいる。

三宅雪嶺（一八六〇―一九四五）は加賀藩家老本多氏の儒医の家に生まれ、東京大学哲学科でフェノロサに学び、卒業後は東大御用掛として日本仏教史の研究編纂に当たった。さらにジャーナリストとしては大同団結運動を推進する論陣を張り、藩閥政府に妥協迎合しようとする民権派指導者らを批判した。

雪嶺の明治二〇年代の大きな業績として、『真善美日本人』（明治二四）と『偽悪醜日本人』（同）の刊行が挙げられる。前者で雪嶺は日本人の長所を論じ、日本人の任務を〈大いに其の特能を伸べて、白人の欠陥を補ひ、真極まり、美極まる円満幸福の世界に進むべき〉と説いた。この本の表紙には〈自国のために力を尽すは、世界の為に力を尽すなり。民種の特色を発揚するは人類の化育を裨補するなり。護国と博愛と奚ぞ撞着すること有らん〉と記されている。雪嶺が考える「国粋」は日本のみのものではなく、西洋には西洋の良さがあり、日本には日本の良さがあるので、それぞれが自己を高めることで世界はより良くなるとの希望と理想が込められたもので

杉浦重剛

もあった。一方、後者では当時の日本に既に現れていた浅薄な近代化の弊害と腐敗の諸相を指摘し、痛烈に批判している。また雪嶺は、これらの著書で日本人はアジアに目を向けるべきであることも説いていた。雪嶺の主張はアジアの連帯と協調にあり、また幸徳秋水の『基督抹殺論』（明治四四）に序文を寄せるなど社会主義などの社会改良運動にも親和的であった。しかし大正、昭和と時代を重ねるにしたがって、次第にその理想主義は社会改良よりも処世訓や自己修養論に向かっていき、アジアへの関心は日本主導による大アジアの協和という傾向を帯びていくことになる。

なお雑誌「日本人」は明治四〇年一月に新聞「日本」と合併して雑誌「日本及日本人」となる。この二つのメディアはそれ以前から人脈的にかなり重複しており、財政面の問題もあってのことだった。

杉浦重剛（一八五五―一九二四）もまた、三宅雪嶺や志賀重昂に勝るとも劣らぬ大きな存在だった。重剛は近江国膳所藩出身で、維新直後に藩の貢進生に選ばれて大学南校に学び、明治九年に文部省派遣留学生に選抜されて渡欧。化学や農学を修めて帰国してからは文部省や東京大学に出仕、東大予備門（後の第一高等学校）校長を務めた。その後、読売新聞や朝日新聞で社説に筆を振るった後、政教社創設に関わったのである。杉浦は多くの学校にも関わり、國學院学監や東京同文書院院長として後進の育成に努めた。彼が特に力を注いだのは倫理学である。

杉浦門下からは巖谷《いわや》小波《さざなみ》、江見水蔭、大町桂月をはじめ、古島一雄、佐々木信綱、高山樗牛《たかやまちょぎゅう》、長谷川如是閑らすぐれた文学者、ジャーナリストが輩出した。このほかにも岩波書店を起こした岩波茂雄が夏目漱石門下であることは有名だが、それ以前に茂雄は、杉浦を慕って彼が創設した日本中学校で学んでいた。横山大観や鏑木清方もその美意識の影響を受け、哲学者の朝永三十郎も彼の門下だった。物理学者の朝永振一郎は三十郎の息子である。政治家の吉田茂や河野一郎もその薫陶を受けたし、右翼の巨魁・頭山満も重剛を慕っていた。

しかし何より重要なのは、杉浦重剛が東宮御学問所御用掛として、迪宮《みちのみや》と呼ばれていた頃の昭和天皇、弟である秩父宮、高松宮の三皇子に倫理学を御進講したことだろう。その内容は『倫理御進講草案』（昭和一一）より窺い知ることができる。

その後、皇太子（昭和天皇）妃に内定していた久邇宮良子女王に色覚異常の遺伝があるとして、元老山県有朋らが婚約内定辞退を求めるという、いわゆる宮中某重大事件が起きると、杉浦は皇太子・良子女王双方に倫理学を講じた者として、そのような人倫に反する行為をすべきではないと主張した。御学問所御用掛を辞して山県らと対立したが、最終的には婚約は確定して御結婚は成った。なおこの件では、北一輝、大川周明らが山県暗殺を画策しているとの噂もささやかれた。

陸羯南――日本主義と国民の自由

日本新聞社から新聞「日本」が発刊されたのは明治二二（一八八九）年二月一一日、大日本帝国憲法発布の日であった。同紙は大隈重信らの条約改正案を不十分として反対するなど当時の政府の欧化主義に反発し、反藩閥、反官僚、国粋保存、対外強硬策を唱えていた。その主張は「日本人」と共に国粋主義に括られることもあるが、日本主義とも呼ばれた。

日本新聞社を主宰した陸羯南《くがかつなん》は津軽藩士の家に生まれ、東奥義塾、宮城師範学校などで学んだ後、司法省法学校本科に入っている。同窓には原敬、福本日南、国分青崖らがいた。太政官御用掛を経て言論界に転じた羯南は、杉浦重剛や谷干城《たにたてき》、三宅雪嶺らと親しくなり、相互に刺激しあうことになる。羯南は「日本」を起こすにあたって、「創刊の辞」で〈「日本」は（中略）先づ日本の一旦亡失せる「国民精神」を回復し且つ之を発揚せんことを以て自ら任ず〉との目標を掲げた。〈国民精神を発揚すると同時に、内部に向ては「国民団結」の鞏固を勉むべし〉などと〝国民〟を連発。実際、陸羯南自身は自己の立場を国民論派と称し、このため日本主義は国民主義とも呼ばれた。ただし陸羯南の主張する国民的統一は上からのものではなく、国民が自由に活動して相互に切磋琢磨し、一部の藩閥や官僚による政府主導ではなく国民全体の団結的意思によって国民利益、国家繁栄を達成していこうというものであり、だから陸の初期論考には「自由主義」などもあった。逆にいえば陸羯南の自由主義は、民衆主導による国家運営に向かう自由、自由民権的な政治的責任感・能力を前提とした自由だった。

陸はもともと政教社の人々と親しく「日本」には初期から杉浦重剛、福本日南、三宅雪嶺らが加わっていたほか、論説陣に内藤湖南、丸山幹治、千葉亀雄、長谷川如是閑、池辺三山らも加わり、質的にはきわめて充実したものとなっていった。文芸欄も充実しており、当初から漢詩の国分青崖、本田種竹ら、短歌の小出粲《こいでつばら》、中島歌子、池辺義象、落合直文らが参加している。しかし何といっても有名なのは正岡子規が「日本」に拠って短歌や俳句の革新運動を展開したことだろう。

正岡子規もまた進取の気概を以て日本の伝統を刷新しつつ尊重しようという意味で「日本主義者」だった。子規は近代日本にあって復古と刷新を最も真剣に考え、かつ創作で実践した人物であり、中世近世を通して歌人たちから重んじられ、自らも一時は強く惹かれた古今調を〈貫之は下手な歌よみにて『古今集』はくだらぬ集に有之候〉と否定し、万葉調を打ち出した。そこには文法範典を重視するスコラ学の硬直を否定して古代ギリシャに理想を見出したルネサンスの人文学者の革新にも似た精神がある。そうしなければ和歌そのものが滅亡しかねないという危機感は、〈和歌の精神こそ衰へたれ、形骸は猶保つべし、今にして精神を入れ替へなば、再び健全なる和歌となりて文壇に馳駆するを得べき事を保証致候〉という言葉にも表れている。古典回帰、原点回帰とは、「あるべきはじまり」を自ら創出し直す挑戦にほかならない。

例えば日本語表現における語彙の拡大について、正岡子規は次のように書いている。

外国語も用ゐよ、外国に行はるゝ文学思想も取れよと申す事に就きて、日本文学を破壊する者と思惟する人も有之げに候へども、それは既に根本に於て誤り居候。たとひ漢語の詩を作るとも、洋語の詩を作るとも、将たサンスクリットの詩を作るとも、日本人が作りたる上は日本の文学に相違無之候。唐制に摸して位階も定め服色も定め置き、唐ぶりたる冠位を着け候とも、日本人が組織したる政府は日本政府と可申候。英国の軍艦を買ひ、独国の大砲を買ひ、それで戦に勝ちたりとも、運用したる人にして日本人ならば日本の勝と可申候。併し外国の物を用ふるは、如何にも残念なれば日本固有の物を用ゐんとの考ならば、其の志には賛成致候へども、とても日本の物ばかりでは物の用に立つまじく候。（「歌よみに与ふる書」）

ここには意地と実益のあいだで苦悩する心境がよくあらわれている。福澤諭吉は『瘠我慢の説』で「利」と「理」を分けて、後者を採る意地を貫く精神主義をより尊いものとして、江戸開城で戦役を避けた勝海舟を批判したが、筋を通そうという努力と実利を取る合理主義のせめぎあいが、明治期の日本論には多かれ少なかれあった。

岡倉天心――「アジアは一つ」の真意

明治期に書かれた日本論のなかで、後世に最も影響を与え、また今も読まれているのは岡倉天心だろう。

天心が『東洋の理想』の冒頭に記した「アジアは一つなり」という言葉は、太平洋戦争に向かっていく昭和初期のメディアでは、日本主導による大東亜統一を予言的に語ったものであるかのように用いられたが、それは本書の内容とはまったく関わりのないものだった。『東洋の理想』は英語で書かれ、ロンドンのマレー書店から『*The Ideals of the East*』として一九〇三（明治三六）年に出版された美術史・思想史の本であり、**Ideals** とあるようにこの「理想」は複数形で表現されていた。つまり「一つ」であることは理想を超えた希望であり、現実には複数の文化があって、その融和を未来に希望していたのである。念のために繰り返すと、求められるのは文化の融合（その基盤には伝統の保護継承がある）であり、さらなる発展だった。

『東洋の理想』は次のような構成を持っている。

序文
一、理想の範囲
二、日本の原始芸術
三、儒教——北方中国
四、老荘思想の道教——南方中国
五、仏教とインド芸術

六、飛鳥時代
七、奈良時代
八、平安時代
九、藤原時代
十、鎌倉時代
十一、足利時代
十二、豊臣及び初期徳川時代
十三、後期徳川時代
十四、明治時代
十五、展望

このように東洋には複数の国々があり、文化圏としても一つではないのだが、相互に影響を与えながら独自の文化や価値観をはぐくんできたのであり、それが特に日本ではどのように消化され展開したかというのが、本書の内容だ。ここには領土的拡張や東アジア統一といった主張は、一切出てこない。

日本には縄文文化という世界史的に見てもきわめて古い土器文化が発生したが、この文化はその後の日本文化には直接的な継続はあまりないのではないかとも言われている（後の美術界では

「縄文と弥生」がイデオロギーとして唱えられたりはしたが）。今日の日本文化の基盤となっているのはインドや中国など、大陸で発展した文化である。文化の継承や融合発展は、その文化を理解し獲得した者によってなされるのであり、それは創作者がどの国籍に属するかや、生物学的な人種としての民族が何であるかには、本来は関わらないものだ。

そもそも天心は独自性だけが文化の価値とは見ていなかった。西洋近代では作家の個性が重んじられたが、伝統深いアジア諸邦の文化認識においては、美の追求は普遍的な精神表現であり、主題はもちろん画法や構図も広く共有され、発展してきた（もともとは西洋でも中世までは宗教画を中心にそうした没個性的・伝承的画法尊重の傾向はあった）。そこでは、中国の古典を日本人が換骨奪胎して引用したり、インド美術を東アジア諸国が模倣変容させたりということが自然に、あたかも野山そのものを写す際に芸術的に変容されるかのように行われ、それ自体が新たな深みのある表現として定着してきた。『東洋の理想』は「日本美術を中心に」という副題を持っていたが、だからといって日本の優越性を殊更に主張したものではなかった。

もし本書から日本の優越性を読み取るとしたら、それは日本が辺境であるがゆえに中国やインドなど先行する文明地域からの影響を謙虚に吸収し、この列島のなかでそれらを大切に育み自分たちのありようと融合させてきたその感受性と共感力を讃える文脈においてだろう。天心は日本においてこそ多様な東洋の美意識の総合や統一がみられるとしているが、それは〈相ついで寄せてきた東方の思想の波のおのおのが、国民的意識にぶつかって砂に波跡を残し〉た結果であると述べている。だからこそ日本にはアジアのすべてがあるというのである。

もちろんそれは文化面での柔軟性であって、政治的な優越性や領土的な統一意思などとは無縁のものだった。〈かくのごとくにして、日本はアジア文明の博物館〉なのであって、決して中央政府でも統帥部でもないのである。そもそも本書の要諦は当時の強烈な西洋中心主義を相対化することにあり、〈アジアの簡素な生活は、蒸気と電気とのために今日それが置かれたヨーロッパとの鋭い対照を、毫も恥とする必要はないのである〉とも説いているように、物質文明、実利主義に基づくものではない。なおこの時代、日本美術では浮世絵が既に人気だったが、天心は江戸美術では狩野派や琳派を重視する伝統的価値観をとっており、浮世絵の世俗性を精神的に低く見ていた。

もっとも岡倉天心が、対欧米の関係で文化面しか意識していなかったというわけではない。むしろ近代西洋文明の合理主義の本質は物質主義、功利主義であり、西洋人は帝国主義的侵略を毫も恥じない差別的な選良意識を持っていると看破し、〈西洋人は日本が平和な文芸に耽っていた間は、野蛮国と考えていたものである。ところが日本が満州の戦場に大虐殺を行い始めてからは文明国と呼んでいる〉(『茶の本』)と、皮肉を込めて述べている。しかしだからといって天心は、日本が進んでそのような西洋と対峙し、その手法を模倣することで彼らにとって代わるべきだと主張したりはしない。天心の思考は〈もし文明ということが、血腥い戦争の栄誉に依存せねばならぬというならば、我々はあくまでも野蛮人に甘んじよう〉と進んでいく。政治的には、これが正しい選択かどうかは断定しかねるものの、気高い美意識であると私は思う。

文部官僚だった九鬼隆一男爵は岡倉天心を引き立てたことでも知られているが、天心があまりに足繁く九鬼邸を訪れていたので、幼少期の周造は父よりも天心に親しんだほどだったといわれている。

新渡戸稲造――『武士道』の日本人

岡倉天心の言葉が、本人の意図を離れて後世に利用されたように、明治期の日本論で後世に誤解（ないしは意図的歪曲）されて利用されたものに新渡戸稲造の『武士道』がある。とはいえこちらの場合は、やや意図的なところもないとはいえない。

『武士道』は一九〇〇年、外国人に日本の文化や社会を分かりやすく解説するために書かれたもので、ニーチェやカーライルなど一九世紀末の哲学や科学的知見を織り交ぜながら話が展開されている。同書は日本が四季の移り変わりを持った美しい自然に恵まれた国であると解説し、そうした風土が日本人の精神をも育んできたとしている。ちなみに今日、われわれは「日本は四季に恵まれた国で」と当たり前のように語るが、この説明自体が近代になって四季の変化が乏しい国があることを具体的に理解してから後、広く日本人自身にも理解されたのだった（その一方で、あまりに四季を日本の特徴として強調したあまり、しばしば日本人は、他の多くの国々にも四季の変化が豊かであることを見落とす傾向がある。これは日本論が強調した他の「日本の特徴」についてもいえることで、大和魂を強調する日本人は、しばしば他国にも強い愛国心や忠誠心の伝統があり、むしろ自国を誇り他国を軽視したがるのはあらゆる国家や民族が陥る宿痾《しゅくあ》であることを十分に理解していない）。

また新渡戸は日本のスタンダードを武士の生活や信条に置き、その価値観を自己鍛錬、謙譲、忍耐、平常心などの面から解説、自己宣伝や自慢を軽蔑し、忠義を重んずるとした。ここでは徳川光圀や新井白石、勝海舟、西郷隆盛など、多くの武士の言葉や行動も紹介され、武士道は西洋の騎士道にも似た正義と勇気と礼節の道だとした。この武士道＝騎士道という図式は、今日に至るまで日本人によって繰り返し表明されることになるものだ。さらに武士道と仏教や儒学との関連も語られていた。

こうした近世までの価値観から、新渡戸は欧米人が異質と感じている現代（当時）日本人の生活習慣をも説明してみせた。たとえば日本人が家族のことを卑下して語るのは、愛情が欠けているからではなく、家族を自己と同一視するほどに重んじているからであり、他者に対しては謙虚に語る奥ゆかしさの表れだと説明した。妻は夫を支え、夫は主君を支え、その主君は天命に従うのであり、すべての者は正しい世のありように対する奉仕者であるとの自覚と誇りを持っているとし、その自負心があるからこそ正直と職務勤励に努め、少々のことにはこだわらず、物質的不足は苦にせず、ただし恥は決して忘れないとしたのである。さらに嘘は「心の弱さ」の表れであり、富は名誉の道ではなく、心がこもっていなければ礼儀はただの形骸で「礼」ではないとするなど、その思想が語られている。

また『武士道』で新渡戸は、日本人にとって桜がいかに特別な花であるかを熱弁し、吉田松陰の「かくすればかくなるものと知ながら　已むに已まれぬ大和魂」や本居宣長の「しき島のやまとごゝろを人とはゞ朝日にゝほふ山ざくら花」などの和歌を引いて、その美意識を説明しようと試みている。しかしこの二つの歌に見る大和魂が同じものであるかは私にはよく分からない。松陰の大和魂には勇猛果敢や潔さがあるかもしれないが、宣長のやまとごころは儚さや幽玄に通じる要素のほうが強いように思うのだが、これもひとまとめに武士道的なるものとして括られているのは、昭和初期の古典の我田引水的解釈に道を開くものであるようにも感じられる。そもそも松陰は武家だが、宣長は商家の出であり医家であって、その家系が源平藤橘に求められるとしても、「武士道」以上に商業道徳や医家としての倫理になじんでいたはずだ。むしろ宣長の歌から私が感じるのは生命全体への崇敬の念と人知人力の限界に対する諦念であり、医家的な感覚であるように思う。日本人が大和魂や日本文化という時、その指し示す内容は果たして揺らぐことのない単一の概念なのか、それとも発語者の時々の想いによって恣意的な多様性を内包しているのかについては、後にふれるようにしばしば議論の俎上に挙げられることになる。

『武士道』はベストセラーとなり、英語だけでなくドイツ語やフランス語などにも訳されて広く読まれた。ルーズベルト大統領が、この本に感銘を受けて五〇部購入して周囲に配ったという逸話はよく知られており、そのことが、日露戦争時の米国の親日的態度の背景にあったともいわれている。

とはいえ新渡戸は日本の軍事的領土拡張を支援するためにこの本を書いたわけではなかった。愛国心に基づいた行為だったのは確かだが、愛国心をただちに国策迎合と解するのは誤りである。むしろ彼の意図は、黄色人種である日本人に対する白人の不当な差別意識を改めさせることにあり、そのために日本人の道徳性や美意識をやや過剰に持ち上げた感は否めない。

その後、自他ともに「太平洋の懸け橋」と認める存在となった新渡戸は、日本の台頭によって利害対立があらわになってきた日米両国のあいだに立って、日本側には欧米の見解を説き、米国には日本の立場を弁明するという苦しい仕事を、使命感を持って務め続けることとなった。

新渡戸は満州事変に関しては日本の姿勢を支持したが、昭和七年一月二八日に勃発した上海事変（第一次）では非は日本側にあるとして批判的だった。この頃、満州事変への反感から中国では反日運動が強まっており、上海でも反日大会が開催されるなど騒然とした空気があふれていた。とはいえ上海事変直前に、上海で托鉢勤業をしていた日本人僧侶らが中国人に襲撃されて死傷する事件が起きていたこともあって、日本の国内世論は日本側正当との見方でほぼ占められていた。こうした状況下で懐疑的な意見を漏らしたため、新渡戸は激しく批判されることになった。

その一方、日本と欧米の懸け橋になろうと努めてきた新渡戸は、満州事変後に日本が国際連盟を脱退すると渡米して日本のために弁明し、アメリカ人の友人たちから批判されるなど辛い目にも遭っていた。さらに昭和八（一九三三）年、カナダで開かれた太平洋会議に、日本代表団団長として出席した新渡戸は、ここでも日本の擁護弁明に努めた。けっきょく心労がたたったのか、会議終了後に倒れたまま、新渡戸は同年一〇月に外地で亡くなることとなった。

国家社会主義という第三の道

日本では明治三年から五年にかけて、平民の苗字許可、戸籍法の制定、斬髪廃刀令、戸籍簿編纂などが実施されて、いわゆる四民平等が進められたが、その一方で華族・士族・平民といった区分が設けられていた。また国民皆兵制が敷かれたこともあって、士族的価値観が国家制度の基調におかれることになった。新渡戸の『武士道』も、そうした構造のなかで生まれたという面があった。

その一方で、明治・大正・昭和と時代を重ねるにつれて、国民の平等化（平準化）への要請はますます高まっていった。明治前期には、身分制が廃されて職業選択の自由が与えられ、自助努力による立身出世が可能になるという競争社会の到来が、庶民にとっては苦難と共に大きな希望をもたらしたが、近代社会の構造が定まり、富の蓄積や学歴、門閥による格差が拡大・固定化するにつれて、上層支配層に対する不平等感が強まった。昭和を生きる人々の大半は、前近代の身分制度を体験したことのない世代となっていた。

平等化をはかる思想としては、明治後期から共産主義、社会主義が知られるようになっていた。日露戦争後には矢野龍渓のように、天皇の下の国民平等を理想とする「天皇制社会主義」もみられた。矢野は明治前期の自由民権運動指導者の一人で、その後は宮内省式部官、清国特命全権公使、大阪毎日新聞社副社長などを務めた人物である。

マルクス主義思想は、明治末期に大逆事件が発生した後しばらくタブー視される状況が続いたが、ソヴィエト連邦の成立や人道主義的な平等思想の普及もあって一九二〇年前後から再び知識人のあいだで広まり、関東大震災時に大杉栄が虐殺されるなどアナキズム勢力が壊滅状態に陥った後には、ボルシェビキズムが左翼思想の主潮流となっていった。慢性的な不況のなか、マルクス主義は理想主義的な学生のあいだで爆発的に流行し、労働運動はもちろん文芸運動としても広まったのである。第三章で見ていくことになるが、プロレタリア文学からブルジョワ文学だと批判され鋭く対立した新感覚派や新興芸術派は、マルクス主義の立場からは享楽的なアメリカニズムの産物とみなされていた。

マルクス主義はまた人道主義や教養主義とも、全面的には対立しないまでも相容れない要素を持っていた。

人道主義は保守的な政党からも（たとえ人気取りのための表面的なものだったとしても）唱えられていたし、キリスト教人道主義は明治初期から貧困層の救済や、人身売買など非人道的な因習制度撤廃に取り組んでおり、仏教界からもそうした社会道徳向上運動がしきりに唱えられるようになっていた。また文芸上では、白樺派から有島武郎や武者小路実篤の農村賛美の声が――賛美だけでなく具体的に自由で文化的な農村を目指す運動が――起きている。さらに教養主義や人格主義は、個人の理知的で自律的な精神向上を通して、社会改良がおのずから達成されるべき世界を理想としていた。

これらの諸運動は動機となる政治や信仰の信条は異なるものの、道徳や福祉の向上、さらには社会的格差を減じて平等化を図るというプロトコルには近いものがあった。しかし宗教界には時折、宗派を超えた協力の動きはあったものの、政治結社間ではマルクス主義と人道主義や自由主義の大同団結とはならず、左派勢力内でもボルシェビキとアナキズムが激しい対立を見せ、一部には対立する左派よりも右翼結社と手を組もうという動きすら見られた。

労働運動の指導層は実効性をめぐって、左翼と右翼、マルクス主義と国家社会主義の間で揺れていたが、共産主義に対する弾圧が強まるにつれて、国家社会主義へと流れていった。また転向後のマルクス主義者も、政治から離れる者がいる一方で、国家社会主義運動に積極的に向かっていく者も少なくなかった。右翼人脈にとってはもちろん、左翼人脈にとっても、国家社会主義は実効的社会改良思想として受け入れやすいものだったのである。

国家社会主義もファシズムも、第二次大戦後の世界では共に忌むべき思想であり制度だと思われているが、経済恐慌を抜け出す強力なリーダーシップが求められた一九三〇年代には、国家社会主義に資本主義と社会主義の優れた点を併せ持つ第三の道としての期待をかけた人々がいたこともまた事実である。そもそも国家社会主義は、ヒトラーやムッソリーニ以前からあり、日本にも紹介されていた。

国家社会主義は民族社会主義、あるいは国民社会主義とも呼ばれ、現実政治ではプロイセン・

ドイツ帝国の宰相ビスマルクが、帝政下で過激な労働運動が台頭しないようにとの政策的配慮もあって社会保障制度を整え、労働者の生活改善に取り組むなど、上からの社会制度改革を進めたのが、その一つの実践例とみられていた。ドイツ人が第一次大戦後の混迷期に、国家社会主義ドイツ労働者党（ナチス）に傾斜していった一因は、ビスマルク時代のドイツ帝国の成功体験への追慕があったのかもしれない。これはヒンデンブルク大統領（プロイセン帝国時代には元帥）がヒトラーを警戒しながらも最終的には許容したことにも通じている。

また日本の場合は、愛郷心や家制度をアイデンティティの源とする国民が多く、そうした人々は拡大された家族共同体としての国家、さらにはその家長としての天皇への愛着もまた強かったため、これを否定する革命思想への恐怖心もまた強固だった。このため社会主義を標榜する人々のなかからも、武力革命を志向する急進主義や、国家・民族の解体を視野にソヴィエトの指導下に入るインターナショナルな社会主義運動に疑問を抱く人々が出、例えば高畠素之や赤松克麿などは国民社会主義を唱えている。また矢野龍渓は、日露戦争前後から社会主義に傾倒して幸徳秋水らを援助したりもしたが、彼自身は天皇の下に君民一如の社会主義的な民族融和の無格差社会を目指すという独自の理想を掲げた。この〝天皇の下の平等〟という思念は、後の国家社会主義的傾向（近衛新体制）というより、夢野久作の天皇観や戦後の三島由紀夫的ロマンティシズムに通じているように感じられる。

二〇世紀初頭には既に日本でも経済格差の拡大が問題になっており、保守的な政治家のあいだにも国民間の分断回避のためにも社会制度をどうにかしなければならないという危機感は広まっていた。大正九年には市島謙吉（春城）がトマス・ヒューズの『新理想国』を翻訳しているが、これは英国における労働問題解消と伝統社会との折り合いを勘案した国家社会主義思想の紹介だった。ファシズムやナチズムとは直結しない国家社会主義である。

市島謙吉は早稲田大学初代図書館長を務めた人物で、衆議院議員も三期務めた。大隈重信系の人材で『新理想国』の思想は大隈も支持したとみられ、たまに古書展などで大隈による献呈署名が入った同書を見かける（実際には大隈ではなく春城の筆と思われる）。大隈重信・市島春城というオールドリベラル・ラインが、この頃は国家社会主義を社会改良思想として受け止めていたのである。

ヒューズはすべての人が同一賃金での時間労働を基本とする社会改良を提言し、社会保障の完備による生活難や労働問題の解消、物資の適切な分配などを提言する一方、そうした社会を維持する精神的支柱としてキリスト教倫理の尊重を説いていた。市島は日本ではキリスト教の代わりに穏健な天皇崇敬をもって道徳的規範としながら、ヒューズの社会制度思想を日本に導入することを考えていた。なおヒューズの著書は市島謙吉訳のほかに、高橋潜淵訳『国家社会主義の本質と其運用』（大正九）としても出版されている。

日本で国家社会主義的な新体制運動が民衆に受け入れられやすかったのは、これが既存の制度を多く温存しながらの改革運動だったからだと思われる。不況が長く続いているなか、疲弊した民衆は「今のままでは困る。何とかしてくれ」と願う一方、革命のような急激な変化は望まず、「なるべく今のままでいたい。目まぐるしい変化にはついていけない」とも思うものであることは、一九九〇年代以降、何度も改革が行われ、また断行されたにもかかわらず、おおむね右肩下がりの社会を生きてきた我々には、体感的にもよく理解されるだろう。国家社会主義は、そうした改革を望む保守的な民衆という大多数の国民にとって、望ましい政治体制と思われたのではないだろうか。改革をしなければならないと考えるエリート官僚や進歩派華族にとっても、また暴力革命を否定する人道主義的な社会改革運動家にとっても「国家社会主義」は現実的な妥協案のなかでは最も進歩的と感じられたはずだ。昭和一五年にすべての国民を地域組織や産業報国会などの職域組織に組み入れて統制する近衛《このえ》文麿《ふみまろ》らの新体制運動は、愛国運動である一方、偽装された社会主義だという批判もまたあった。

水戸学、ファシズム、皇国史観──錯綜する国家観

近代日本の学校教育では、修身で愛国心の涵養がはかられたばかりでなく、国語や国史を通しても繰り返し説かれた。戦前戦中の義務教育における国史教育は神代の記述から始まっており、歴史と神話が直結していた。そうした国家観の形成には国学ならびに水戸学の影響が大きかったと言われる。ことに水戸学は、幕末の尊王攘夷運動の直接の原動力だっただけに、近代日本ではしばしば国家思想の絶対的回帰点として強調される傾向があった。

水戸学はもともと、徳川光圀が『大日本史』編纂に着手し、朱舜水を招いたところにはじまる。朱舜水は満州族の愛新覚羅氏が建てた清国に滅ぼされた漢民族の明朝遺臣であり、優れた儒学者だった。しかし亡国の遺臣という特殊な立場から、舜水の思想には天下思想と国家思想に引き裂かれるところがあり、それが水戸学にも特殊な性格を与えた。儒学でありながら国学的要素を濃厚に帯びることになる問題意識も、そうしたところに起因する。水戸藩自体が徳川将軍家の親藩である誇りを強く持ち、本来なら為政者が為すべき国史編纂に着手するのだが、その徳川が皇室朝廷に対しては覇者であり蕃威であるという矛盾を初期から意識していた。

本来、儒学が目指すのは天下万民のための普遍道徳であり、その舞台となる天下とは世界全体であり、キリスト教神学がローマ人だけのものではないのと同じような意味において世界志向の学なのだが、民族国家は自己の特殊性を重んずるローカリズムに向かうものである。

戦前の皇国史観ではしきりに強調されたために戦後は禍々しい忌避の対象となった感のある「国体」という語は、後期水戸学（天保学）において生み出された概念だった。ただし本来は国柄といったような意味合いであり、日本と他国の区別を示すものではあったが、他国への優越を意味するわけではなかった。他者と交わることを忌避する水戸学の国体観は、赤と青が混じって色が濁ることを忌避する思想ではあっても、どちらが気高い色かを論ずる性格の学ではなかったのである。日本の「穢れ」観は他との交わりを忌避する単純で素朴な思考だった。

昭和戦前期の国家思想のゆがみは、前近代の思想に近代的覇権主義を結びつけようとする時、端的に顕わとなる。精神的には復古・伝統を唱えながら、主張される政治姿勢は復古的でも伝統的でもなかった。

通常、ファシズムの指導者たちは伝統的な保守主義的指導者や民主主義的指導者、さらには社会主義運動の指導者とも異なり、①政策的にも発言においても権威主義的上下関係の必要性をむしろ明確化する一方で自らを「民衆の子」と語りたがり、「民族共同体」の一員であることを強調、②実際、特権身分や労働者階級ではなく広い意味での中間層の出身者であり、③ファシズム運動への積極参加者も中間層が多いという特徴があったとされる。通常であれば中間階層は社会の安定化に最も寄与する（つまり順応的で従順な）階層とされているが、ファシズム台頭期にはこの層が最も急進的に運動へと傾斜していったのである。それは本来なら安定志向である人々が社会不安に駆られて向かうべき方向を失った（それはまた既存の保守勢力や社会主義勢力が彼らに魅力的な方向性を提示し得なかったということでもある）結果といえるだろう。

ファシズムに詳しい政治学者の山口定は、ファシズムの支配体制は「上からのファシズム」であれ「下からのファシズム」であれ、「権威主義的反動」と「疑似革命」の結合であるとし、その主導権や比率のあり方によって分類している。ファシズムのありようはそれまで各国がたどってきた歴史や状況によって多様であり、ファシズム指導者によっていわば融通無礙に利用されたわけだが、日本の場合はカリスマ的な指導者はおらず、いわば軍部や改革派特権階級や官僚たちの妥協と打算と駆け引きの末に成立した感があり、そうした曖昧さと不徹底の果てに図られた権威主義と革新の結合という微温性が、中間層のみならず幅広い層に戦時体制を受け入れさせた重要な因子だったといえるだろう。

ここで日本における国家主義運動の指導者層、支持層についての定説を確認しておきたい。

戦後、いち早く日本の戦時体制を批判的に分析したひとりに、当時東京帝国大学法学部助教授だった政治学者の丸山眞男がいた。丸山は昭和二一年、雑誌「世界」五月号に「超国家主義の論理と心理」を発表、東條内閣の政策は近代国家に見られるナショナリズムの範疇を逸脱したウルトラ・ナショナリズムだったと論じ、翌二二年に行った講演「日本ファシズムの思想と運動」ではファシズムの担い手について論じた。そのなかで丸山は、中間階級を第一類型と第二類型に分類し、ファシズム推進の主体となったのは第一類型(小工場主、町工場の親方、土建請負業、小売店の店主、大工棟梁、小地主ないし自作農などのいわゆる旧中間層、ならびに小学校教員、村役場の吏員、役員、その他一般の下級官吏、僧侶、神官)であり、本来のインテリゲンチャである第二類型(都市におけるサラリーマン階級、いわゆる文化人ないしジャーナリスト、その他教授や弁護士などの知識職業者および学生)は戦争推進者ではなかったと規定した。さらに第一類型は「疑似インテリゲンチャ乃至は亜インテリゲンチャ」だとも断じた。この説明は「戦争を推進したのは疑似インテリであってインテリは免責」という一種のインテリ無罪論のニュアンスで理解され、一時はかなり広く踏襲されたが、自己言及的であり循環論法に陥っているとの指摘も、当初からあった。

そもそも小工場主や自作農は疑似的であれ亜種であれインテリゲンチャであることを必要条件

としているのか疑問だし、戦時体制に協力して中間管理職的にその末端への浸透を図ったのが中間層第一類だったとしても、橘孝三郎や北一輝、大川周明など国家主義指導者は学識からみれば真のインテリゲンチャに属しており、その支持者のなかにも高学歴の弁護士やジャーナリストがいた。また戦時体制下での統制経済計画策定や満州国の統治機構、都市計画などを立案推進した官僚たちも、役割としては特権身分に準ずるとしても知識階級としての性格では中間層第二類型と一致するし、軍部指導者も、陸軍士官学校や海軍兵学校、そして陸軍大学校など帝国大学の系統とは異なるものの、近代日本でトップレベルの高等教育を受けた人々だった。もちろん彼らの知識や思考の方向は全方位的なものではなく軍事なり法律なりに特化されたものだったが、それは学者もまた同様であり、つまり偏差値的な知力レベルでいえばファシズム指導層からインテリゲンチャを除外するのには無理があるということになるだろう。

では国家体制の全体に思索を巡らす知性を持つ人々のうち、ある人々が良識の範囲の愛国心を逸脱して国家主義ないし超国家主義に走り、他の人々が踏みとどまったのには、個人的な資質や彼らが属した学派学統以外に何か理由があったのだろうか。

こうした疑問に重要な指摘をもたらしたのは教育社会学者の竹内洋だ。竹内氏は『学歴貴族の栄光と挫折』『教養主義の没落』などにおいて、昭和初期に国家主義運動の指導者・推進者となったイデオローグは、学歴社会内部における非主流派であり、そのルサンチマンが多少とも彼らの思想や運動に影響を与えていたことを指摘したのである。あとで見ていくことになるが、この理論は世間一般から見ればトップクラスの知的エリートと思われる人々にも適用することが可能だ。

橘孝三郎は一高に進学した英才であり、それだけで地方では十分にインテリゲンチャとして通用したが、政府の高官や帝国大学の教授になれる学歴ではなかった。北一輝は富裕な酒造家の家に生まれ、中学時代は飛び級で進級するほどの秀才だったが、難しい眼病にかかり、また家業が傾いたこともあって学歴中断を余儀なくされている。彼らは知的に優れてはいたものの、学歴面では挫折者だった。また原理日本社を主宰して大学等における思想問題に干渉した蓑田胸喜や大川周明は東京帝大卒だが、一中一高東大という正統コースからは微妙に外れた存在だった。その他の右翼指導者も地方中学の出だったり、病気や生活難に阻まれて中退や学歴中断期間があるのである。西田幾多郎にしても高等学校を退学しており、東京帝国大学では本科生ではなく選科生だった。正統派ラインに近く、知識能力面では正統ラインの者と何ら遜色がないと自負すればこそ、コースアウトのルサンチマンはいっそう深刻だったのかもしれない。こうした捉え方は、丸山も参照したカール・マンハイムが抱いていた、社会変動（革命・改革・反動のいずれであれ）は現在のエリートの地位を他のエリートが奪取しようとする運動（『イデオロギーとユートピア』）との史観とも一致する。

西田門下の京都学派の人々も、西洋学問の正系を直接に引き継ぐ東大派を意識せざるを得ない位置にいた。東大派が欧米直輸入の先端学問を誇る傾向があるのに対して、他の帝国大学は対抗的必然としてある種のユニークさ、オリジナリティにレゾンデートルを求めた。それが「日本化」「日本的なるもの」への関心につながりやすかった可能性はある。

それにしても、昭和戦前期の国家主義思想は錯綜している。ファシズムは本来、伝統的な国家を基礎とせず、新たなナショナリストによる権威主義的国家形成を目指す運動であり、民族主義国家ではなく帝国（他民族統合）を志向する。その意味において北一輝は確かにファシストだといってもいいかもしれないが、日本の場合、ファシズムという語はあまり前面には出ず、大正維新、昭和維新という形で標榜された。維新という語は便利なもので、要するに復古革命であり、幅広い非現行的政治体制を意味し得た。橘孝三郎の場合は、観念的ではあったものの復古的な性質が強く、したがって日本回帰の思考が見られる。橘は実効権力の革命ではなく魂の革命を希求しており、天皇を国民の魂のよりどころと考えていた。橘は海軍将校らから五・一五事件のクーデター計画を知らされた際、不成功を確信していたにもかかわらず参加することになるが（聞いてしまった以上は逃れ難かった面もある）、そこにはアンリ・ベルクソンのいうエラン・ヴィタル（生命の躍動）への期待があった。自分たちの敗北が人々の魂を揺さぶり、世が変わることを願ったのである。

これに対して北一輝は、実質的には天皇を傀儡化する強権革命を目指していた。また橘の思想は基本的には民族主義的・純血主義的であるのに対して、北や大川のそれは帝国主義的・多民族主義的であり、日本回帰とは真逆の思考を持っていた。

家郷の地を離れるということ、愛する本来の国土以外に勢力を伸ばして国土を外に拡張しようとすることは、厳密には民族主義の美学に反し、道徳的尊厳を傷つける。この矛盾は、のちに京都学派が大東亜戦争の現実を何とか理想化しようとする際に、苦慮することになるものでもあった。丸山眞男は日本では国家主義と超国家主義のあいだに明確な段差はないと見ていた。たしかに日本ははっきりとしたファシズム運動なしに、なし崩し的に戦時体制に移行した。だが思想的には民族的・国民的自覚と帝国主義的拡張の矛盾に対する姿勢が、両者を分かつひとつの指標となるのではないだろうか。

日本は大陸や南方へ勢力を広げていく過程で、五族協和（満州）・共存共栄（南洋）・日支協力（対華政策）・大東亜共栄圏といった理想を掲げ一方的な支配ではないと強調してはいたものの、現実の行為は侵略以外の何ものでもないのは明らかであり、天皇大権を騙ってはいたものの、その内意を無視した軍部主導の覇権行為にほかならなかった。

本来は日本と他国の違い、日本独自の国柄といった程度の意味合いでしかなかった「国体」という言葉は、昭和戦前期には日本の優越性を示し、日本人による東亜の「指導」を正当化する理論として用いられるようになっていく。

日本は皇室を頂く特別な国だとする皇国説話は、水戸学によって体系化される以前の『愚管抄』や『神皇正統記』にもみられたが、昭和戦前期の皇国史観はそれら自律的な徳義としての皇国観とは違っている。

昭和前期の皇国史観をリードしたのは平泉澄《ひらいずみきよし》（一八九五―一九八四）だった。平泉は福井県の平泉寺白山神社神官の家に長男として生まれ、大野中学、第四高等学校を経て東京帝国大学文科大学国史学科に進み、同学科を首席で卒業した。大正一二年、大学院を修了すると東京帝国大学文科大学講師となり、大正一五年には同助教授、そして昭和五、六年にかけてフランスに留学した後、昭和一〇年に東京帝国大学教授に昇任した。欧米留学は帝国大学教授就任を前提とした慣例だが、平泉は歴史学研究方法の探求ならびに大学史学研究室のあり方の調査、そして研究テーマとしては意外にもフランス革命を選んでいた。

だが、平泉は、革命思想ではなく国民国家の求心力のほうに強い関心を抱いており、フランス革命もそうした視点から捉えていた。平泉は昭和五年にドイツで、『世界市民主義と国民国家』や『近代史における国家理性の理念』などの著書を通じて尊敬していたフリードリヒ・マイネッケを訪ね、その愛国的態度に感銘を受けている。またヨーロッパ各国で愛国運動が高揚しているのにも衝撃を受け、日本もかくあらねばならぬとの思いを強くした。

平泉は留学前、既に秩父宮ならびに高松宮に謁見を賜っていたが、帰国後は国粋傾斜を強めていく。昭和初期には、学生を席巻していたマルクス主義が弾圧によって退潮し、それに代わるようにして大学や専門学校に国家主義団体が組織されるようになっていく。東京帝国大学では昭和六年に学生・卒業生による朱光会が生まれ、発足時は教育学者の春山作樹教授が指導に当たったたが、昭和七年、平泉が会長に就任した。これ以降、終戦まで、平泉の下で多くの国史科学生が会員となり、機関誌の発行、国民精神文化研究所の業務、陸海軍軍人らを対象とする講演などを行った。

朱光会の綱領には次のような項目が掲げられていた。

一、吾人は天皇主義を信奉す。
一、吾人は皇道に基き人格の完成を期す。
一、吾人は質実剛健なる学風の作興を期す。
一、吾人は建国の精神に則り日本の建設を期す。
一、吾人は大日本精神を宇内に宣布せんことを誓う。

しかし天皇主義と言い行動とは言うものの、その実態は二・二六事件の青年将校同様、天皇の意向に従うものではなく、自らの考える「天皇主義」で天皇を代行しようとするかのごときところがあった。昭和七年、平泉は天皇に「楠木正成の功績」を御進講している。この際、平泉は南朝忠臣としての正成を称揚し、後醍醐天皇を理想の君主と語ったとみられる。しかしこの際、天皇からは「後醍醐天皇の御英明なことはよく知っているが、当時後醍醐天皇のおとりになった処置につき何か誤りはなかったか」との御下問があった。昭和天皇は後醍醐の武断的な親政政治を批判的に眺めていたのである。

そもそも皇統は南北朝以前に持明院統（兄である後深草天皇の後嗣）と大覚寺統（弟・後亀山天皇の後嗣）に分かれて交互に天皇を出していたが、後醍醐天皇は後者のなかでも本流ではなく、兄の皇子が大覚寺統の正系として即位するまでの一代のみの天皇として即位したに過ぎなかった。その後醍醐は自ら動いて鎌倉幕府討幕を促し、重祚《ちょうそ》するや（後醍醐自身は廃位されて隠岐に流された期間も治世が続いているとの立場をとった）、持明院統を抑えようとしたことはもちろん、兄の皇子ではなく自身の皇子に皇位継承をはかった。後醍醐天皇は英傑の誉が高いが、武力（覇術）に走るところがあり、けっきょくは長く続く大乱を起こしてしまった。そうしたふるまいも含めて、後醍醐帝の親政志向を、昭和天皇は暗に退けたのだった。

近代日本で南朝指向が強いのは、もっぱら明治政府の主導層の立場や思想を反映してのことだった。明治維新を成し遂げた尊王の志士たちは、自分たちを南朝忠臣の楠木正成に擬すところが強く、朱子学からみれば兄系の持明院統の皇統である北朝が正系とされるのが順当であり、現皇室も北朝後嗣であるにもかかわらず、明治末期に南朝正統説を国家公認の学説とすることを定めていた。しかし臣下の美意識に配慮した決定に対して、皇族内では不満がくすぶっていた。また立憲君主として「君臨すれども統治せず」の姿勢を守ろうとする昭和天皇にとって、武力によって政権を得ようとする南朝の姿勢よりも、幕府に政治を委ねて仁道をことととする北朝のあり方に、理想を見ていた感すらある。ちなみに水戸学は、幕府による政治代行を肯定していた。天皇の尊厳と聖性を護るために、覇者である将軍が現実政治を担うことが臣下第一の道とする尊皇敬幕が、水戸徳川家が生んだ水戸学の本旨だった。かように昭和戦前期の皇国史観は水戸学とは異質の理論だったのである。

平泉澄は昭和天皇の感化には失敗したものの、東京帝国大学教授として史学教育に大きな影響を及ぼし続け、昭和一三年には満州建国大学創設にも関わった。また昭和一五年三月には満州国皇帝溥儀に「日本と支那及び西洋諸国との国体及び道義の根本的差異に関する講話」を進講。昭和一六年一二月には海軍勅任嘱託を兼務し、その権威は教育行政に支配的な力を及ぼした。

第二章

文学者たちの「日本回帰」

プロレタリア文学から文芸復興へ

本章では文学、特に小説における日本回帰運動についてみていきたい。

大正末期から昭和初頭の一九二〇年代日本は、マルキシズムに基づくプロレタリア文学とアメリカニズムとも称されたモダニズム文学というふたつの国際的な文学潮流が、大きく展開した時期だった。プロレタリア文学は労働運動の高まりと連動するように勢力を強め、三〇年前後には隆盛を極めた。小林多喜二の『蟹工船』、「不在地主」、岩藤雪夫「賃金奴隷宣言」はいずれも昭和四年、黒島伝治「武装せる市街」は翌五年に発表された。思想書や文芸書を通して学生間にも左翼思想が蔓延し、昭和六年には学生・生徒（中学生以上）の「左傾思想事件」は三九五件、処分者九九一名に達した。

しかしこれを頂点として、政府の左翼思想取り締まりが強化され、プロレタリア文芸運動も弾圧されるようになっていく。昭和七年三月、日本プロレタリア文化連盟（コップ）の中野重治、蔵原惟人《くらはらこれひと》ら四〇〇人が検挙され、翌八年二月には長野県で左傾教員一斉検挙があり、同月二〇日には築地署内で取り調べを受けていた小林多喜二が虐殺された。こうした徹底的な弾圧に加えて、もともと人道主義的理想からマルクス主義に傾倒した知識人のなかに党の教条主義的姿勢への疑問が萌していたこともあって、転向者が続出して左翼運動は崩壊していった。

その一方で同じく一九二〇年代に勃興したモダニズム文学は、先端的な都市風俗を作品中に取り入れる風俗的な作品が多く、その消費文化志向からプロ文派からはブルジョワ文学と批判されたものの、プルーストやジョイスの表現技法を研究しながら心理の掘り下げで新機軸を打ち出した個々の作家は、それぞれの作風を確立していった。これによりモダニズムは運動としての役割を終える一方、その機運自体はエピゴーネンによる通俗的な消費のうちに拡散していった。

こうして指導原理が消えた文壇では、その空洞を埋めるかのようにして明治末、大正期から活躍する谷崎潤一郎や志賀直哉ら大家が復調、またモダニズム派が新たな文学の中心となっていく。新感覚派として出発した川端康成や横光利一はそれぞれの日本回帰をみせ、堀辰雄もまた西欧的なロマネスク形式の小説で日本の高原地方の美しい風景を清冽に描くようになる。それは倫理的価値の見直しであり、日本美の再発見だった。その堀辰雄らが創刊した「四季」とも近いところで、より自己陶酔的なロマンを謳ったのが「コギト」であり、「日本浪曼派」だった。

興味深いことだが、一九三〇年代の日本回帰は、文壇的には「文芸復興」としてとらえられた。文芸復興《ルネサンス》は中世キリスト教会のドグマから解放された古代ギリシャ・ローマ芸術の研究復興を通して、人間中心主義を獲得していく過程だったが、昭和一〇年前後の文芸復興はマルクス主義運動による政治的臆断から文学の自立性を回復する営みであり、そこには日本古典研究、日本独自の美の再発見による海外文学潮流からの自立も関わっていた。この〝文芸復興期〟は昭和八年頃から一二年までとされているが、その後も乱世における文化の華といった程度の意味合いで昭和一〇年代半ば以降も用いられており、昭和一七年の「近代の超克」でも〝近代以降〟への意欲がルネサンス運動に擬《なぞら》えられている。

文芸復興は「新しき人」への希求と共に「人間性へのノスタルジア」であり、情緒的な日本回帰と結びつきやすかった。それは教条主義的思想活動への従属や機械主義的合理性からの解放であり、人間性の回復という意味では倫理的情熱に根ざしていた。だから人間性の回復を希求する文芸復興運動は、自分たちが生きているこの世界に輝かしい希望を見ようとする。それはしばしば強引な過去の捏造にもつながった。イタリア・ルネサンスは、本来は相いれないはずの古代ギリシャ・ローマの神々をキリスト教に結びつけて表現し、一九世紀末英国の古典復興では、たとえばジョン・ラスキンはキリスト教道徳と妖精物語を連結し、ラファエロ前派はブリテン島の歴史を美しく粉飾した。アングロ・サクソン民族がブリテン島に侵攻した時代に打ち滅ぼしたケルトの王アーサーは、あたかも英国建国の英雄のようにねじ曲げられた。自分たちが信じる倫理的物語にあわせて史実や伝説を再構築するのはロマン主義芸術の常であり、それ自体の「道徳性」を「芸術性」以上に問題視する者はほとんどいなかった。そのような問題は意識しなかったというのが真実かもしれない。

またヒューマニズムという点では、すでに大御所の感があった白樺派の復権や、堀辰雄、中原中也、立原道造ら「四季」派の活動も、大きくはこの流れのうちにある。マルクス主義に直接に対抗していた横光利一、中河与一、川端康成、堀辰雄ら新感覚派、新興芸術派の人々は、非政治的な新文学への道を切り開いていくことになる。こうした文学上の日本回帰は、どのように政治的な日本精神称揚と関わっていったのだろうか。

保田与重郎と「日本浪曼派」——敗北の美学

よくも悪しくも、昭和前期の日本でもっとも日本回帰的な文筆家は保田与重郎（一九一〇—八一）だろう。

保田与重郎、そして彼が中心となった「日本浪曼派」は、何だか正体は分からないものの昭和戦前期文化の忌むべきものとして、文学史のなかに置かれていた。私が「日本浪曼派」の名を知ったのは国語の副読本だった『国語便覧』からか、太宰治あるいは檀一雄の年譜でのほうが先だったか、いずれにしても高校時代だった。当初から日本浪曼派が昭和一〇年前後の国家主義的傾向と関わりがあることは何となく分かったものの、その内実がどの程度のものかはよく分からなかった。転向文学者を含めて戦時体制下で国策に協力した作家は多く——というか協力的でないものは沈黙せざるを得なかったのだから、文筆で生計を立てている以上、程度の差こそあれ協力しなかった者はほとんどいなかったといってもいいなかで、特に日本浪曼派が忌避される理由がよく分からなかった。

「日本浪曼派」創刊号

それは保田与重郎を読んだ後も変わらなかった。反動的だとして悪名高い「「日本浪曼派」広告」も、文明的保守であって政治的なものとは思われなかった。何しろそこには「民族」とか「国家」「国民」の辞句はひとつも見当たらない。その一方で「美」は二回、「芸術」に至っては一四回も出てくる。ただし別の意味で、保田の危険性は何となく感じるところがあった。

例えば初期作品「表現と表情」のなかで保田は〈僕らの時代にモラルはないといふ、それは正しいことではないか。僕らだつて知つてゐる。僕らはさらに健康や明瞭よりも、不健康な頽唐を愛してゐるのだ。どんな偉大な文学もきつと頽唐してゐたのだ〉と書き、「今日の浪曼主義」では〈今日の浪曼主義は、今日の僕らの説くところである。それは世間の光栄のものがうけたと同じだけ間違つてゐることも相当に知つてゐるし、そんなときにも僕らは卑怯な健康よりもデカダンをとる。デカダンの中にあるはるかな未来への輝きと能動も熟知してゐるのだ。根も葉ものデカダンだつていい〉と述べていた。

頽廃賛美という点で保田与重郎は、モンテスキュー伯爵やオスカー・ワイルドより徹底していた。たしかにその歴史認識は歪んでいたが、それは現実政治との関わりではなく、頽廃美学にしたがった結果ではなかったか。いわばドイツ・ロマン派に通じる病理がここにあったのは確かだ。

保田は明治四三年に奈良県に生まれ、畝傍中学、大阪高校を経て東京帝国大学文学部美学美術史学科に進んだ。高校時代の同級生に竹内好がおり、一時はマルクス主義に関心を寄せたこともあったが、やがてヘルダーリンやシュレーゲルらドイツ・ロマン派に傾倒し、在学中から文筆活動をはじめて「コギト」「日本浪曼派」の中心として活躍した。後者には亀井勝一郎、神保光太郎、中島栄次郎、中谷孝雄らのほか伊東静雄、太宰治、檀一雄、中河与一らも同人に加わり、蓮田善明、清水文雄、田中克己、中原中也らも関係した。

保田は左派から強く批判されたが、彼が日本の固有性を強調するに際してもっぱら語ったのは、宗教や哲学や政治ではなく、その「美」についてだった。なかでも壮大な王城や大寺の伽藍ではなく小さく細やかなもの、侘び寂びどころか零落衰微に傾くものの儚い精神的美を保田は称揚した。

そもそも日本美術には巨大なものはあまりない。精緻で華麗といっても工芸品のサイズは存外に小さく、日本美の粋といえる御所の佇まいは清々しく神聖な気韻が漂っているにしても、王宮としては豪壮にほど遠かった。御所の築地塀はその象徴である。

保田が初期に取り上げた日本的建築物は、たとえば「日本の橋」だった。川に橋をかけるのはなかなかの難事業で、西洋でも悪魔をだまして石橋づくりに協力させる話があるが、日本の橋の多くは中世に至っても丸木を並べた簡素なものが多く、江戸時代でも板橋は珍しいほどだった。保田はそんな貧相でみすぼらしい日本の橋に、悲しい美を見たのである。

それにしてもなぜ武でも徳でもなく「美」なのか。日本を語る際に「美」の側面が強調されるようになったのは、主に日本美術に関心を示した西洋からのまなざしに起因している。幕末維新期に欧米に輸出された工芸品や、その梱包に使われたという浮世絵からの刺激で、一九世紀後半にかけて美術界ではジャポニズムが起きた。そうした文脈を利用する形で、岡倉天心ら明治前期の知識人も日本人論を展開し、欧米での日本評価向上に努めた経緯があったことは既に述べた。さらにその背景には、日本独自の宗教や道徳といったものの確認の難しさもあった。仏教は外来の宗教であり、武士道は階級限定の道徳にすぎないからだ。「もののあはれ」は王朝の、「無常」は初期武家社会の、「幽玄」は中世上層武家の、「わび」「さび」は中世町衆の、「いき」は江戸町民の――というようにそれぞれが身分的な背景を持っていた。それでも「美」は社会道徳に比べれば脱身分的であり、いちばん日本全体を肯定的に語れる要素だったという実情が透けて見えてくる。

とはいえやはり過去に題材をとれば、必然的に特定身分の価値観にコミットせざるを得ない。その階級的価値観を肯定するにせよ否定するにせよ、ある程度は心を添わせてみる必要が出てくる。

保田が昭和七年に発表した『やぽん・まるち』は、ドイツ人船員が残した稀書『辺境捜綺録』に綴られた維新期の逸話という体裁で書かれた小説であり、こうした枠構造自体、衒学《げんがく》趣味なのだが、主人公もまたそれにふさわしく芸道教授によって生計を立てていた江戸末期の下層御家人という一種の遊民に設定されていた。時は強いられた開国に揺れる幕末なのだが、主人公はフランス使節の一員と親しくなったことから西洋音楽の手ほどきを受け、折から幕府の洋式兵法訓練を導入したのを幸い、自ら「まるち」すなわち行進曲の作曲を思い立つこととなる。

本来であれば刀剣銃砲を以て、国や幕府を守るべきなのが幕臣であるはずだが、武道不首尾の身であり、それでも徳川累代の恩に報いるべく軍楽壮行によって御奉公するというなら殊勝なのだが、主人公にそうした志は見られない。男は時局に流されつつ阿《おもね》りつつ、ただ芸術意欲のデーモンに駆られて曲作りに邁進し、無限の改作修正を施し続け、その苦心をまた無上の快楽として耽溺していくのである。

作者の保田は、実際に昭和七年にある演奏会で主人公の手になる「やぽん・まるち」を聴く機会を得たとし、その音楽から圧迫されるような印象を受けたと述べている。その曲調はおよそ威風堂々とはかけ離れた陰々惻々たるもので〈反省を求める様に、しかしそれは誰の葬礼の曲よりも慰安を与へることなく、悲しみを与へることなく、恐ろしい精神の苦闘をまざまざと見せつけ〉るようだったという。

そもそも日本の音楽は近代以降に洋式楽器や音階を取り入れた後も、暗い音律を持つものが多いことは「君が代」や「陸軍分列行進曲」を聞いても分かるとおりだ。いったい、ああした思索的で沈鬱な国歌や行進曲を（葬送行進曲でもあるまいに）持つ国が、日本以外にあるのだろうか。しかも『やぽん・まるち』の主人公は、幕府が瓦解していくまさにその瞬間にも、不毛にして崇高な自身の創作活動を継続する存在として描かれている。彼は幕臣として上野の寛永寺に籠っているのだが、彰義隊の戦いに参加することなく、敗北の瞬間も楽曲を手直しし続けるのである。

上野のあつけない陥落は昼頃だつた。あひ変らずに喪心して鼓をうちつゞけてゐた、「まるち」の作者は、自分の周囲を殺倒してゆく無数の人馬の声と足音を夢心地の中で感じた。しかし彼は夢中でなほも「やぽん・まるち」の曲を陰々と惻々と、街も山内も、すべてを覆ふ人馬の響や、鉄砲の音よりも強い音階で奏しつゞけてゐた。

上野戦争の折、慶應義塾の塾生らが講義どころではないと騒ぐのを、福澤諭吉が「この時にも日本に学問の旗を降ろすな」と訓戒した逸話はよく知られるが、『やぽん・まるち』の主人公は戦乱の只中にあって自己の芸術欲求の鼓を響かせ続ける。ここで語られているのは、現実に対する芸術の優越であり、政治的軍事的敗北がかえって芸術の孤高を際立たせるという芸術至上主義の精神である。これは組織的動員や政体としての国家に殉ずることの拒否であるばかりでなく、集団主義や共同体の軽侮ですらある。しかしこれは例外的な作品ではない。保田与重郎は初期から戦時中まで、一貫して滅びの美学を描いており、そこにあるのは敗者への憧憬とすらいえるほどの哀惜、不健全なほどの耽美主義だった。

『やぽん・まるち』は保田が東大美学美術史学科の在学中に創刊した雑誌「コギト」に発表され

たが、同誌は装丁も趣味がよく、やや衒学的であり、それが当時の若い優雅な人々に喜ばれ、銀座の喫茶店などに出入りするお洒落な女子学生が抱えている姿が見られたという。そんな保田らが上田敏や萩原朔太郎、折口信夫に惹かれたのも頷けるし、続く日本浪曼派の運動が、自殺願望が強い太宰治や、破滅願望に苦しむ中原中也、ロマンチックな夢想を愛しながら死におびえる日々を送っていた立原道造といった人々を惹きつけた理由は、よく分かる。このように人脈も気質も「コギト」には「四季」に通じる部分があったが、ヒューマニズム観では決定的な隔たりがあった。「四季」派がメメント・モリを胸に刻みながらも実質的な主宰者である堀辰雄の姿勢もあって、健全な生への意志を尊重したのに対して、「コギト」は死や滅亡の美学が濃厚であり、目指す「人間らしさ」の意味合いを大きく異にしていたのである。

だからこそ保田が太宰とある面では同じような意味で、若者に死の誘惑を吹き込んだ頽廃文学者だと批判されるなら分かるし、国と共に滅びることを謳ったといわれるのは事実の一端だが、国威発揚的だとされるのは理解に苦しむ。保田ははじめから現実世界での滅びを語り、滅びをも甘美に受け入れ、あるいは黙殺しつつ、自己の創作に自閉耽溺した非政治的存在に注目し続けていたのであり、その意味で敗北を賛美していたし、それを隠したこともなかった。彼に惹かれるというのは「滅びたい」という美学に共鳴することでしかないと私には思われる。

また保田のパッションはさておき、その歴史認識・現実認識は意外と冷静だった。例えば「明治の精神」には次のような一節がある。

僕らの時代は批判の精神の代りに、服従を強ひる時代である。明治の時代は指導を強ひた時代であつた。しかしその指導は民衆を軽蔑して行はれたのでなかつた、彼らには世界を見た上で、己の後進者たる自覚の悲しみがあつた。かつて忠誠が趣味であり、犠牲が美観とされた古王朝の時代は、また近世市民社会の建設期には再生したけれど、現代の風潮はそれを倫理としてゐる。これは、多言を要しない、現代はわるい時代だからである。時代が殺伐になつたのである。

正確な認識と洞察に加えて、保田の関心は政治や軍事にはなく美学に、それもロマン主義や優美主義のそれに集中していることも一貫していた。また彼自身それを隠すどころか、むしろ執拗に繰り返し言明していた。彼の認識では明治の精神はロマン主義の世界への決意に拓かれたのであり、政府や新興市民層が実利主義に向かったことは、文芸世界に哀切な唯美主義への甘い理想的憧れをもたらしたというアイロニーによってのみ意味づけられていた。そして明治文化にあって近代最高の芸苑を作ろうという精神を持った存在として、漱石鷗外にも増して上田敏を置くのだが、西欧的知識、研究から発して日本の材料によって日本に西洋的精神を建設しようと努めた彼らが、趣味人、衒学的とみなされるしかなかった近代日本では〈西洋の精神の移入もなしあげず、日本の古風の建築も失つて了つた〉と歎じてもいる。

保田は『戴冠詩人の御一人者』で日本武尊を取り上げたが、そこでも日本武尊《やまとたけるのみこと》の熊襲征伐や東征の冒険ではなく歌を、つまり武威ではなく文化を問題にし、悲劇と不幸に関心を集中させている。保田にとって日本武尊は大津皇子に連なる悲哀の貴人であり、西行や後鳥羽院、さらには芭蕉に至る遁世漂泊の詩歌人の系譜に位置づけられている。ナポレオンを主題にするにあたっても、アルプス越えでもエジプト遠征でも戴冠でもなく、エルバ島からの再上陸ですらなくて、「セント・ヘレナ」であるのが保田なのである。

しかも保田与重郎は、滅びの道と分かっていても国家のために殉ずる個人の信条を美学的に描いたことはあっても、国民は政府の指導に盲従すべきであると書いたことは一度もなかった。保田にとって忠誠も滅びと同様に趣味、つまりあくまで個人が自らの好みと願望によって選び取る私的営為としてあるべきで、外部から強制される筋合いのものではなかったのである。

保田は、はっきりと〈僕らの時代は批判の精神の代りに、服従を強ひる時代である〉〈かつて忠誠が趣味であり、犠牲が美観とされた古王朝の時代は、また近世市民社会の建設期には再生したけれど、現代の風潮はそれを倫理としてゐる。これは、多言を要しない、現代がわるい時代だからである。時代が殺伐になつたのである〉(「明治の精神」)と書き、愛国心の強要を批判してもいた。

また保田のロマン主義がゲーテやヘルダーリンの美学から学んだものであり、一九二〇年代のアメリカニズムや新感覚派・新興芸術派などのモダニズム文学からも多くを得ていることは当人も自覚しており（その意味でも川端康成や堀辰雄とある面での親和性があった）、近代の日本人が抱く「日本」のイメージ自体が欧米化されていることを認めていた。保田は日本の固有性について次のように述べている。

わが国の模倣文化は、又それなりに一つの能力を示してゐる。現代の人々は誰も今日の世上の軽薄な青年子女のアメリカニズムを排しきれないのである。かういふ皮相の模倣に全身的になつてゐる心理が、そのまゝわが国の文明開化以降の伝統的な為政者も知識人もとつてきたみちである。もし憂国の志ある者は、これらの外相を排する代りに、むしろ彼がつくつてゐる懸命の努力の一つの能力として、その上で精神上の新文明体制をうちたてるのが、本当のみちである。これらのものを懸命に排斥することにのみ使命を感じてゐる組織が、又どこかのものの模倣であつて、必らずしも巧みな模倣でないのは、巷間の風俗と共通してゐる。

（「日本文化の独創性」、昭和一五）

これが戦時体制のなかで、迎合的に唱えられた日本主義の文化観とはかなり異なったものであることは、容易に了解されるだろう。保田は確かに忠義の美を説きもしたが、しかしそれは報われない（むしろ報われることがあってはならない）道だとも説いており、当人に利益ではなく不利益をもたらすようなものであるべきだった。保田がイメージする忠義は、世の大勢に逆らって諫言し、無理解に苦しみ孤独のうちに倒れる、孤高の選択でなければならなかった。そして死は日常に近しいものだった。

武士が切腹し、忠臣が孤忠に倒れ、在野の遺賢が虚しく死する。さういつたことは、国の歴史の精神の富だつたのである。（「新しい倫理」）

日本人に古来他界の観念劣しく、他界の虚構物繊弱であつたとは透谷の説である。真偽はとくところではない、しかし王朝のもののけの怖れさへ、僕らにとつて迷信であらうか。（中略）他界が人間界よりも近くあらはれてきて、今日以後の文学は一方の開花をなすかもしれない。（「他界の観念」）

保田が考える日本の美意識は、本居宣長に近いものだったように思う。その核心にあるのは「もののあはれ」であり、喜びよりも悲しみを切実に感じる気持ちで、政治的には無能であることをむしろ前提としているようなものである。

戦前期には古典文学を素材とした教育でも、そこに勇猛果敢、忠君愛国的な精神を見出そうとし、『万葉集』の防人歌などが尊重される一方、『源氏物語』などは軟弱どころか頽廃的、不謹慎として非難されるような雰囲気があった（そのために谷崎潤一郎は『源氏物語』を現代語訳するにあたって自己検閲を施している）。和歌の道は道義や政道にも通じるものだという説は、たしかに『古今集』の序にもあり、それが強調された。

こうした議論は中古の神道や近世国学にもあったが、本居宣長は『排蘆小船《あしわけおぶね》』という自問自答形式の歌論書で〈問　歌は天下の政道をたすくる道也。いたづらにもてあそび物と思ふべからず。この故に古今の序に、この心みえたり。此義いかゞ〉に対して次のように説いている。

答曰　非也。歌の本体、政治をたすくるためにもあらず、身をおさむる為にもあらず、たゞ心に思ふ事をいふより外なし

歌は心のままを素直に表したもの。だからこそ清らかなもの。結果的にそれが政治や修練に役立つことはあるとしても、それは歌う人の心がそのようにあるからであって、結果を得んとして心無い人が模倣しても政治的・道徳的には意味はない。ただし「表現」それ自体は技巧であっても（技巧を尽くそうという創意において）無意味でも無内容でもないのである。技法はそれ自体が表現の内容なのである。〈好色の心にてよまば、好色の歌をよむべし、仁義の心をよむべし〉というだけでなく〈実情をあらはさんとおもはば、実情をよむべし、いつはりをいはむと思はば、いつはりをよむべし、詞をかざり面白くよまんと思はば、面白くかざりよむべし。只意にまかすべし、これすなはち実情也〉と、写生ばかりでなく虚構にも実情がこもる

ところに文学のデーモンがあることを、宣長は語っていた。

保田与重郎の「敗北の美学」について、柄谷行人は「イロニー」に注目し、〈これはドイツ・ロマン派から来る「イロニー」に特徴的なものです。（中略）つまり、何かを積極的に実現するという考えへの敵視です。（中略）何かを実現しようとする者には必ずインタレストがつきまとうからです。したがって不純であり、「美的」でないからです〉（『〈戦前〉の思考』）と述べている。

達成できないこと。志半ばで倒れること。その志も多くの人々からは理解されず、非難と忘却に苛まれて虚しく消えていくこと。それが保田与重郎の讃えるあり方であるとしたら、彼を戦争の賛美者とみなすのは、明らかに誤りと言わねばならない。彼が讃えるのは死者なのだ。

保田は民族神話としての神道世界にロマンチシズムを感じたが、日本の山川風土に根ざした上古の神道を慕うがゆえに、国家神道による信仰強制（皇民化）を外国に広げることには反対していた。神道はあくまで日本の心なのであって、これを大東亜共栄圏の精神的支柱にしようとするのは、西洋人が新大陸やアフリカを侵略統治するにあたってキリスト教布教を利用したのに似た行為として嫌悪していた。

永井荷風——無関心という抵抗

国策上、文芸における日本回帰が推奨されたとはいえ、日本文化を称揚するものすべてが愛国主義や総動員体制の政策に取り込まれたわけではない。逆に政府から忌避される日本回帰もあっ

永井荷風

た。今日、昭和前期に懐古的な日本情緒を描いた作家というと、永井荷風や谷崎潤一郎を思い浮かべる人が多いだろう。しかし彼らの作品は、同時代の読書家から親しまれはしても、政府にとって利用価値のあるものではなく、むしろ批判や検閲による削除、発禁の対象となった。

たとえば永井荷風（一八七九―一九五九）である。荷風の父はエリート官僚で、長男である荷風にも世間的な成功につながる学業を求めたがそれに馴染めず、一〇代で病気休学したこともあって和漢の伝奇小説や江戸戯作文芸に親しみ、遊興の道へと関心が向かっていった。明治三一年に広津柳浪に入門して、しだいに習作を発表するようになり、明治三五年から翌年にかけては『野心』『地獄の花』『夢の女』『女優ナナ』などを発表、文壇の注目を集めた。

その後、荷風は父の意向により実業を学ぶためとして明治三六年に渡米、フランスを回って明治四一年に帰国。しかし実業界には入らず、欧米で身に付けた自由主義、個人主義を貫いて文学と遊芸に暮らすことになる。

荷風は米欧での知見を基調に、当時の日本の状況を冷ややかに眺めた『あめりか物語』（明治四一）、『ふらんす物語』（明治四二）で文壇的地歩を固めたが、後者は日本を侮辱的に扱っているのと退廃淫靡であるとして、風俗壊乱に問われて『歓楽』と共に発禁処分に処された。だが荷風はその後も江戸期の遁世文人の風をまとい、『すみだ川』(明治四四)、『新橋夜話』(大正元)、『日和下駄』(大正四)、『つゆのあとさき』(昭和六)など、社会の趨勢に背を向けた作風を深めていった。

荷風は江戸情緒への郷愁を語ったが、彼の日本回帰は同時代日本の現実政治の肯定とは無縁だった。

荷風の代表作『濹東綺譚』は昭和一二年四月一六日から六月一五日にかけて、東京大阪の両「朝日新聞」に連載された。連載中の七月七日に盧溝橋事件が起こり、日支事変がはじまる。この戦いでは日中双方とも昭和一六年一二月まで宣戦布告も最後通牒もしなかったものの、その内実は明らかに戦争だった。

文芸評論家の中村光夫は〈(『濹東綺譚』は)この年の秋だつたら新聞に発表することは不可能だつたでせう。それだけに「現代」に背を向けた主人公の感慨と行動は、抒情的行文と相まつて、読者の時勢への鬱憤を代表した形になり、ひろい反響を呼びさました。それまでは荷風をやや古風なエロ小説作家ぐらゐにしか思つてゐなかつた知識階級が、彼を反俗の英雄と見るやうになつたのは、この小説がきつかけです。『濹東綺譚』の単行本が、岩波書店からでることになつたとき、谷川徹三氏が「今度、岩波が荷風をだしますよ。面白いでせう」と笑つてゐました〉(『今はむかし』、昭和四五)と回想している。ちなみに中村は「文学界」同人のひとりとして昭和一七年の座談会「近代の超克」に出席している。

そういえば雪国の温泉旅館を舞台に、密やかな関係に揺れる男女の機微を描いた川端康成の『雪国』も、『濹東綺譚』と同じ昭和一二年に発表されている。すでに時代は戦争に向かって進み出していたが、それでも芸妓が出てくる物語を受け入れる余地はあったのである。これに対して徳田秋声が『縮図』の発表を始めた昭和一六年には、芸妓の世界が出てくるのは時局柄好ましくないとの情報局の干渉があり、中断を余儀なくされた。

荷風は決して政治に無頓着だったわけではない。巻き込まれるのを忌避するのが目的だったにせよ、時局への鋭敏な知覚を持っていた。『断腸亭日乗』に記されたその冷静な分析は、権力欲がない分、岡目八目の理があったのかもしれない。それは二・二六事件の前哨をなした相沢事件に関する記述を読むだけでも十分に察せられる。そして肝心の二・二六事件に関しては、荷風の日記はすっぽりと空白なのだ。

荷風の「江戸」は反現代であり、反現代社会であり、反現代政治的だった。そこには確かに批評精神があった。ただしそれはあくまで仮託された批判であり、厭世にとどまっていた。荷風の反骨精神は現実政治の忌避ではあっても、具体的な行動にも発信にも結びつかず、沈黙にとどまったのである。江戸文化の洗練の成果である「粋」は世を捨てた蕩児の美学であり、儒者風の経世済民には無縁だった。

谷崎潤一郎——政府に睨まれた日本礼賛

谷崎潤一郎の場合は文人士族風ではなく、江戸町人の気骨と柔媚を基調としていたが、非政治性という点では同様だった。

谷崎潤一郎は明治一九年七月二四日、東京市日本橋区蠣殻町に、商家の長男として生まれた。もともとは裕福だったが父が商才に乏しく、祖父が亡くなると次第に家運は傾き、潤一郎が小学校高等科を卒業する頃には、上級学校への進学が困難なほど没落した。彼の学才を惜しむ教師らの働きかけで住み込みの家庭教師をしながら府立一中に進み、第一高等学校を経て東京帝国大学文科大学国文科に入学したが、この間、既に恋愛事件を起こして家庭教師を首になるなどしている。

在学中の明治四三年、第二次「新思潮」に参加し、創刊号（九月）に戯曲「誕生」を発表。同号は手続きの不備によって発禁になったものの、第二号に発表した「刺青」が永井荷風に激賞されて、新進作家としての地歩を得た。なお、第二次「新思潮」には和辻哲郎や大貫晶川、芦田均、後藤末雄らがいた。

谷崎潤一郎

荷風など具眼の士に認められたとはいえ、大学を中退して文筆一本の生活を覚悟した谷崎の経済状況は苦しく、焦りもあってデビュー後数年は神経衰弱に苦しんだりもした。

谷崎潤一郎は「刺青」（「新思潮」四三年一一月）以来、「秘密」（「中央公論」明治四四年一一月）、「恐怖」（「大阪毎日新聞」

大正二年一月）、「人魚の嘆き」（「中央公論」大正六年一月）、「魔術師」（「新小説」大正六年一月）などの怪奇色の強い作品を数多く書き、また『痴人の愛』など、自身の欲望に忠実な表現を続けながら、読者の支持を集めて揺るぎない地位を築いていった。

昭和一〇年代の谷崎は『源氏物語』の現代語訳に心血を注ぎ、松子夫人とその妹たちをモデルにした『細雪』を書きあげて「大谷崎」の名をほしいままにした。もともとこの名称は弟・谷崎精二との比較で大谷崎・小谷崎と併称されたものだが、やがて潤一郎の文豪としての地位を示す語として定着したのである。

そんな谷崎作品に対して、よく言われた批判は「無思想」というものだった。たしかに谷崎作品では身体性を伴った妖艶や怪異や情念や生活美学が優先し、思想的探究はプロレタリア文学的な意味でも白樺派的意味でも希薄だったし、文芸思想という点においてすら形式主義文学論や新心理主義のような明確な論理性を構築しはしなかった。だが文学の思想性はけっきょく実作に結実してこそであり、理論はあくまで過程だとみるならば、無思想性は谷崎の欠落というよりも達成であった。そしてその一方で、思想に基づこうとする生真面目さがいかに近代日本文学に真の精神性を忘却させ、不自然な高潔さに拘泥して理智なる欺瞞へと陥らせてしまったかを、我々は痛ましく思うのである。

美意識や情念や生活に基づかない思想は、真に思想たり得るのかを、私たちは今一度冷静に考えてみる必要があるだろう。思想性の高い文学には、もちろん大きな価値がある。だが文学を測る基準がそれだけだったとしたら、あまりに文学は痩せこけて禁欲的に過ぎる。谷崎は日本文学に不道徳かもしれないが豊かな美と情を取り戻し、その作品を通して後進たちを今も励ましている。

谷崎は初期から、フランスの象徴主義文学や英国の耽美主義も参照しつつ、基底には江戸町人文化の軽薄な派手好みを持していた。「刺青」に描かれた愚かな美への感覚は、江戸っ子である谷崎の矜持にも関わるものだったろう。その江戸趣味が単なる郷愁ではなく、西洋的な理知や教養を経由したエキゾチシズムを媒介としており、だからこそ耽溺を描きながらも、これを〝愚か〟とみる視点もまた、作品の基底をなしていた。

これはパンの会に集まった人々にも共通する感覚だった。耽美主義や幻想的な傾向を持った文芸を志向する人々がパンの会を設けたのは明治四一年のことだ。中心になったのは北原白秋、木《きの》下杢太《したもくた》郎《ろう》、長田秀雄、吉井勇らで、ここに美術同人誌「方寸」に集っていた石井柏亭（主宰）、山本鼎《やまもとかなえ》、森田恒友、倉田白羊らの画家など二〇代の芸術家、さらに石川啄木など「スバル」系の詩人が加わった。やや遅れて高村光太郎も参加し、時には上田敏、永井荷風が訪れ、歌舞伎の市川左団次、市川猿之助らも姿を見せた。そこにやがて谷崎も加わることになる。

パンの会の第一回会合は明治四一（一九〇八）年一二月、両国公園矢ノ倉河岸の西洋料理屋「第一やまと」で開かれた。その後、パンの会は両国から神田、永代橋、日本橋と場を変えながら、大正二年頃まで続いた。彼らの想像力のなかで、時として東京はパリに、大川はセーヌ川に重ねられ、自分たち自身もまたセーヌ河畔のカフェに集う芸術家に擬えられた。白秋や杢太郎の「南蛮趣味」は、江戸以前の文化のなかに西洋との融合を見出す試みであり、自覚的フィクションだった。

谷崎の江戸趣味は、白秋や杢太郎のそれよりも庶民的でグロテスク趣味、探偵趣味も強く、江戸川乱歩の幻想的作品にも影響を与えた。あえて悪趣味《バッドテイスト》と言ってもいいかもしれない。

谷崎潤一郎は美しいもの、妖しいもの、魅力的なものを貪欲に、執念深いといってよいほどの好奇心を働かせて追求し続けた。年齢や居住地によって嗜好は変化しても、その姿勢は変わらなかった。

谷崎は『蓼喰ふ虫』（昭和三）の頃から日本回帰を明確にし始めた。その後も「吉野葛」（昭和六）、「蘆刈」（昭和七）、「春琴抄」（昭和八）など多くの作品で、日本の美的世界を舞台にしながら、女性崇拝、マゾヒズム、耽美主義といった以前からの主題を深め続けた。その美意識に対しては、日本美称揚のひとつの典型とみなされる一方、頽唐優美に流れすぎて益荒男《ますらお》ぶりに欠けるとの批判も加えられた。

奇妙なことに典型的な日本回帰である谷崎の王朝趣味、日本の伝統美の再発見を説いた『陰翳礼讃』は、昭和一〇年前後の国家主義の立場からは、称賛されないばかりか批判の対象であり、黙殺された。谷崎訳の『源氏物語』も皇室の不徳義を扱っているとして批判された。そもそも戦時体制下では『源氏物語』自体が、淫靡の書として日本精神に背くとみなされ、学校教育の場では忌避されるようになっていった。

谷崎潤一郎はその『源氏物語』の現代語訳に昭和一〇年秋から取り組み、一三年秋に脱稿を見ている。全三三九一枚の大作だった。同書は翌一四年一月から一六年七月にかけて毎月一冊、全二六巻が刊行されたが、差しさわりのありそうな部分は表現を改めたり削るなどの苦渋の選択を強いられた。それでも時局に合わない仕事との誹《そし》りを受けている。いかに当時の世間にいう「日本回帰」が恣意的で偏ったものであったかが窺われる。

さらに谷崎は、『細雪』の連載を「中央公論」昭和一八年一・三月号からはじめたが、奢侈にすぎるとして以下掲載禁止の処分が科された。阪神間の富裕な家族の生活を描いた小説で、平時であれば何ら毒のない美しい物語として受け入れられたはずだが、それを禁ずべきものと判断するところに、戦時下日本の文化的衰微が端的に表れている。

折口信夫は『細雪』が連載中止となった件について、〈この人や、永井荷風さんの作物は、遊蕩文学であり、さうした文学で、さん〴〵世間を蠱惑して来た作者たちだから、今後、作物を発表させなくなるだらう、と言ふのであつた〉との風聞を記した（折口「『細雪』の女」）。雑誌で読んだ「細雪」の印象を〈どう分解して見ても、何処に一点、さうした非難の打ちどころがあらうとも思はなかつた私などは、この小説に限つて、さうしたとり扱ひを受ける理由のないことを考へて、窃に憤りを感じた〉と述べている。これは戦後の文章だが、実際に戦中に感じたものだったろう。『細雪』の否定は、明治初頭の殖産興業以来の国家と国民が目指してきた文化的中流生活の否定であり、ドイツ流全体主義の模倣にして、日本在来の文化や美意識なども根底から圧殺する暴挙だった。

『細雪』が禁じられたのは、それが谷崎作品だったからだとの説もある。若い頃からエロチシズムあふれる豪奢耽美の世界を描いてきた谷崎は、時局にそぐわない作家とのレッテルを貼られており、作品の内容を審議するまでもなく、軍部の執筆禁止者リストに載せられていたという。

ただし文化統制に関する政府の見解も所管も一定ではなかった。荷風や谷崎の作品を一切認めないといった強硬派がいる一方で、彼らを国家的に顕彰する動きもあった。芸術院が新設されるにあたり、文学の分野では幸田露伴、佐々木信綱、正宗白鳥、岡本綺堂、菊池寛、島崎藤村、国分青崖、高浜虚子、武者小路実篤、山本有三、徳田秋声らと共に、永井荷風、谷崎潤一郎が会員候補に挙げられ、荷風、藤村、白鳥が辞退したものの、露伴や谷崎らはこれを受け、さらに千葉胤明、井上通泰、斎藤茂吉、三宅雪嶺、徳富蘇峰、河井《かわい》酔茗《すいめい》も初代会員となった。

堀辰雄――柔和で毅然とした抵抗精神

もう一人、戦争とも政治運動とも無縁な作家として、堀辰雄のケースもみておきたい。

東京帝大での専攻は国文学ながらフランス文学・ドイツ文学に通じていた堀辰雄（一九〇四―五三）は、若い頃はモダニズムを称揚する新興芸術派の一員として出発、その後、結核にかかって高原の人となってからも西洋的なロマンを志していたが、昭和一二年の春、何か言い知れぬ空虚に襲われ、そこから脱するために日本の美しさに心を向けていくようになる。彼はそれまで西洋憧憬のまなざしで眺めていた日本の高原風景を、故郷の景色として受け止めなおし、少年時代に好きだった『更級日記』や『伊勢物語』を熱心に再読した。そして六月にははじめて京都を旅している。

さらにこの年の一一月、以前室生犀星に紹介されていた折口信夫に頼んで日本古典文学の手ほどきを受けた。この授業は折口にとっても楽しかったようで、後に折口は古典研究では自分が師だが、詩に関しては堀のほうが師だと述べている。年長者で既に国文学者としても歌人としても名を成していた折口のこの言葉は、最大限の好意だろう。堀辰雄の古典研究の成果は『かげろふの日記』などにあらわれている。

しかし堀辰雄の日本回帰は、古典に題材を求めるにしても信濃路や大和路の風景を描くにしても、時局や国策とはまったく無縁だった。

堀辰雄（昭和18年、軽井沢にて）

堀辰雄は表立って戦争批判をしてはいない。堀はプロレタリア文学派が、堀を含む新感覚派や新興芸術派をブルジョワ的と痛烈に批判した際、政治的主張を文学よりも優先するプロレタリア文学の価値観を批判し、文学表現においては自分たちこそ革新的だと主張し、その後も一貫して政治に関する発言は極力避けていた。

そうした堀の態度は、ある時点までは逃避的とみられたが、やがて多くのプロレタリア文学者たちが転向し、ほとんどの人々が沈黙するか迎合するかしていった戦争の最中にあっても、頑なに戦争を描くことを拒む姿勢は秘かな敬意を集めるようになっていく。

堀の作中で戦争に向かう時勢が感じられるのは、避暑地のちょっとした変化くらいだ。「巣立ち」（昭和一四）ではまだ見られた軽井沢の外国人が「晩夏」（昭和一五）になると季節外れのせいもあってその姿がめっきり減り、ドイツ人だけが登場する。「朴の咲く頃」（昭和一六）になるとさらに……というように変化していく。それは実際に見られた変化であったが、もちろん堀はその意味を意識しながら書いていたはずだ。

堀は戦時中に「辛夷の花」（「婦人公論」昭和一八年五月）という小品を書いている。妻と小旅行をした際のスケッチ的作品である。話者のまなざしは自然や古物の静謐な美しさに向かっている。それは風土や人々の心情への愛や関心であり、大日本帝国という近代国家の枠組とは縁が薄かった。もしかしたら列車がゆっくり進んでいるのは燃料不足や、どこかで起きた空襲の影響なのかもしれないが、そうしたことには一言も触れない。車中の誰も戦争を口にせず、出征兵士や見送りの姿もない。自然を愛し、抵抗するにしても自分らしい非暴力的でリリカルな姿勢を崩さなかった堀辰雄の、柔和にして強固な人柄が静かに輝く。そして彼に寄り添う夫人の茶目っ気のある態度もまた、当時の日本にあっては稀少で気高いものだったろう。

戦時中、まったく勇ましさのない、呑気ともとれる文章を書きながら、検閲にとがめられることがなかったのは、堀辰雄のプロレタリア文学隆盛期から一貫した非政治的態度と、その美学が耽美的であっても退廃的ではなく、ある意味では健気な忍耐強い前向きの精神を湛えていたかもしれない。当局の検閲官がそうした読解力を持っていたかどうかは分からないけれども。

横光利一――反転する西洋憧憬

横光利一は一九二〇年代、「新しさ」「純粋知性」「真心」「清廉な気高さ」などの理想を掲げて活動をはじめ、芥川龍之介亡き後は文壇の先頭に立ってきた作家だった。そんな横光の名前は新感覚派というレッテルと共に語られることが多い。新感覚派はモダニズム時代に勃興した、近代日本では珍しく世界的な同時代性を有する清冽な文学運動だったが、それだけに当初は、既成文壇からは異端視されていた。モダニズム文学は当時の文壇文学の重鎮たちからは奇を衒《てら》った若者による一時的流行と見られがちだった一方、プロレタリア文学派からはブルジョワ的と非難されたのである。横光利一はそうした両面の強敵を相手に、真に新しい文学の王道を拓くべく、実作と文学理論の双方において苦闘しなければならなかった。それでいて横光作品には不思議な多幸感がある。それは三〇年代はもとより戦時下も続いた。その変わらなさは、逆に二〇年代と三〇年代半ば以降の横光に、変質があったことを示している。

新感覚派や新興芸術派の作品には都会的な若者の浮遊生活を題材にしたものが多く、軽妙さが魅力のひとつだった。

横光利一

横光利一（一八九八―一九四七）は福島県北会津郡東山村に生まれた。鉄道技師だった父の都合で、幼少期には鉄道敷設工事のある土地を転々として過ごした。三重県第三中学を経て早稲田大学高等予科英文科に進んだが、学業は措いて文学活動に入っていく。大正一三年、川端康成、今東光、佐佐木茂索、中河与一、片岡鉄兵、佐々木味津三、十一谷義三郎らと共に同人誌「文芸時代」を創刊。その創刊号に載せた小説「頭ならびに腹」が文芸評論家・千葉亀雄から注目され、新感覚派と呼ばれるようになった。

横光自身は新感覚派の文学理論を、カント哲学の用語と理論展開をかなり恣意的に援用して構築した。「感覚活動――感覚活動と感覚的作物に対する非難への逆説」（「文芸時代」大正一四年二月）で、横光は〈自分の云ふ感覚と云ふ概念、即ち新感覚派の点画的表徴とは、一言で云ふと自然の外相を剝奪し、物自体に躍り込む主観の直感的触発物を云ふ〉と述べている。描くべきは自然の外相ではなく「物自体」だが、人が到達し得るのは主観によって感知できた「直感的触発物」としてのそれでしかなく、主観を知的（悟性的）に高める不断の営為を続け、「物自体」を主観に引き寄せるのではなく、主観（知的感覚）を「物自体」に向かってダイナミックに運動させていく必要があるということだろうか。この思想は現代的にいうとポスト・ヒューマニズムの理論の先駆といえるが、文壇的には新奇な語彙選択と奇抜な比喩表現ばかりが注目される傾向があった。

また横光は、「文芸時代」大正一四年九月号の小特集「科学的要素の新文芸に於ける地位」に寄せた論考「客体への科学の浸蝕」で〈科学を会得すると云ふことは、客観を感得すると云ふことではない。科学を会得したと云ふ効果は、客観の法則を物理的に認識したと云ふ効果であるとしたうえで、〈客観の物理的法則を構成すると云ふことは、時間と空間の観念量を数学化することだ。して、この数学にこそ真理の安全な面貌が現れるべきものとしたなら、われわれが一つの真理でさへもより多く認識してをく可き必要を感じる（中略）われわれの時代の主観の対象そのものが、科学乃至科学的なる表象に向つて必然的に進行した。云ひ換へるならば、われわれの客観となる客体が、科学のために浸蝕されて来たと云ふのである。客体に変化があれば、文学の主観がそれだけ変化を来たすと云ふ法則程度はいかなるものにでも分るであらう〉と述べている。

新感覚派が試みたのは――少なくとも横光が目指したのは――自然主義によって主導されてきた写実的な現実描写と主観的内面の類型的混合を超えて、知的意匠によって感覚的表現を研ぎ澄まし、内面そのものを表層の底から浮かび上がらせることにあった。そうした意味では新感覚派が新興芸術派という一種の大衆化の時期を挟みつつ新心理主義へと展開していったのは当然であり、党派としてはもともとゆるやかな集まりであった同派が、プロレタリア文学派の台頭もあって解体に向かっていく一方、横光利一や川端康成が個別的な才華によって作品世界を深めていったのも、出発点からの視座の定めようからして、必然的なものがあった。

モダニズムの時代的課題を真正面から受け止めた横光は、科学といかに取り組むかを自己の大きな課題としていた。当時、科学主義や構築主義といった主張が美術から建築、文学にまでまたがって唱えられており、またプロレタリア文学は社会科学という「科学」を主張する文芸運動として展開していた。この時期、一般に文学における科学主義というとマルクス主義文芸批評を意味した。

小林秀雄はブルジョワ的既成文学を切って捨てる同評論が出現した時の衝撃を、〈私達は今日に至るまで、文学の領域に科学の手を全く感じないで来たのである。これは重要な事情だ。（中略）わが国の文学批評に、科学的な、社会的な批評方法を導入したのは、言ふまでもなくマルクシズムの思想である。（中略）これを受取つたわが国の文壇にとつては、まさしく唐突な事件であつた〉（「文学批評に就いて」、昭和八）と語っている。

しかし横光も川端もマルクス主義というイデオロギーに準拠した文芸批評を真に科学的なものとはみなさず、川端はもっぱら自然科学の知見への鋭敏さを新文学の評価軸とし、横光は言語学を援用した自然科学にも社会科学にも従属しない文学独自の科学の樹立を念頭においていた。

横光は理論家であると同時にきわめて揺らぎやすい抒情の人でもあり、倫理の人でもあった。この倫理性が、洋行で体験した西洋人の人種差別という野蛮性への嫌悪を経て、日本回帰、戦争追認にも通じていくことになるのだった。

昭和初期の横光利一は、ノーマルな恋愛感情を真面目に追求し続けた近代日本では稀な作家だった。横光は『寝園』（昭和五）で、複雑な人間関係と社会構造を背景にした恋愛の純粋性を追求した。正宗白鳥は『寝園』を「サロン小説」と呼び、〈平安朝時代の『源氏物語』その他の数多の物語も、あの時代らしいサロン小説であつた〉（「横光利一論」）と書いている。たしかに『寝園』や『雅歌』（昭和六）、『花花』（同）、『盛装』（昭和一〇）などの諸作は、日本が戦間期の平和のなかにあって脆弱ながらも市民社会を形作りつつあった時代ならではの、儚い豊かさを刻んだ貴重な作品といえる。こうした作品には、夏目漱石が『三四郎』『それから』『明暗』などで追求した主題を発展的に継承する意識があったのではないか、と私は考えている。

横光の恋愛小説においては、自分が本当は誰をどのような深さで愛しているのかを幾度も問われる。ふつうの恋愛小説では相手が自分を愛してくれているかに悩んで煩悶し、二人の愛を妨げる障害と闘うことが主眼となるが、横光のそれで最大の障害になるのは自分自身の「本当の気持ち」だ。ここに中期以降の横光作品を考えるうえで大きなポイントとなる「第四人称」が登場する必然があったと私は感じている。横光の「第四人称」という視座は、カントが「善」をめぐる認識と行為、理性の諸相を細分化し分析して意味づけた悟性と狭義の理性の関係、そして判断力の問題を援用して構築されている。それだけに悪意や犯意といった自己省察の際であっても保身的自己弁護によって歪められやすい犯罪者の心理より、恋愛感情の分析においてのほうが、リアルでスムーズな描写となって成功している。

横光は文壇での地位が高まっていくにつれて、時局の推移にも注目しながら、モダニズムと交差する形で次第に全体小説への指向を強めていった。そのひとつの達成が、市場原理や階級問題、民族闘争など社会的課題も詰め込んだ『上海』（昭和六）だった。

この後、横光は次第に日本回帰を見せ、日本と世界の対決を意識した作品を書くようになっていく。主題的にも作風や舞台の面からも、そうした日本回帰を告げた作品が『紋章』（昭和九）である。

この小説は第四人称を駆使した作品としても知られるが、内容面では日本主義・国粋主義的であり孤独な発明家が、官学（西洋的エリート主義）の権威の策謀と戦いながら自己の日本的発明を社会的に認めさせるという筋を含んでいる。発明家・雁金八郎は、学歴は乏しいものの〈東京近郊の県下にあつては、その郡第一の資産家であり、代代勤王をもつて知られていた名門〉で、明治以降は次第に家産が減って傾いたものの、だからこそ名誉と経済の挽回のために、発明研究に邁進しているという男と設定されている。そしてこの小説では、業界や学界の圧力に対して、過酷な努力だけを頼りに猪突猛進し、絶望的な状況でも成功を信じてやまない彼を、日本精神の体現者として描き出している。

かういふ絶望の窮極の果てに落ち込むと、その結果、人間は本来の性質を勃然と持ち上げて来るものとみえて、このときから雁金の精神は、も早や落ち込む必要のなくなつた純粋な希望に鋭く燃え立つていつたと見てもよからう。けれども、ここに彼には一つ見逃すことの出来ぬまた別個の精神があつたのである。それは彼が名門の産だといふことだ。絶望の果てには、名門家といふものは私たちの想像を赦さぬほど、先祖から貫き流れて来たその家系独特な紋章の背光のために、行動も自然に独自の姿となつて来るといふことは、私は一つの不思議な現象だと思ふ。雁金には常常から家系が代代勤王をもつて鳴つてゐたために、彼の行為には、国家といふ観念が大海のやうに押し迫つてゐたことを私は見受けたが、しかし、彼の国家に対する観念は、まだ民衆から独立した巨大な別個の存在のもののごとく映つていたと思はれるふしがあつた。けれども、彼の頭に国家がそのやうに印象されてゐたといふことは、彼の行為の上では、およそ何事によらず、ただ自身が正しいと直覚したことのみに驀進するといふ勇壮果敢な表現をとつて少しも怪しまなかつたところに影響した。私は彼がいかに蟄居してゐるときを考へても、彼から不正な感情を抱いたときの表情を想像することが困難である。もし日本精神といふものの実物があるものなら、私の知つてゐるかぎりに於ては、先づ雁金の相貌と行為とを考へずしては容易に考へ得られることだとは思へない。

こうした設定は、横光が雁金のモデル・長山正太郎から取材した話と、実際に交際しての印象に基づいているだろう。正太郎の実家は旧水戸藩領にあり、尊皇派として黒船来航以来の騒乱のなかで数人の国難殉死者を出していた。彼は関東大震災以前から菊池寛と交流があり、横光は菊池を介して震災直後にこの男を知った。そのころ既に正太郎はバナナの皮から酒を造るなどの発明をしており、『紋章』で扱われている発明も、廃棄されるような魚の骨を原料に代用醬油を造る技術だった。そうした奇抜な発明は、しかし物資不足の時代になってくると実用的な「科学」として、推奨されるようになっていく。昭和恐慌から戦時体制に向かうなかで、「本物」はいつしか贅沢品となっていたのである。日本主義的発明とはつまり代用品の開発の意であり、この点は佐田介石が試みた「発明」とも近似していた。

『紋章』は第一回の文芸懇話会賞に選ばれたが、文芸懇話会は内務省警保局長の松本学の肝いりで検討され、文壇側では直木三十五、菊池寛、吉川英治らが昭和七年から相談を受けて、昭和九年一月に創設された官民合同団体だった。警保局は教育・宗教・文芸などを対象に文化統制を進めており、松本は共産主義者弾圧と日本主義普及に努めたことで知られる。「邦人一如」のスローガンの下、日本文化連盟を結成したのも彼で、文芸懇話会もそうした政策の一環としてあった。なお同会は昭和一二年六月の帝国芸術院の創設を機に解散となる。第一回の賞の選考では『紋章』と島木健作の『獄』に決まりかけたが、島木作品に内務省が難色を示して、代わりに室生犀星『あにいもうと』との二作受賞となった経緯がある。作家たちも戦時体制に組み込まれつつあった。

昭和一一年、横光は東京日日新聞・大阪毎日新聞の特派員として欧州に旅立つが、前年に渡欧が決まった時、既に「ヨーロッパになんて行きたくない」と中山義秀にこぼし、まるで文壇から追い出されるかのような寂しさを感じていたという。船出に際しては約一〇年前に死んだ芥川龍之介を思い出したりしている。それでも船内では同乗していた高浜虚子の句会に参加するなどしたが、マルセイユに上陸するや野卑で差別的な白人の態度にショックを受け「地獄」を感じた。キリスト教文化の底流にある残酷野蛮に気づかされ、さらにパリでは、そのあまりに人工的な佇まいに居心地の悪さと孤独感を強め、ヨーロッパの下敷きにされている植民地にも思いを馳せた。ドイツでは整然とした街並みの息苦しさから、日本の雑然とした自由奔放の豊饒を再発見してもいる。しかしロンドン滞在後に再びパリを訪れると、その人工性は「真の感傷」であるとも感じ、さらにセザンヌの絵画には芭蕉的な風合いを見るなど、フランスと自己のあいだに回路を見出そうと努めもした。横光は西洋憧憬と日本回帰のあいだで激しく揺れ動いた。

パリでは滞仏中だった岡本太郎の案内で街を巡り、シュルレアリストのトリスタン・ツァラを訪ね、ポルザ万国知的協力委員会で演説するなど、精力的な活動もしている。その講演では卑屈なほどのフランス礼賛と日仏融和への願望を語っていた。そのあとベルリンでオリンピック競技を観戦すると、横光は大会期間中にソヴィエト経由で慌ただしく帰国の途に就いたが、荒涼と広がる大平原に強い衝撃を受ける。またソヴィエト経済の欺瞞性や、日本人の白人と中国人に対する態度の違いなど、様々な嫌なものにもふれざるを得なかった。

帰国後、横光は欧米的なものと日本的なものの相克を主題とする『旅愁』を書きはじめた。この作品は昭和一一年に着手されて、翌一二年から「東京日日新聞」や「文藝春秋」など発表媒体を変えながら戦後まで書き継がれ、横光の死によって未完の大著として残ることになる。

『旅愁』では、矢代と久慈という優れた知性を持つ青年が、それぞれに教養的研究あるいは技術習得を意図して漠然と欧州で過ごし、恋の鞘当てなどを演じつつ、しだいに日本と欧州に対して異なる意識を持っていく。

久慈は憧れのヨーロッパのそこここに権威主義や現代的な迷妄が潜んでいることを感知して沈鬱になり、矢代は祖国日本を思う気持ちを強めていく。矢代は帰国後、「われ山民の心を失はず」という芭蕉の言葉を思いつつ思索を深め、さらには古神道の世界へと踏み入っていく。一方の久慈は世に対する虚無感を深めていく。ちなみに久慈という名前は「七階の運動」(昭和二)や「薔薇」(昭和八)など横光のモダニズム期の作品にも登場するなじみ深いものだった。知的で享楽的な久慈は、一九二〇年代的青春の一つの理想像だったが、それが日本回帰の時局にあって、自信を失い陰鬱な影を強めているのは誠に象徴的だ。

大陸での戦火が続くなか、横光は次第に国粋主義的な世相に同化するようになり、昭和一五年には日本文学者会議の発起人に名を連ねた。また菊池寛、高見順、林芙美子らと共に文芸銃後運動講演会のために地方を回った。しかし講演内容は必ずしも好戦的なものではなかったし、ナチスの焚書には文学者として抗議し、学芸自由同盟にも参加している。

昭和一六年一二月八日、大東亜戦争の開戦の報を受け、ハワイ真珠湾攻撃による緒戦の勝利を知った横光は気持ちを昂らせて銀座に向かい、かねて強く惹かれながらも高価なために購入を躊躇していた梅瓶をこの日の記念として購入した。そして翌日(昭和一六年一二月九日)の日記には〈先祖を神だと信じた民族が勝つたのだ〉〈パリにゐるとき、毎夜念じて伊勢の大廟を拝したことが、つひに顕はれてしまつたのである〉と記した。

横光は「軍神の賦」を著して真珠湾攻撃で命を落とした九軍神を哀悼してもいる。

ハワイ真珠湾の海底に沈んだ九人の軍神の名が発表された。すべて計算され、そして、それを実行することの結果が、尽く死から脱れることがないといふやうな、厳密な科学的計画がわが国の海軍士官によつてなされた実例を、私らは聞かされたのである。「ユーレカ」(分つた)といふ科学史上の古今の天才アルキメデスの叫びも、ここだけはまだ分らなかつたに相違ない。もつとも神聖な犯すべからざる静粛さで、ひそかに死の訓練を日夜たゆまず遂行し、興奮もなければ、感傷もない、淡淡として自分の霊柩を製作し、操作する、その技術の中に描かれた未来は、も早やただ純一な信仰の世界だけであつただらう。

戦争遂行に当たっても日本政府・軍部は「科学」という語をしばしば強調した。しかし「軍神の賦」中に見られる「科学的計画」の痛ましさを想い合わせる時、その科学がいかに非科学的であったかが顕わとなる。戦時下日本の「科学」とは、つまり人間性の剝奪の意だった。

英雄が誕生するのは、戦略や兵站《へいたん》が破綻した時である。軍備や物資補給が十分であり、また時間的にも余裕があるなら、戦闘自体は苛烈であっても最小限の犠牲で勝利を得られるよう準備を整え、時宜をうかがう手堅い作戦が可能だ。それが人的資源を守る道である。これはどの軍隊であっても変わらぬ原則であるはずで、進んで自軍の兵士を死なせたがる者はいない。にもかかわらず緒戦から決死の戦闘――実質的に生還が期待できない特攻作戦――無しに敢行し得ない作戦しか立案できなかったということは、そもそも太平洋戦争が破綻しており、勝てる戦争ではなかったことを示している。

私は別に、勝てる戦争ならやってもいいと思っているわけではないが、開戦の奇襲攻撃時から特攻含みであるような戦争が勝てるはずがないという程度のことが、軍部の共通認識でなかったことには驚愕し、暗澹《あんたん》たる気持ちになる。「負けると分かっている戦いでもしなければならない時がある」というなら、そう思う当人が死んでみせるべきで、生きた口が発している段階で欺瞞である。それは遺書にでも書くべき語だ。だからこそ、強いられた特攻で、あたかもそれが自己の望みであるかのような決意を記して死んでいった人たちに、文学者たちは心を打たれたのだろう。

彼らの死を犬死と呼ばせないために、表現者たちは彼らを讃えるしか術がなかったのかもしれない。戦没者を飾りたてる言葉は、痛ましい死に対する、せめてもの餞《はなむけ》だったのかもしれない。しかし現実そのものに対峙せず、美しい物語に逃避している事実も厳粛に受け止めねばなるまい。

太宰治――アイロニーが世界を包むとき

太宰治（一九〇九―四八）のなかでは、選ばれたものの恍惚と不安のように、矛盾背反する概念や心情がしばしば同居している。またその位置や価値は交換可能であり、時に揺らいだ。太宰作品では正義と不実、真面目と怠惰の価値がしばしば反転する。不実の真実、怠惰なる者の苦悩努力を太宰はしばしば訴える。その底には旧弊な「家」や欺瞞に満ちた社会に対する嫌悪と、それでも彼らからの評価にこだわり、縋らずにはいられない自分自身へのアイロニカルなまなざしがあっただろう。これは戦前期の制度下で生きる人々が、意識するとしないとにかかわらず、現実に抱えていた問題でもあった。

作家は誰もみな作り話の名人だが、なかでも太宰は特別だった。大げさで面白くて出来すぎで、いかにも作り話めいている。どこか信用のならぬところがある。しかし信じないことと心動かされないことは違う。太宰の小説はいかにも虚構であり、詭弁にあふれているが、同時にそこにある悲しい真実、痛切な純真さがあると感じて心が揺れる。

青森県屈指の大地主の家に生まれた太宰治（本名・津島修治）は、しかし六男だったので、家を継ぐべき長兄とは異なり、家庭内では幼い頃から目下のものとして扱われていた。外部から向けられる「津島家の坊ちゃん」への丁重追従と嫉妬怨嗟の入り混じった視線と、家庭内における取るに足らない存在という立場への戸惑いは、太宰のなかで気負いと自己憐憫の双方を育んだ。

青森中学時代に文学に目覚め、弘前高等学校文科甲類へと進んだが、プロレタリア文学や思想活動に惹かれ、その一方で芸者見習いの小山初代と相知り、結婚を望むようにもなった。そうした生活は実家との軋轢を生み、また思想問題での警察の取り調べに対する恐怖もあり、昭和四年一二月にカルモチン自殺をはかる事件を起こした。太宰は後に当時の思想信条を〈金の無い一賤民だけが正しい。私は武装蜂起に賛成した。(中略)しかし、私は賤民ではなかった。ギロチンにかかる役のはうであつた〉(「苦悩の年鑑」)と表現したが、マルクス主義運動については大学に進んでからも資金援助役だった。その金はもちろん彼が家から得る仕送りから流用されていた。

昭和五年、東京帝国大学文学部仏文科に進んだものの、フランス語が出来ずに講義についていけず、美学科への転科を希望する一方、井伏鱒二に入門して作家を目指した。さらに置屋から足抜けした初代の上京、結婚問題を巡る実家との関係悪化、そんななかで銀座裏のカフェ「ホリウッド」の女給・田部シメ子(本名・あつみ)との突発的な心中未遂(相手は死亡)と、太宰の生活は混迷を極めた。太宰は自殺幇助《ほうじょ》で取り調べも受けた。

自身で解決できない問題は、けっきょくそのたび、実家を頼らざるを得ない彼だった。昭和六年、実家が金の問題を清算してくれたおかげで堂々と上京してきた初代と同棲し、翌年には警察に出頭して思想問題から足を洗うも、大学は欠席が多く試験すらほとんど受けていなかったので卒業出来ず、実家からの仕送り延長を受けた。このような乱脈で恥辱に塗れた青春期の後、太宰の文学生活は本格的にはじまったのだった。

仕送りを受けながら作家として作品を発表するようになった太宰は、自身の恥ずかしく弱い部分をさらけ出すような作品で若者の支持を受ける一方、初期から逆説的に道徳を説くような作風を備えていた。名誉や自負があればこそ、恥もまた強く意識されるのだろう。

「猿ヶ島」(「文学界」昭和一〇年九月)では西洋に囲まれた日本の孤立孤独を、動物園のニホンザルに仮託して描き、「駈込み訴え」(「中央公論」昭和一五年二月)ではイエスを裏切ったユダを通して、マルクス主義運動から脱落した自己の懺悔と、運動の独善性をも語った。マルクス主義を離れた太宰が、保田与重郎の「日本浪曼派」に参加したこともよく知られているだろう。

しかし太宰の「日本浪曼派」ならびに保田与重郎への接近は、政治思想への共鳴ではなく、その華麗なレトリックへの関心と、ドイツ・ロマン派風の「死の誘惑」への共感から来ていたと思われる。保田の頽廃美称賛と死の誘惑については既に述べたが、太宰治や檀一雄、中原中也など国家主義運動とは縁遠そうな文学者が彼の美学に惹かれたのは、死の意識によるところが多かっただろう。太宰の自殺願望は広く知られるところだ。

太宰は「日本浪曼派」昭和一〇年五月号に「道化の華」を発表している。もっとも、太宰が日本回帰を強めるのは同誌終刊後で、地質学者石原初太郎の四女・石原美知子と見合い結婚して三鷹に転居し、精神的安定を得てからのことだった。この時期、太宰は「女生徒」「富嶽百景」「走れメロス」などを書いている。「黄金風景」(「国民新聞」昭和一四年三月二日、三日)などで、社会道徳に従順にしたがう、愚かなほどに善良で素朴な日本の庶民との精神的和解を果たした太宰は、家族や故郷への素直な愛着表明とともに、日本回帰も明確にしていった。

しかしまもなく、すべてを飲み込む戦争の季節がやってくる。個人的な頽廃趣味などとはレベルの違う破滅だ。実際にはとうの昔から大陸での戦火が続いていたものの、「事変」という名で呼ばれ続けていた。それが昭和一六年一二月八日、決定的な開戦へと至ったのである。

「新郎」(「新潮」昭和一七年一月)は大東亜戦争が勃発した当時の心境を描いた作品だ。気分が高揚して調子はずれの行動を繰り返し、それでいて奇妙に訓戒めかしたことを語る話者。しかし話者は、この戦争の行く末がどうなるか、すでに冷静に見通してもいる。冒頭の〈一日一日を、たつぷりと生きて行くより他は無い。明日のことを思ひ煩うな〉は、一見、開戦という事態に順応しているようでいて、既に滅びを予感している。〈明日のことを思ひ煩うな〉には、明日という日はない、との予感がある。だからこそ未来そのものである子供の顔を覗き込むのだ。

この予感は覚悟や諦念というより、狼狽を帯びている。それが話者のちぐはぐな行動となって表れる。なぜなら既に打つ手がないからだ。話者には何もできない。現実に従属するしかない。話者が着る紋服は、新郎のそれというより、喪服を思わせる。狼狽した話者は、まるで葬式の日にしっかりしなくてはという気負いから「大丈夫。私は幸せです」と口走ってしまう喪主のようだ。馬車が銀座には行かないように、この新郎の向かう先は結婚式場ではないだろう。

戦時下の太宰は反戦的ではなかったが、翼賛的でもなかった。困惑し浮足立っていたというのが、戦中の作品から受ける直截な印象である。そのことを太宰自身もよく分かっていた。逆説的だけども、自分たちは浮足立っているのだと開戦当初から自覚していたからこそ、太宰は戦時下にあって最も美しい小説が書けたのだと思う。例えば「待つ」や「散華」のような作品を。

「待つ」はもともと「京都帝国大学新聞」の依頼に応じて書かれた作品だったが、内容が時局にそぐわないということで掲載されずに返され、『女性』(博文館、昭和一七年六月刊)に書き下ろしの形で収められた。たしかに時局には合わないが、背徳が神聖なものに転ずる強い希求のような、痛切な何かが感じられる。もし戦時下でなかったら、こうしたテーマはもっとおどけたユーモラスな形で扱われていたのではないかと思う。戦時下の深刻な状況と、それでも聖戦完遂を声高に叫ぶ者たちが跋扈《ばっこ》する世の中では、自分の気持ちに正直であること自体が、アイロニカルな正義となっていた。

太宰は愚かな直截さを愛した。尊敬したといってもいいかもしれない。もし太宰が戦争に肯定的だったとしたら、それは愚行を信じる人々の純真さへの愛情からだ。「散華」(「新若人」昭和一九年三月)には下手な詩を書き、評価されなくてもくさらずせっせとまた持ってくる若者が登場する。そんな平凡で気のいい文学青年が兵士として戦場に送られていく。平和な時代なら天下国家のことなどに関わろうとせず、身辺風物や心情を、さも大切そうに書き綴っては喜んだり悲観したであろう若者たちが、散華でも玉砕でも、何と言おうと構わないけれども事実としては無惨に死んだ。太宰は玉砕という言葉について〈あまりに美しい言葉で、私の下手な小説の題などには、もつたいない気がして〉と述べているが、私は散華という字面と響きのほうがより美しく感じる。玉が砕ける苛烈さよりも、はらはらと音もなく散る花のほうが美しいと思う。それが古来、日本人の当たり前の美意識ではなかったか。武器も食料も欠乏する前線で、無謀な作戦を強いられて死んでいく文弱の若者に贈るには、せめて玉砕より散華のほうがふさわしい。太宰はもちろん、それを分かっている。

「東京だより」（「文学報国」昭和一九年九月）もまた、健気な若者の、真摯で痛ましい真っ直ぐさを描いて、美しい。美しすぎて痛ましい。ここには『右大臣実朝』の〈アカルサハ、ホロビノ姿デアラウカ〉に通じる悲しみの美学があり、「日本浪曼派」の影響の残滓というよりは、太宰本来の下降退廃の美学が日本全体をけなげに包んでいた時代状況が窺われる。

純真であること、ひたむきであること。それがそのままアイロニーになってしまう時代。戦争をめぐるイデオロギーとはまた別の次元で、その痛ましさと敬虔《けいけん》さに、太宰は寄り添うともなく寄り添い、敬意を表した。

「海」は戦後に発表された小品だが、戦時下のちょっとした家族の愛情風景を描いている。これも戦時下だからこそ、平凡が愛おしく認識された好例だろう。多くの父は、平時であればこんなに家族との瞬間を貴重とは感じないのではないか。いつでも出来る。毎日でも出来る。そう思いながら日々の仕事や交友にかまけて、気がついたら「あれが家族とのかけがえのない思い出だったな」と後から思い、「もっと一緒にいればよかった」と後悔するものだ。戦時下だからこそ、リアルタイムで家族との時間を大切だと感じられるのかもしれない。大きな不幸が、小さな幸福をきらめかせるのは、文学上は価値あることでも、現実政治が肯定するべきことがらではなかった。

坂口安吾——日本文化称揚の欺瞞性

太宰治と共に無頼派と呼ばれた坂口安吾は、戦前から戦後まで一貫して独自の日本論を展開し、また戦争に対しても無頼派らしい一種の気骨を示した。いったいに無頼派は自由奔放のようでいて、権力的な価値観には反発しても人情には脆いところがある。その不器用な生きざまが、人々を魅了するゆえんでもあるが、彼は日本美や戦争をどう表現したのだろうか。

坂口安吾（一九〇六―五五）は新潟県新潟市に、憲政本党所属の代議士坂口仁一郎の五男として生まれた。しかし関東大震災後の大正一二年一一月に父が負債を残して亡くなったため、安吾は返済のため、一時、代用教員を務めている。その後、宗教に目覚めて学的求道を志向し、東洋大学印度哲学倫理学科に入学、独学などによりサンスクリット語、パーリ語、チベット語、さらにはラテン語やフランス語も学習した。作家としては昭和六年、ナンセンスな笑いの要素を含んだ作品「木枯の酒倉から」（昭和六）、「風博士」（同）、「霓博士の廃頽」（同）で世に出ている。

交通事故の後遺症からくる幻覚や自殺願望などに苛まれながら、無頼と呼ばれるような生活も送ったが謹厳な面もあり、昭和一三年頃から日本の古典や昔話を題材にした作品を書くようになっていく。安土桃山から江戸初期にかけての切支丹文化にも関心を寄せ、『イノチガケ』（昭和一五）や『島原の乱雑記』（昭和一六）なども書いている。

また安吾は『日本文化私観』（昭和一七）などで、戦時体制下の日本で「愛国者」らが唱える日本精神や日本的伝統といったものが備えている胡散臭さを、鋭く指摘している。それはたとえば、ブルーノ・タウトの日本美礼賛への批判という形で展開された。

タウトはドイツ出身の表現主義の建築家だったが、親ソヴィエト的だとしてナチスに弾圧され、昭和八年から約三年半を日本で暮らしていた。日本インターナショナル建築会の上野伊三郎の案内で桂離宮を観覧したタウトは、その簡素で洗練されたデザインと構造に感銘を受け、伊勢神宮などと共に皇室芸術と呼んで礼賛した。その一方で日光東照宮は過剰な装飾に彩られた俗悪な権力顕示の産物であるとして「建築の堕落」と批判した。

こうしたタウトの日本美論は、皇室崇敬と質実剛健を唱える当時の国策的愛国論者にとって都合のいいものであり、瞬くうちに広く知られるようになった。それは多くの日本人にとっても、確かに心地いい響きを持っていた。

これに対して坂口安吾は、桂離宮も日光東照宮も共に日本のものであり、両極のように見えるとしても、どちらも日本美であると指摘、さらに日本精神だの日本の独自性だのと言いたがる国粋主義者が、欧米人の日本礼賛評をありがたがる習癖を揶揄した。そのうえで、現代の日本人に過去の美意識や価値観をただちに投影するのは誤りだとも指摘した。多くの日本人は既に和服を日常着としておらず、仇討だの切腹などの風習を失っている。しかしそれによって日本的なものが失われたというのは誤りだ。そもそも日本人にとって日本は復古や再発見の対象ではなく、まして外国人に教わらなければならないようなものではない。現代の日本人は古代文化の習俗は失っているかもしれないが、日本人が日本そのものを見失うことはないとした。

そして安吾は、タウトが俗悪だと退けた日光東照宮のきらびやかさを認め、東西の本願寺や豊臣秀吉的な成り上がり者の素朴な我儘さ、三十三間堂の太閤塀、伏見稲荷の赤い鳥居なども、俗悪ながらやはり日本美を示しているとした。こうした考え方は、雪舟の墨絵や狩野永徳の豪放さを日本美と唱える美術家が、ともすれば浮世絵を無視するといった恣意的選択への痛烈な批判にもなっていた。安吾は「五月の詩」（昭和一七）でも、戦争に関連して自裁した商船船長の妻の短歌を引いて〈日本精神だの日本的性格などを太鼓入りで探しまはる必要は微塵もない。すぐれた魂の人々が真に慟哭すべき場合に遭遇すれば、かくの如く美しく日本の詩を歌ひ出してくるではないか〉と述べている。

このように浅薄で見掛け倒しの日本精神称揚を痛烈に批判した安吾だったが、実際に自身の命を捧げて作戦遂行を期する特攻兵士に対しては、深い敬意と哀悼を捧げるほかなかった。

そうした坂口の心情は「真珠」（昭和一七）などで真摯に語られている。この小説は昭和一六年一二月八日、大東亜戦争の緒戦を飾る真珠湾攻撃で戦死した九人の兵士の心根を、自身らの日常と引き比べつつ想うというものだった。横光の「軍神の賦」と同じ主題だ。岩佐直治海軍大尉（戦死後に中佐）以下の九人は甲標的（特殊潜航艇）に乗り組み、未帰還を当初からの予定とした作戦に出動した。しかもかれらは、自分たちの死を予定する作戦の練習を繰り返し緻密に行っていた。

必ず死ぬ、ときまつた時にも進みうる人は常人ではない。まして、それが、一時の激した心ではなく、冷静に、一貫した信念によつて為された時には、偉大なる人と言はねばならならぬ。思想を、義務を、信仰を、命を捨てゝもと自負する人は無数にゐるが、然し、そのうちの何人が、死に直面し、死をもつて迫られても尚その信念を貫いたか。極めて小数の偉大なる人格が、かゝる道を歩いたにすぎないのである。(中略)

あなた方は、いはゞ、死ぬための訓練に没入してゐた。その訓練の行く手には、万死のみあつて、万分の一生といへども、有りはしなかつた。あなた方は、我々の知らない海で、人目を忍んで訓練にいそしんでゐたが、訓練についてからのあなた方の日常からは、もはや、悲愴だの感動だのといふものを嗅ぎだすことはできない。あなた方は非常に几帳面な訓練に余念なく打込んでゐた。さうして、あなた方の心は、もう、死を視つめることがなくなつたが、その代りには、あなた方の意識下の確信から生還の二字が綺麗さつぱり消え失せてゐたのだ。

大東亜戦争は、その当初から死を前提にした作戦なしには遂行できなかった。兵士らが命がけで戦うのは当然としても、死を前提にした作戦立案は、まともに考えたら勝ち目のない戦いであることを軍部自ら告白しているようなものだ。とはいえ、現に命を抛《なげう》つ人々の真摯さを無礙には出来ない。文学者たちは、死にゆく人々を讃えることになる。そのことに坂口安吾は欺瞞を感じていた節があるが、しかしやはり素直に心を打たれる面もあった。

なお九軍神に対しては、多くの人々が詩歌をおくった。斎藤茂吉は〈そのこころ極まりぬればあなこつけ特別攻撃隊の名をぞとどむる〉などの歌を、高浜虚子は〈其名こそ春あけぼのの目にさやか〉ほかの句歌を発表している。横光利一の「軍神の賦」については既に述べた。これらもまた戦争文学として、私たちはその言葉の背後にある痛みを思わねばならない。

第三章

戦意高揚する詩人たち

近代詩歌と軍歌――日本軍歌の哀調

詩人と戦争という取り合わせは意外と感じられるかもしれない。だが詩歌は古来、戦争との結びつきが深かった。西洋には古代ギリシャの昔から戦争叙事詩の伝統があるし、日本は『万葉集』の防人歌が知られている。そうした文化的蓄積は、近代以降は戦争のたびに掘り起こされ、民族意識と戦意の高揚に利用された。

日本の近代詩（新体詩）の初めには賛美歌と軍歌があった。一方は信仰を鼓舞し、他方は国家への文字通りの献身を謳ったわけだが、その割に日本の軍歌は哀調を帯びて感じられる。それは歌詞にもいえる。「ここはお国を何百里」ではじまる『戦友』は日露戦争時に作られたもので、一般的には軍歌と呼ばれているが、歌詞も曲も哀調に満ちていて厭戦的であり、軍隊内部では歌唱が禁止されていた（しかし現実には止めることが出来ず、黙認され続けた）。『雪の進軍』などの歌詞もほとんど愚痴で埋められている。

近代日本最初の軍歌は、東征進軍にあたって官軍が奏でた俗謡調の『トンヤレ節』であり、さらに薩摩軍軍楽隊が西洋音楽に学んだ正式の近代軍歌を作った。その最初のものは海軍儀制曲

『海行かば』だった。作曲したのは雅楽の家筋に生まれた東儀季芳、歌詞は『万葉集』に収められている大伴家持の古歌（陸奥国に金を出す詔書を賀す歌）の一節、国史『続日本紀』に引かれた部分が充てられた。すなわち「海行かば　水漬く屍　山行かば　草生す屍　大君の　辺にこそ死なめ　長閑には死なじ」である。近代日本の軍歌は、当初から古典詩歌とつながっており、その意味では日本の「近代化」と「回帰」は常に手を携えていた。

なお『海行かば』というと、太平洋戦争下での大本営発表の戦果放送時、玉砕を伝える際に冒頭曲として流されたあの曲が思い出されるだろうが、それは東儀季芳が作曲したものとは別の曲だ。戦時中によく聞かれた『海行かば』は、昭和一二年に国民精神総動員強調週間が制定された際、そのテーマ曲としてNHKが信時潔に作曲を委嘱したもので、歌詞には最後の節が「長閑には死なじ」と「かへりみはせじ」の両様があるのだが、戦時は主に後者で歌われることになる。

ちなみに戦勝報告の際によく流された歌は『敵は幾万』や『抜刀隊』だった。

『抜刀隊』は多くの軍歌や唱歌を作詞した文学者の外山正一が一八八二年に西南戦争を題材として作った詩に、御雇外国人のシャルル・ルルーが曲を付けたものだ。

我は官軍我敵は　天地容れざる朝敵ぞ
敵の大将たる者は　古今無双の英雄で
之に従ふ兵《つはもの》は　共に剽悍決死の士

鬼神に恥ぬ勇あるも　天の許さぬ反逆を
起しし者は昔より　栄えし例《ためし》あらざるぞ
敵の亡ぶる夫迄は　進めや進め諸共に
玉ちる剣抜き連れて　死ぬる覚悟で進むべし

軍歌でありながら、自軍の武勇ではなく敵を「英雄」「決死の士」と讃えるのは異色だが、これはモチーフとなった西南戦争が国内戦で、敵将・西郷隆盛が同時に維新の功臣であり、反乱戦死後も国民に人気があったという特殊性に由来している。そもそも西郷は帝国陸軍にとっても生みの親のひとりだった。『抜刀隊』の歌詞は二番以降も、士魂を鼓舞しつつも戦うことの虚しさや罪業をも読み込むという、なかなかに文学的な歌詞が続く。

なおこの歌は後に兵部省によって行進曲に編曲され、帝国陸軍の行進曲として用いられた。それが『陸軍分列行進曲』である。太平洋戦争の学徒出陣壮行会記録映像などで流れるその曲を、若い人も何となく耳にしたことがあるだろう。この曲は軍歌とは思えぬ物悲しい響きを帯びて感じられるが、それは学徒出陣の悲愴さや敗北に至る戦闘と結びついているためばかりでなく、そもそも転調が多用されていて軍歌らしからぬ哀調の旋律が含まれているためだ。日本の古い旋律は短調が多いのだが、ルルーは日本の軍歌を作るにあたって「日本的」を意識し、日本軍もその美意識を是としたのである。

日清戦争——与謝野鉄幹、正岡子規

詩歌には景色や日常を歌ったものもあるが、失恋や愛する人の死など、感情を揺さぶられる出来事を詠んだものも多い。また西洋には歴史上の事件を歌った長文の叙事詩なども少なくなく、文学的に高く評価されてきた伝統がある。日本でも西洋式の新体詩を作るにあたって、神話や歴史に題材を求めた叙事詩や、自分たちが遭遇した同時代の戦争に反応した詩歌が数多く作られた。実際、戦争は心を大きく揺さぶる大事件であり、人々は高揚と哀切の両方向に心を引き裂かれ、かつ矛盾なく両方の気持ちを胸に抱いた。自国の戦争には恋人や夫や親や子や、自分の愛する人の運命も関わり、あるいは詩人自身が戦場に立たされる場合もあった。

たとえば与謝野鉄幹は、日清戦争に際して、戦意高揚詩歌をいくつも作っている。

将軍不誇

大勝利、大勝利、
快電夜いたる大本営。
みさぶらひ、とく燭《ともしび》をたてまつれ、
我君したしく見そなはす。

（中略）

敵ハ二万ときこえしが、
たま〳〵のがれしその外ハ、
われの火力に打果し、
さてハきづけて捕へたり。
敵の兵器と兵糧の、
我手におちしも数知らず。
砲軍の将左寶貴も、
とりこと為せる中に在り。
大勝利、大勝利、
千古未聞の大勝利、
この名誉なるたたかひの、
将軍ハ誰ぞ野津中将。
将軍つとに徳高く、
己れを誇るさまもなし。
この勝利をバつたへたる、
飛電の末に書けるやう。

勇武なる、天皇陛下の御稜威《みいづ》なく、
忠義なる、将校士卒のあるなくバ、
臣の微力、いかで奏せむ此大勝利。

与謝野鉄幹は、ほかにも「軍中月」「従軍行」「太郎」など日清戦争下には威勢のいい戦争詩歌を数多く作った。「太郎」では小学校児童を意識して〈君も君も、いざ列つくれ。／時間の鐘の鳴るまでハ、／いくさごとして遊ぶべし。〉と「戦争ゴッコ」を推奨さえした。鉄幹は戦勝後には戦没者を偲んで抒情的な「凱旋門」などの詩を作るが、両者に矛盾はなかった。時に臨んで戦うとなれば勇猛果敢が男の誉れ——という高揚が本当の気持ちなら、それはそれとして人の死は悲しいというのも真実であり、理論的一貫性のない自己の情動を的確に写すのもまた近代詩人の任務だったのである。こうした姿勢は世代を超えて近代日本の詩歌人に継続し、一九三〇年代の詩歌作品にも共通することとなった。それでいて日清日露期の詩歌と太平洋戦争下のそれでは、気韻に格段の差があるのはなぜだろうか。

そもそも明治の知識人には、生まれた時はまだ維新前であり、幼少期に前近代の武士的嗜みを刷り込まれた人が少なくなかった。それは与謝野鉄幹や正岡子規という、維新前後に生まれた明治詩歌壇の両巨頭（片やロマン派、片や写生派）にも引き継がれており、多少ともその弟子たちに伝えられることになるものでもあった。

正岡子規は日清戦争に際しては、挙国一致の戦争遂行を唱え、戦争が二年目を迎えた明治二八年の元旦、『日本』に「俳諧と武事」を掲げた。そのなかで子規は、蕪村の句に武事を詠じたものが多いことをあげ、蕉門連句も同様であると説き、宝永版『南無俳諧』の伊呂波武者四七句から十数種を引いた。さらに子規は自ら従軍記者として戦地に行きたいと日本新聞社社主の陸羯南らに掛け合った。だが羯南をはじめ周囲の人々はみな子規の健康を危惧して反対し、また戦地にいる知人らも、戦地の衛生状態や医療の現状を知らせ、到底無理だと止めたが、それでも聞かずに子規はとうとう三月三日に東京を発ち、六日には広島に入った。そこで従軍許可を待ち三月二一日にようやく許可を得て乗船した。ただしこの間、既に講和交渉が始まっており、けっきょく子規が大陸に渡ったのは四月に入ってからだった。戦争の傷跡が残る休戦・戦後の金州を巡った子規は、次のような句を残している。

古城や菫花咲く石の間
城門を出て遠近の柳かな
戦ひのあとに少き燕哉

子規が観たのは戦争ではなく、戦争の「あと」だった。そして大陸からの帰国時、正岡子規は大喀血をすることになる。子規はその悲痛壮絶な有り様を漢詩「喀血歌」に賦した。

一方の与謝野鉄幹は、日清戦争後は朝鮮半島に渡り、日本人学校の教師をしていたが、日本守備隊の将校や国粋人脈と繋がっていた。そして明治二八年一〇月に朝鮮国王の正妃で改革派を弾圧していた閔妃に対する暗殺事件が起きると、日本公使や右翼活動家・安達謙蔵や国友重章らと共に告発されるに至っている（当時の日本は朝鮮に対しては治外法権を有しており、鉄幹らは日本に送還されて放免されている）。鉄幹はのちに選挙に立候補したことからも窺われるように、国事に志すところのある詩士だった。

日露戦争の記憶――夏目漱石、森鷗外、与謝野夫妻

日清戦争の一〇年後、明治三七年には日露戦争が起き、今度もまた漢詩が盛んに作られ、野口寧斎、森槐南、国府犀東などが続々と漢詩を書いては戦争漢詩の本を出版、各種雑誌には漢詩や短歌の投稿が相次いだ。あいかわらず戦地から寄せられる「戦争文芸」も盛んで、短歌や漢詩が隆盛したが、軍歌の歌詞としては新体詩が人気を博した。唱歌の作詞も数多く手がけた大和田建樹の「日露開戦軍歌」、佐々木信綱の「露西亜征討の歌」、大町桂月の「露国征伐軍歌」、巌谷小波の「征露軍歌　決死隊」、井上哲次郎「征露の歌」などはそれぞれ曲がつけられて、軍歌として歌われた。

夏目漱石は、実は若い時に自身の戸籍を北海道に移して兵役逃れをしていたにもかかわらず、日露戦争の開戦時には戦意高揚的な「従軍行」を発表している。

吾に讎あり、艨艟吼ゆる、
　讎はゆるすな、男児の意気。
吾に讎あり、貔貅群がる、
　讎は逃すな、勇士の肝。
色は濃き血か、扶桑の旗は、
　讎を照さず、殺気こめて。

漱石は漢詩も作ったがあまりうまいとは言えず、この新体詩に至っては空疎としか言えない。だが本人は自信があったらしく悪評にたいそう不満で、同時期に戦争詩を発表した大塚楠緒子の新体詩「進撃の歌」を指して〈無学の老卒が一杯機嫌で作れる阿保陀羅経の如し女のくせによせばいゝのに、それを思ふと僕の従軍行抔はうまいものだ〉と八つ当たり、ないし自画自賛している（野村伝四郎宛ハガキ、明治三七年六月三日付）。ちなみに大塚楠緒子は、今日では与謝野晶子の「君死にたまふことなかれ」とならぶ厭戦詩「お百度詣」の作者として知られているが、これは戦争が長引いてからの作で、戦争のはじまりには高揚して軍歌調の詩を作っていたのである。

日露戦争は、ロシアという強大な白人の帝国を相手に、黄色人種の小国が挑んだ戦いであり、ロシア側はこれを「キリスト教国家と異教徒の戦い」と主張、欧米のロシア支持を取り付けるべく巨費を投じて宣伝工作を行った。一方、日本はロシアがいまだ専制君主国であるのに対して、日本は憲法を持ち議会政治を行っている文明国であるとし、「自由主義的文明国 対 帝国主義的専制国の戦い」であると唱え、主に英米の支持を取り付けるべく努めた。この場合、ロシアがキリスト教を強く打ち出したことにユダヤ人が密かに反感を募らせ、またカトリックやプロテスタント諸派もギリシャ正教系のロシア国教と交流に乏しかったことが、日本に有利に働いた感がある。「文明国」を唱えた日本は、友好国である英米を中心にジャーナリストや外国人武官の従軍視察を許し、また報道機関にもある程度の従軍記者・カメラマンの同行を許可した。博文館が戦時に発行した『日露戦争実記』は特に人気で、作家の田山花袋が第二軍に従軍し、現地から「第二軍従征日記」を書き送った。その第一日は明治三七年四月二一日（木曜日）で、出征を控えて軍が集結していた宇品港からのものだ。冒頭を引く。

午後一時自分等写真班一行は、広島鳥屋町の中野といふ旅館を出発して宇品へと向つた。宇品！　自分等はいかに宇品乗船の時の来るのを渇望したであらうか。狭い、汚ない旅館の一室、写真機械、活動写真の機械などの寝る処もない程につめ込まれてある一隅に、自分等は殆ど忍び難い耐忍の情を抱いて、一刻も早く其の大活動を待ちあぐんで居た。旅館を出て、時計商の角を曲ると大手町の大通、歩兵が行く、騎兵が行く、砲車が行く、其の雑踏は眼を驚かすばかり、商肆にはまた出征軍人の必要品――水筒、金椀、背嚢、帯皮、フランネルの汗衫《シャツ》其他あらゆるものが並べ立てられて、第一軍の近衛からは随分沢山金銭は落ちたが、今度の第二軍は法令厳明で更に旨い汁は吸はれぬなど、、狡猾な商人共の滴して居るにも拘らず、肆には兵士の群がいつも跡を絶たぬといふ有様、その活動、大活動は実に名状するに言葉が無かつたので、それを見る度に、其付近を散歩する毎に、自分の胸は烈しく波打つ。

本書の中心課題は昭和期の「日本回帰」にあるので、こうした明治期の戦争記述は余談のように思われるかもしれない。だが、そうではない。昭和初期の人々が読み、「日本の戦争」のイメージを形成する元としていたのは、もっぱらこうした日露戦争の記録だった。田山花袋の記述は比較的客観的なものだったが、後方からの眺めという限界があった。より人気が高く広く読まれていたのは、陸軍では幾多の銃創を受けても生き延びた桜井忠温の『肉弾』であり、海軍では日本海海戦に参加した水野広徳の『此一戦』だった。さらに乃木希典や東郷平八郎をはじめとする戦時指導者らの夥しい伝記や言行録、回想録がある。これらは日露戦争後から昭和初期にかけて途切れることなく読まれ続けたが、日露開戦三〇周年にあたる昭和九年には日露戦争回顧ブームが起き、改めて多くの人々がこれらを手にした。

これら日本の戦争文学からは、戦闘の悲惨さや兵士の現実を描く際にも、何かあっけらかんとした無感動な諦念が感じられる。それに戦地の生活は、案外楽し気に描かれている。それが戦場の異常な空気のなかでは現実であったのか、あるいは戦争を記録する人々に加えられたバイアスなのかは、容易には分別し難い。

田山花袋は、軍船に乗って兵士らと共に渡海したが、その船内では軍歌が鳴り響いていた。

広さ十五六畳ばかりの一室、其一隅からは長い階段が中等質の食堂則ち Salon に通じて居るが、其階段の上の処に一台のオルガンが据ゑられてある。

このオルガン一台、これが頗る趣味が多いので、大海をひとり行く運送船の舷尾、計手、軍曹、通訳などの拙い調子が終日絶えずさびしい海波に響いて居るとは何と面白い光景ではないか。

海の氷こゞる北国も　春風今ぞ吹渡る、
三百年来跋扈せし　ロシヤを討たん時は来ぬ。
十六世紀の末つかた　ウラルを越えし昔より
……………………………………
その精鋭をつのりたる　奥大将の第二軍

森軍医部長、鷗外先生の吟せられたる第二軍の軍歌は、実に終日このオルガンの拙い調子に合はせられて居るので、奥大将の第二軍……と合せ終つて、あゝ何うしても出来ん、出来んと慨嘆して立上る軍曹の顔は今でも眼の前に見えるやうな。

文中にもあるように森鷗外は第二軍軍医部長として従軍しており、第二軍の歌は鷗外が出陣に先駆けて作った詩だった。鷗外は自分たちのテーマ曲を作ったのだった。

田山花袋はしばしば鷗外のもとを訪れて便宜を受け、またある時は敵軍の火薬庫が火を噴く様子に見入って「いいものを見たね」と声をかけられ、「いや実に」と語り合ったりもしている。それが戦場のひと時の平穏というものらしい。

やがて第二軍は遼東半島に進み、明治三七年五月二五、二六日に壮絶な南山の戦いを断行して、同地を征したものの、多くの犠牲を払った。この戦いの後、鷗外は〈南山の　たたかひの日に／袖口の　こがねのぼたん／ひとつおとしつ／その扣鈕惜し〉ではじまる詩「扣鈕」を書いている。

直接的には戦闘の激しさを描かず、自分の服から千切れて失せたボタンとそれにまつわる思い出を語るにとどめているが、ここで鷗外が言いたかったのが本当にボタンのことなのかは分からない。本当に書きたかったのは〈ますらをの　玉と砕けし　ももちたり〉の痛ましさだが、戦時下に医官とはいえ軍人の身でそれはできないのでボタンに仮託したのかとも想像される。だがしかしそんな甘さは、現代人のセンチメンタリズムに過ぎないのかもしれない。軍医とはいえ武人である鷗外は、『阿部一族』の討ち手がそうだったように、友のために涙を流しはしても、その友を討つ力量を明るく誇りもするのであり、その二つに矛盾はないのである。ちなみにこの南山の戦いでは、乃木希典大将（第三軍司令官）の長男・勝典少尉も戦死している。希典大将は次男と自分の死体と並べて三つの棺が揃うまでは葬儀不要と静子夫人に書き送っている。

戦いはなおも続く。鷗外もさらに歩を進め、軍医としての職務を励行し、その傍ら詩歌も残し続けた。国力が乏しく戦費もギリギリしかない（それも戦時国債でどうにか調達した）日本は、軍備も十分ではないために兵士の精神力や犠牲的作戦に頼る傾向があった。

花袋は首山戦役後の一兵士の語ったこととして、次のような状況を伝えている。

「実に、あんな無茶苦茶な戦争はありやしません。死ぬと覚悟して進む、さうすると、屹度《きつと》死ぬのですからナア、敵は中々頑強で、首山の東南方高地などの防戦、それは見事でありました。私は六師団ですが、首山の下ではえらく遣られましたぜ。鉄条網、狼穽の間々に、敵は機関砲を据えて、バリ〴〵打付けるのですから、それは実に堪らんです。けれど、かうなるともう無茶ですから、死ぬなどは何とも思つて居りは為ません。弾丸は丁度雨か霰が顔を打付る位に考へて居るですからナア」

まだ戦場にあって他人事ではない死を、淡々と明るく語る兵士には、切腹に当たって介錯人の切り足りなさに対し、もう一太刀「喉笛を刺されい」と促す興津弥五右衛門のごとき古武士の印象を覚える。鷗外はまさに、自身もそうした戦場に身を置きながら、小説を書いていたのだと改めて思い知らされる。

人的犠牲に頼る日本軍では、前線が伸び切って兵站の維持が危うい局面もしばしば見られた。

それでも日本軍は引かず、勝ち続けた。その戦闘手法は、友好国である英米からの観戦従軍士官の目には、奇異に映ったようだ。戦争は自国の利益を求めてする経済活動の一局面、あるいは外交交渉の一手段だと考える彼らには、ただひたすら進撃することを目指して甚大な被害を甘受し続ける日本軍の戦略は、本末転倒の非合理なものと感じられたのである。これでは戦争に勝っても、国力自体はむしろ減退してしまうのではないか、というのが彼らの見解だった。

ただし欧米人の見方も必ずしも公正ではなく、黄色人種である日本人への差別意識があり、白人国家ロシアを曲がりなりにも圧していることへの不快の念があった。日本が勝つはずがないとか日本人と食事を共にするのは嫌だと露骨に口にする者すらいた。

語学に堪能で教法もあることから、鷗外は外国人武官の応接を任されることが多かったのだが、鷗外は彼らの人種主義的な差別意識を強く感じて憤怒している。そもそも鷗外は、大学時代にドイツ人教師が日本人蔑視発言をしたことに怒って反論したために不当に低い成績をつけられ、大学の研究室に残れなくなり軍医の道に進み、ドイツ留学した際には日本を侮辱したナウマンと堂々の論争をするというように、日本人差別と闘い続けてきた人だった。戦場でもその姿勢は変わらず、人種主義に凝り固まった欧米人を激しく糾弾し、決意を新たにする詩を作っている。

勝たば黄禍　負けば野蛮
白人ばらの　えせ批判
褒むとも誰か　よろこばん
誇るを誰か　うれふべき

黄禍げにも　野蛮げにも
すさまじきかな　よべの夢
黄なる流の　滔滔と
みなぎりわたる　欧羅巴

見よや黄禍　見よや野蛮
誰かささへん　そのあらび
驕者に酔へる　白人は
蝗襲ふ　たなつもの

黄禍あらず　野蛮あらず
白人ばらよ　なおそれそ

砲火とだえし　霖雨の
野営のゆめは　あとぞなき

実際、日本人は欧米人からの蔑視や不当な扱いと闘うために血を流してきた。幕末の際に結ばされた不平等な通商条約は、日露戦争の時点でもまだ完全には解消されていなかった。日本が欧米列強と完全に対等な国交条約を確立したのは明治四四年で、日露戦争どころか日韓併合後のことだった。そこまで日本が「強く大きく」ならなければ、欧米との対等は獲得できなかった。しかもその後も何かと差別され続けた。その事実を無視しては、太平洋戦争に至る帝国化の経緯はもちろん、留学経験のある知識人（それは差別に直面して屈辱を味わったことを意味する）までもが、無謀と知りつつも対米英仏蘭の大戦争への突入を歓迎した背景が分からなくなる。こうした歴史観は、戦前はきわめてポピュラーなものだったが、戦後は太平洋戦争を侵略戦争と位置づけるイデオロギーが占領軍によって強調され、その後も戦後史学界では幕末維新以来の悲願だった不平等条約解消と「東亜の回復」を連結する思考への禁忌視が長く続いた。これに一石を投じたのが林房雄の『大東亜戦争肯定論』で、過激なタイトルから受ける印象に比べると内容には民族主義的ながら反帝国主義的でリベラルな視点もあり、近年に見られる新保守主義的な戦争肯定論とは一線を画している。

戦時には、人は往々にして日頃の思想信条を離れて高揚し、好戦的になる。与謝野晶子が出征した弟の無事を祈る厭戦詩「君死にたまふことなかれ」を作ったことはよく知られているが、夫の鉄幹は日清戦争時と同様、日露戦争時にも「旅順口封鎖隊」などの戦争叙事詩を作り、勇猛果敢の日本兵を讃えた。また社会主義に目覚めつつあり、のちには戦争を殺人行為として否定するようになる石川啄木も、開戦当初は戦争を賛美し、一人の日本人として戦況の進捗に一喜一憂していた。乃木大将が難攻不落といわれた旅順要塞を攻略すると、感動して「老将軍」という詩を書いている。

啄木は開戦直後にも『岩手日報』に随筆「戦雲余録」を寄せ〈平和と云ふ語は、沈滞や屈辱と意味が同じではない〉〈(この戦争は)戦の為めの戦ではない。正義の為、文明の為、平和の為、終局の理想の為めに戦ふのである〉と書いた。その一方で、のちにはトルストイの非戦論(戦時下の明治三七年九月、「時代思潮」第八号に掲載)を目にして心が揺れたとノートに書きつけてもいる。戦争において、主戦論といい厭戦論といっても、それが現に起きてしまっている時、そこにはおのずから思想問題とは次元の異なる切迫した心情が起こる。現に同胞が命を賭して戦っている時、それを「無意味」と冷笑するのは、人道主義からもためらわれる。始まってしまった以上は、祖国の滅亡ではなく勝利を祈る気持ちがわく。その「自然」を、多くの詩人は否定することはなかった。

北原白秋――南蛮趣味から戦争礼賛へ

一九三〇年代の日本回帰ブームの下で、最も屈託なく日本美を讃え、神話に寄り添い、そのまま戦争の高揚につながっていった詩人は、おそらく北原白秋だろう。

白秋の日本回帰は詩集『海豹と雲』（昭和四）に明瞭だ。この詩集には巻頭に「古代新頌」の章があり「独神」「言問」「早春」などの詩が収められている。この詩集で目指したものについて、白秋自身「後記」で〈かの古事記、日本紀、風土記、祝詞等を渺遠にして漠漠たる風雲の上より呼び戻して、切に古代神の復活を言霊の力に祈り、之に近代の照明と整斉とを熱求〉したところにあると述べている。この時点では白秋の「蒼古調」は幾時代か前のスタイルと詩壇では受けとめられたが、一九三〇年代後半には多くのエピゴーネンを生んだ。そして一九四〇年に皇紀二千六百年を記念して刊行された『新頌』には、蒼古調全開の連作長詩「海道東征」や「建速須佐之男命」、「大陸序曲」「清明古調」「長唄　元寇」など、神話や歴史に取材した大作を収めた。

白秋は明治末期に、木下杢太郎、長田秀雄、吉井勇、石井柏亭、倉田白羊らと「パンの会」を興し、南蛮趣味のロマン主義的詩風で人気を博したが、その南蛮趣味は西洋憧憬と架空の懐古趣味をないまぜにした融通無礙な空想世界だった。その背景について後年、木下杢太郎は次のように回想している。

我々の思想の中心を形作つたものは、ゴオチエ、フロオベル等を伝はつて来た「芸術の為めの芸術」の思想であつた。この思想的潮流には本元でもエキゾチスムが結合した。必然我々の場合にもエキゾチスムが加つた。欧羅巴文芸それ自身が既にそれであつたが、別に「南蛮趣味」が之に合流して、少しく其音色を和らげ且つ複雑にした。浮世絵とか、徳川時代の音曲、演劇といふものが愛されたが、それはこの場合、伝承主義でも古典主義でも、国民主義でもなく、やはりエキゾチスムの一分子であつた。浮世絵は寧ろゴンクウルやユウリウス・クルトやモネやドガなどの層を通じて始めて味解せられた。

（「「パンの会」と「屋上庭園」」、昭和九）

一九三〇年代の蒼古調は、南蛮という距離を隔てた異邦へのエキゾチズムに代えて、古代中古という時を隔てた時空へのノスタルジーを歌っていた。現実の風土としての日本に寄り添う姿勢は、白秋の場合、初期の叙景短歌や紀行詩、また童謡や民謡の創作を通して以前からごく自然にあったのだが、一九三〇年前後からは歴史や神話の主題化や愛国化が強まったといえよう。

北原白秋

一九三〇年、白秋は南満州鉄道の招聘を受けて満州を旅行し、その帰途、奈良に立ち寄って日本回帰を深めた。三三年には皇太子明仁親王（現・上皇）誕生を祝して奉祝歌「皇太子さま　お生れなつた」（作曲中山晋平）を作詞している。さらに三八年にはヒトラー・ユーゲントの来日に際して、「万歳ヒットラー・ユーゲント」を作詞するなど、国策に疑いを持たずに寄り添う姿勢を示した。この訪日は三六年一一月の日独防共協定締結に因《ちな》んでなされたものだった。

それを単純に賛美する白秋に、政治的未来を見る目の欠如を指摘することは正しいとして、詩人が本当にそれらを美しいと感じ、素直に書いたのであれば、そのこと自体を政治的視座から批判するのみで文学的にも黙殺することには疑念がなくもない。実際、白秋の目に、金髪碧眼の少年隊員らは美しく見えたのだろう。滞在中、彼らは日本の青少年団体と交流し、明治神宮や靖国神社を参拝した。その姿は多くの新聞雑誌で取り上げられ、婦女子からの人気も絶大だった。「美しさ」が持つ危険性は、その魅力を無視しては語りえない。

やがて詩人たちを戦争賛美へと導いたのは、その美しさ、儚さ、痛ましさがもつロマンチシズムではなかったか。理論的には誤りであっても、情念において惹かれてしまうという病理をこそ、私たちは警戒しなければなるまい。

ともあれ、かねてからの大衆的人気に加えて、国家的な行事に際して記念的作品を多く委嘱される北原白秋は自他ともに認める国民詩人となっていた。白秋は西暦一九四〇年の紀元二千六百年（神武天皇即位から数えた皇紀による）に際しても、求めに応じていくつも詩を書いた。そのひとつ「大陸に寄せて」（「大陸新報」昭和一五年一一月一〇日）には、軍歌のような文言が並んでいる。

一

見よ今、朝暾《てうとん》雲うちひらくと
巍々たる光芒燦たり、騰れり。
御稜威は隈無し、八紘一宇ぞ、
仰げよ大陸、この日の瑞祥。

二

肇国《てうこく》もとより産霊《むす》びて清明、
神州日本、正大我あり。
蕩々たるかな興亜の体制、
同風和すべし、万里に及ばん。

（中略）

五

聞け今、斉《ひと》しく喇叭は呼応し、
嚠喨『君が代』鳴りつつ高きを
皇謨は涯《はて》無し、八紘一宇ぞ、

仰げよ大陸、秩序は来れり。

また朗誦詩「紀元二千六百年頌」（「朝日新聞」昭和一五年一一月一三日）は、詩文中の「紀元二千六百年」の語を「真珠湾攻撃」に置き換えれば、一年後に日本の各新聞雑誌に躍ることになる開戦緒戦勝利を称えた文章の、文例範典になりそうなものだ。

ああ、わが民族の清明心。正大、忠烈、武勇、風雅、廉潔の諸徳。精神は一貫する。伝統は山河と交響し、臣節は国土に根生《ねは》ふ。大義の国日本、日本に光栄あれ。

展け、世紀は転換する。躍進更に躍進する。興隆日本の正しい相《すがた》、この体制に信念あれ。

いにしへ、仇なすは討ちてしやみ、まつろはぬことむけ和した。砲煙のとどろき、爆弾の炸裂する、もとより聖業の完遂にある。大皇軍の征くところ必ず宣撫の恩沢《めぐみ》がある。げにや隈なく御稜威は光被する。鵬翼万里、北を被ひ、大陸を裹《つつ》み、南へ更に南へ伸びる。曠古未曽有の東亜共栄圏、ああ、盟主日本。

盛りあがる盛りあがる国民の意志と感動とを以て、盛りあがる盛りあがる民族の血と肉とを以て、今だ今だ今こそは三唱しよう。聖寿の万歳を、皇国の万歳を。紀元二千六百年の今日、祝典は氾濫する。熱鬧《ねつとう》は光と騰る。進め一億、とどろく皇礼砲の下より進め。大政翼賛の大行進を始め。行けよ皇国の盛大へ向つて、世界の新秩序へ向つて、人類の福祉に万邦の融和に向つて。一斉にとゞろかす跫音を以て、個の十の百の千の万の億の、静かな静かな底力を以て。

北原白秋は、自身も意識しないままに紀元二千六百年祭の高揚感のうちに総力戦のヴィジョンを感じ、予言的戦争詩を書いていたかのようだ。この時期に作られた詩では、直接的に戦闘を描いたものよりも、建設や歴史・神話を歌った詩、例えば「大陸の黎明」（昭和一六年二月）や「鵜戸神宮」（同年一一月）に、私は力強い高揚感を——あえて言うなら戦意高揚的なものを——感じる。それらは開戦直後に書かれ、雑誌「イタリア」昭和一七年一月号に載った「皇軍頌」とほとんど同質のものだ。いいかえればその時点でもまだ、白秋にとって戦争は神話的な色彩を帯びていたともいえよう。

いよいよ戦時下となると、白秋は各紙誌の依頼に応じて戦争詩を量産した。それらはいずれも時局を肯定し、手放しで局地戦の勝利と帝国版図の拡張を喜ぶものだった。

大東亜地図（抄）

おい、君、遊びに来ないか、僕のうちに、
とても大きな世界地図があるんだぜ。

地図を壁一面に貼つて、そして、
毎日、僕はラジオや新聞とにらめつくらだ。

旗を書くんだ、僕は日の丸の旗を、
（中略）
僕は塗る、塗りかへるんだ、点と線ばかりぢやないんだ。

すばらしいの、何のつて、君、
大東亜共栄圏なんだもの。

僕の脳髄はそのまま地図なんだぜ、
カナダだつて、スエズだつて、パナマだつて
もうとうに塗りかへてるんだぜ。

いくら連戦連勝が伝えられていた時期とはいえ、これはあまりにも手放しの拡張主義だ。そもそも日本は〝解放者〟ではなかったのか。日本は東亜の同胞たちと共に、米英仏の植民地支配と戦っているのではなかったか。だから植民地支配から解放したら日章旗を立てるのではなく、各民族の国家独立を助け、手を携えて共に栄えるというのが、大東亜共栄圏の理想であるはずだ。それにカナダやスエズは大東亜ではない。

あまりの誇大な拡張主義に、国策に対する嫌味な批判かとの疑念すらわくが、おそらく白秋は、素直な高揚感のなかでこれを書いている。パナマにまで日章旗を書き込むのは正気の沙汰ではないが、集団的狂気のなかでは自分も狂うことが、共感力が異常に高い詩人にとっては「国民と共にある」ことだったのかもしれない。

白秋は「ハワイ大海戦」で〈しのぐは何ぞ星条旗〉と唱え、「あの声」で「君が代」を歌うインドネシアの小国民を詩に詠み、「Z旗」「海軍魂」「ソロモン夜襲戦」「空の軍神」「けふぞ観兵式」「銃を高く」「軍馬南進」「マレー攻略戦」など、とにかくたくさんの戦争詩を作った。また子供のための戦争詩も数多く書いた。それらもまた当時の国家方針に沿ったものだった。

北原白秋は、日本がまだ表向きは勝っていることになっている昭和一七年一一月二日に亡くなった。あるいはそれは幸せだったかもしれない。敗戦に直面した「戦争詩人」は自らの〝思想性〟に打ちひしがれることになる。

萩原朔太郎――故郷との和解を夢見て

昭和前期に活躍した詩人らに目を転ずると、西洋憧憬から日本回帰への転換をいち早く明らかにした詩人に萩原朔太郎がいる。萩原は「日本浪曼派」に参加し、一時は保田与重郎と盟友といえるほどの信頼関係を持っていた。とはいえ萩原が「日本浪曼派」に加わったことが、ただちに日本主義者になったことを意味するものではない。

萩原は日本のロマン主義は西洋のそれとは異なる精神に発しているとする。西洋のロマン主義は科学万能主義の啓蒙思想による感情表現の抑圧に対するアンチテーゼとして起こった。しかし日本にはそうした啓蒙時代も科学的思考の確立もなく、ロマンチシズムは自然主義文学〈それも自然科学に基づく客観的認識の探査ではなく、卑近な日常生活・身辺記事のうちに主観的に観取される日本的なそれ〉に対する挑戦だとした。〈彼等（「日本浪曼派」）の運動が向ふところは、日本文学の伝統する自然派以来の「卑俗性」を軽蔑して、これを高邁な詩的精神に高翔させ、以て文学の根本観念を立て直さうと意志するのである。そして此処に彼等は、欧州浪漫派の純潔にして騎士的な貴族精神を呼び上げて居る。日本浪曼派の精神こそ、おそらく新しき日本文学を指導するところの精神である〉（「日本浪曼派について」、昭和一〇）と述べており、むしろ西洋憧憬の延長に位置づけていた。

萩原が日本回帰を明確に唱えたのは翌昭和一一年からだ。だがここでも、萩原は意気揚々と日本回帰を唱えるのではなく、家郷喪失者の悲しみを湛えている。「日本への回帰」で萩原は、近代日本七〇年の歩みを超人的努力による西洋文明摂取期であり「国家的非常時」だったとする。そして今ようやく、自分の家郷に帰ろうとしているのだが〈既に昔の面影はなく、軒は朽ち、庭は荒れ、日本的なる何物の形見さへもなく、すべてが失はれ（中略）僕等は昔の記憶をたどりながら、かかる荒廃した土地の隅々から、かつて有つた、「日本的なるもの」の実体を探さうとして、当もなく侘しげに徘徊してゐるところの、世にも悲しい漂泊者の群なのである〉と記す。ここには、西洋化もできず、かといって恋しい故郷と一体化もできない近代的日本人の苦い自覚がある。しかし日本人である萩原は、空しい違和感を抱えながらも結局は日本回帰を唱えざるをえなかった。

大陸で「事変」という戦争ならざる戦争が続いている時期、既に文芸界では再び戦争詩歌の季節が巡ってきていた。戦場で死ぬ人が出る時代に、私的感傷に耽った詩を書きにくいというのは、必ずしも外圧ではなかった。プロレタリア文学は「飢えた人々には芸術よりもパンを」と芸術至上主義を批判したが、それが単なる外圧ではなく、作家たちにとって自身の良心の問題であったように、戦地で同胞が死に続けている最中、祖国の歴史や国家と自己の関係を見直すのは、内的要請でもあったろう。

また内地の雑誌や新聞には、戦場で兵士が作った詩歌が多く寄せられるようになっていた。拙くとも、それらは生命に向き合っている人間の作品であることに、詩人たちは惹かれた。萩原朔太郎の「兵隊さんの詩」(「書物評論」昭和九年一一月)に綴られるのは、月原橙一郎が編纂した兵隊による詩をまとめた詩集の読後感である。

通読して感じたことは、すべての詩篇を通じて、一種の無邪気な明るい心もち、即ち所謂「童心」といふやうなものが現れて居ることだつた。これはおそらく軍隊生活の特殊な事情に原因するのだらう。兵隊さんといふものは、何となく無邪気で快活で一種の「大きな子供」といふ感じがするが、この本に集められてる詩や小唄にも、この兵隊さんの童心がよく現はれて居り、そこに特別の変つた面白味がある。だが僕にとつては、詩そのものの興味よりは、あの城塞のやうな兵営の中に生活して、起床ラッパの音を聴きながら、薄暮の窓にもたれてかうした詩を書いてる兵隊さんの姿を、遠く侘しくイメーヂすることの方に興味がある。

作品の出来不出来とは別の次元で、そこには目を背けがたい何かがある。

萩原は「日本人の戦争文学」(昭和一四)で、西洋の戦争文学では戦争の推移や描写、そのなかで起こる事態の悲惨さや死に直面する人々の心理、そして戦争全体を厳粛な人生哲学の問題として描出する思想性が作品の中心になることが多いのに対して、日本の戦争文学を特徴づけているのはセンチメンタリズムとリリシズムだとした。戦前期日本で最も広く読まれていた戦争文学は、日露戦争に出征して生死をさまよう負傷を負いながら生還した桜井忠温大佐の『肉弾』だったが、萩原はこの『肉弾』や火野葦平『麦と兵隊』にも感傷主義が一貫していると指摘する。こうした日本戦争文学の感傷性は、古典文学に見られる「侘びしおり」そのものであり、大衆的な浪花節のセンチメンタリズムとも共通しているという。その情感の強さは日本人の心身に絡みついて抜きがたく、どんな理論よりも強く人々を突き動かすのだ、と。

戦地にあって日本の兵隊は常に故郷の両親や兄弟のことを思い、義理恩愛の情を思い、自らの生死を義理人情的センチメンタリズムのなかで意識する。〈かつて二・二六事件の時、有名な「兵に告ぐ」の文句の中で「お前等の親たちもそれを願つてゐる」といふ一節があり、それが最も強く兵士の心を動かしたさうであるが、おそらく戦線にゐる兵隊と将校とが、日常の陣営生活で語つてる話題の大部分も、同じやうに親兄弟に関すること、義理人情に関することであらう。そしてこの話題の出る毎に、将兵互に手を握り合つて、感傷の涙を流してゐるのにちがひないのだ〉とする。だが、この感傷性が厭戦や反戦に向かわず、むしろ人情的感傷性を基礎に没個性的な一体感が形成され、忠勇無双の大義奉公へと向かわせるのが日本軍の特質であることを、萩原は指摘する。だから日本の戦争文学における非哲学性、将兵らの没個性性は誤りや欠落ではなく、皆が一体一丸となっている真実を描いているのだとした。

こうしたことは、現代であれば日本社会の因習性を指摘する批判的な文脈に結びつくところだろうが、萩原朔太郎は自分がかつて西洋文学に憧れ、そのダンディズムを模倣し、バタ臭い欧風

の詩を書いたことを「迷夢」であったかもしれないとし、すべての日本人が心をひとつにして伝
統詩人と化していくことを夢想するのである。
萩原は昭和一二年の南京陥落の際に、祝詩を作っている。

南京陥落の日に

歳まさに暮れんとして
兵士の銃剣は白く光れり。
軍旅の暦は夏秋をすぎ
ゆうべ上海を抜いて百千キロ。
（中略）
ああこの曠野に戦ふもの
ちかつて皆生帰を期せず
鉄兜きて日に焼けたり。
（中略）
南京ここに陥落す。
あげよ我等の日章旗

人みな愁眉をひらくの時
わが戦勝を決定して
よろしく万歳を祝ふべし
よろしく万歳を叫ぶべし。

この詩は私には空疎に感じられるが、保田与重郎は戦後になっても〈日本中の全詩人を代表してつくられたやうなこの詩品は、予め用意されてゐたものかも知れぬが、感情高なり、しかも悲壮感の気品に欠くるところのない佳品〉(「一つの文学時代」)と讃している。

あるいは萩原は、南京陥落でようやく大陸の戦火も収拾して平和が戻るかと思っていたのかもしれない。しかし戦争状態はなおも続き、米英仏と日本の関係もますます悪化していく。そして四一年一二月八日、日本は真珠湾奇襲攻撃を敢行し、太平洋戦争に突入することになる。

この時の気分を、多くの文学者が「霧が晴れたように」「晴れ晴れした気持ち」「遂にやったか」と凱歌をあげ」などと書いているのは、あながち国策迎合ばかりではなかったのかもしれない。「欧米の植民地政策からアジアを解放する」という大東亜共栄圏の理想を、まるまる信じたわけではないだろうが、西洋憧憬が強かった詩人たちにとっても、西洋は長年自分たちを抑え込んでいた頭上の重石であり、この開戦に少しは胸躍る痛快さを感じたのも事実だろう。

三好達治――死にゆく同胞への供物

萩原朔太郎門下である三好達治は、詩人としては異色の経歴を持っている。三高から東京帝大仏文科へというのは詩人には割とありがちだが、それ以前に三好は大阪陸軍地方幼年学校に入学している。ここで出会って親友となった西田税《にしだみつぎ》は、昭和一一年の二・二六事件の首謀者として死刑になっている。三好は大正九年に陸軍士官学校に進んだが、その生活は耐えがたく退学目的で脱走し、目的を果たしていた。そんな過去を持つだけに三好は戦地に向かう軍人に対して一種の負い目を感じている節もあった。また米国との開戦は、暴挙ではないかとの思いもある一方で、やはり快挙にも思え、始まったからには勝利を祈って言祝ぐ義務をも感じた。

三好達治は開戦初期の戦勝に高揚し、次のような詩を書いている。

捷報臻る

捷報いたる
捷報いたる
冬まだき空玲瓏と
かげりなき大和島根に

捷報いたる
真珠湾頭に米艦くつがへり
馬来沖合に英艦覆滅せり
東亜百歳の賊
ああ紅毛碧眼の賤商ら
何ぞ汝らの物慾と恫喝との逞しくして
何ぞ汝らの艨艟の他愛もなく脆弱なるや
而して明日香港落ち
而して明後日フイリッピンは降らん
シンガポールまた次の日に第三の白旗を掲げんとせるなり
ああ東亜百歳の蠹毒《とどく》
皺だみ腰くぐまれる老賊ら
已《すで》にして汝らの巨砲と城塞とのものものしきも
空し
そは汝らが手だれの稼業の
い、い、ゆすりたかりを終ひに支へざらんとせるなり
かくて東半球の海の上に

我らの聖理想圏は夜明《よるあ》け
黎明のすずしき微風は動かんとせり

三好はさらに「アメリカ太平洋艦隊は全滅せり」や「昨夜香港落つ」「落下傘部隊!」など、日本の戦果を手放しで言祝ぐ威勢のいい作品を書いている。その主題選択は新聞・雑誌等の依頼によるのか、朔太郎、白秋と共通し、名調子でもあるが、陸軍士官学校に在学していただけに軍隊用語や戦争への想像力は鋭い。ただしそれは、軍人は死を厭わぬものという帝国軍人の公的価値観に寄り添うものだった。子供(少国民)向けの戦争詩や銃後の務めを歌った詩も多い。

われら銃後の少国民(抄)

ああ天高く地は広き
亜細亜の柱日の本の
男の子と生れ大君の
やがてみ楯と生ひたちて
さきもにほはん桜花
われら銃後の少国民

ああ山青く水清き
わが日の本は住む人の
こころも直ぐひとすぢに
み国をおもひ身をすてし
いさをを誰か忘るべき
われら銃後の少国民

三好の作品から漠然と感じるのは、彼が強く惹かれているのは、国民が心を一つにして連帯しているという状況への感動だという点だ。戦争という悲劇、物資不足の生活苦の下、それでも国民が心を一つにしているという事態に、詩人たちは魅了され、自分もまた彼らと一つになりたいと願ったのではなかったか。

しかし、そんな夢は数年で潰える。一九四五年夏、三好達治は終戦が正式に決定する以前、戦況いよいよ絶望であると感じた時、痛切な詩を発表している。

日まはり

日まはり
日まはり
今はまだ悲愁と痛憤と
また心切実なる沈黙との
服喪の花となりけらし
丈高き日まはり
なほ誇り高く
うなじを空にかかげたる日まはりの花
初夏の日のこの黄金花
先にサイパン失陥の報ありし日に咲きしこの花
今はまた沖縄死守の皇軍
戦ひ日毎利あらず
花いかで心なくして
日もすがら南方の空を仰がん
その花日暮れてひとりひそかにうなだる
ああ夏老いてその花はすがれたれども
我らが復讐の時はめぐり来らず

日まはり
日まはり
大地の精気天をささふる黄金花
今は悲愁と痛憤と
また心切実なる沈黙との
服喪の花となりけらし

高村光太郎——軍神を讃えねばならぬ

高村光太郎も、太平洋戦争に際して異常な共感力を発揮したひとりだ。

太平洋戦争開戦の日を詠んだ「十二月八日」では、〈記憶せよ、十二月八日。／この日世界の歴史あらたまる。／アングロ　サクソンの主権、／この日東亜の陸と海とに否定さる。〉とし、「新しき日に」では〈東方は倫理なり。／東方は美なり。／断じて西暦千幾年の弱肉強食にあらず。〉と書いている。高村光太郎は、この戦争は東アジア太平洋地域を欧米の植民地支配から解放する聖戦だというスローガンを単純に信じたのだった。

いや、単純ではなかったかもしれない。だが彼自身、かつて美術修業のために欧米留学した際に人種差別を受けており、白人支配からのアジア解放というスローガンを疑いながらも「信じる」ことを選んだ。また現に戦いが始まってしまっている以上、一般人にはそれ以外の選択肢は

高村光太郎

なく、創作意欲を満たすには協力的なものを書かざるを得なかった。

戦時体制下の統制経済では紙不足も深刻で、国策に公然と反するような表現を発表することは不可能だった。殺人などの犯罪を描く娯楽小説である探偵小説が、時局にそぐわないものとして事実上禁止されたことはよく知られている。このため多くの探偵作家は、時局下にあって少しでも自分の嗜好に沿う表現を模索し、科学小説や軍事冒険小説、間諜（スパイ）小説などを書いた。江戸川乱歩は小説執筆を断念したものの、必ずしも反戦的ではなく、実生活では豊島区の翼賛壮年団の事務局長兼副団長などを務め、当局の求めに応じて防諜関係の講演などをしている。

こののち光太郎は「沈思せよ蔣先生」「シンガポール陥落」「夜を寝ねざりし暁に書く」「特別攻撃隊の方々に」など戦意高揚詩を書き続けた。痛ましいばかりの体制協力ぶりだが、それでも高村光太郎は品性を重んじ、詩文の美を湛えている。彼の目には死地に赴く人々の決意、虜囚の辱めを受けずに自決して果てる人々の姿勢は、とても高潔なものと映っていたのだろう。おそらくそれは正直な感慨だったのだと思う。戦地に赴いて死んでいった人々を、どうして無駄死になどと言えるだろうか。讃えねばならぬ。彼らの尊厳を守るために、彼らを讃えねばならぬ……。

学徒出陣に接した高村は「全学徒起つ」を書いた。〈選ばれて学にいそしみ、／国運の未来をその手に握り／まさに次の代の望みに眉軒《あが》るもの学徒。次の代すでにここに在り、／いま、畏くも召されて／彼等戦にむかつて起つ。〉

高村の戦争詩は政治的プロパガンダというより、宗教的地平で書かれていた。政治では成功か失敗かが問われるが、ここにあるのは奇跡の到来を信じ抜こうとする精神だ。心に兆す疑念や不安をねじ伏せるようにして、「軍神」を讃え続けた高村光太郎は、ごくふつうの、当時の日本人なら当たり前の（乱歩流にいえば「本能」に忠実な）詩人のひとりだった。

折口信夫、斎藤茂吉——国亡ぶを歌う

国文学者・民俗学者であり、詩人・歌人であった折口信夫（歌人としての筆名は釈迢空《しやくちようくう》）は当然ながら愛国者だったが、彼が愛した日本は古典世界のなかの日本であり、その面影を伝える風土、文化だった。だから戦争に際して、神国の不滅を信じはしたものの、手放しで賛美したわけではない。むしろ個人的には武張ったことは苦手であり、深く愛した門下の藤井春洋が少尉として出征したこともあり、心中には複雑な想いがあった。だから釈迢空の歌には、国威を信じたいという思いと、厭戦の思いが、交錯している。

「捷報」と題された一連の歌には「陸軍少尉藤井春洋、わが家に来り住みて、ことしは十五年なり」との詞書があり、〈たゝかひに家の子どもをやりしかば、我ひとり聴く。勝ちのとよみを〉〈ひとり居て　朝ゆうべに苦しまむ時の到るを　暫し思はじ〉や〈いとほしきものを　いくさに

やりて後、しみ〴〵知りぬ。深き　聖旨を〉などの歌が並んでいる。なお折口信夫は春洋の出征にあたり、彼を養子として入籍している。そんな折口春洋を思うためか、釈迢空の戦争歌には万葉の防人歌のような哀調が感じられる。実際、その心情は千数百年の時を隔てていても、同質だったろう。

旅にして聞くは　かそけし。五十戸の村　五人《いつたり》の戦死者を迎ふ
戦ひにやがて死にゆける　里人の乏しき家の子らを　たづねむ
死なずあれと言ひにしかども、彼　若き一兵卒も、よくたゝかはむ
生きて我還らざらむ　とうたひつつ、兵を送りて　家に入りたり

出征兵士を送る人々は、のぼり旗を立てて「万歳、万歳」と叫び、小旗を振って「武運長久」を叫ぶ。時には「死んでこい」とすら叫ぶ。それを本人も家族も喜びを以て受け取るようにふるまう。しかし戻って戸を閉めた人たちは、もう誰も「勝ってこい、死んでこい、万歳、万歳」とは言わないだろう。死地に赴く防人を見送りながら、威勢のいい言葉を発して騒ぐなど、古来、日本の伝統にはあるまじきことだ。そんな当たり前を見失った日本人を、釈迢空は悲しく思い、同調できぬ自分を寂しくも感じたのではないだろうか。釈迢空の歌は反戦歌ではないが厭戦的だ。それは彼が、誰にもまして日本美を思う人だったからに他ならない。

とはいえ現に戦争がはじまっている以上、反対していたら死地に赴く人々にも申し訳がない。ましてだんだん戦況が悪化し、日本本土に敵機が飛来してきて、民間人までが殺されるようになると、〝鬼畜米英〟という言葉は敵愾心を煽るスローガンではなく、家を焼かれ、愛する人を殺された悲しみと怒りを帯びた、切実な民衆の憤りとなる。

斎藤茂吉は釈迢空より直情的で素朴な愛国者で、昭和一二年の新年にはすでに〈ひとつ国興る力のみなぎりに死ぬるいのちも和《のど》にあらめや〉と詠んでおり、翌一三年には〈あま照らす光を負へる御軍《みいくさ》と瞳の碧きもの等知らずや〉〈なまぬるき事にこだはり後悔いむ神は許さじ許すことなし〉〈けがれたる敵《あた》ほろぼすと戦はば戦ひ遂げよこの天地に〉〈国のために直《ただ》に捨てたる現身《うつしみ》の命の霊を空しからしむな〉〈言さへぐこちたき国ら何といふとも我は貫き徹すとおもへ〉と、さらにエスカレートしていく。ドイツ留学中にヒトラーのミュンヘン一揆を身近に感じた経験のある斎藤茂吉にとって、ヒトラーは政治的思想的な面とは無関係に、何か感覚的に親しみのある存在だったらしい。

昭和一〇年代半ば以降の茂吉の歌を読んでいくと、理念と実生活の亀裂が生じているように感じられる。理念としては勇ましく日本の勝利を讃え、完遂支持を叫ぶ一方、実生活が窮屈になっていくことは苦々しく、心細く感じている。特に医薬品や食料品が手に入りにくくなっていく状況には強い危機感すら感じていたようだ。

そんな理念と実生活の分裂を押しとどめ、間隙を埋めてひとつにつなぐのは叙景歌である。美しい日本の景色を賛美し、同化を願うことは、愛国の理念と今現在の生活実感を、たしかにつないでいた。

ひととせをかへりみすれば箱根なる山に居りてもことを努めき（昭和一四）
高千穂の山にのぼりてその山におこるさ霧を吸ひたるかなや（同）

開戦の折、茂吉は〈かしこみて勇みだちける十二月八日の朝を永久にさだめつ〉と詠み、シンガポール陥落時には〈大稜威大きなるかなや眼前にシンガポール落つシンガポール落つ〉と詠んだ。その後も、日本軍の快進撃が伝えられるたびに、言祝ぐ歌を作っている。
そんな茂吉が、一時の浮わついた高揚感を離れて本格的に「敵」を憎む直截な歌を作ったのは、日本の敗色が濃くなってからだった。
特に茂吉が憤怒したのは、米軍が日本本土の軍事目標爆撃のみならず、民間人の大量虐殺を意図した無差別爆撃を断行したことだった。

このみ空犯さむとして来るもの来らばきたれ撃ちてし止まむ
たましひは炎となりてかの敵をうちてし止まむつひのかぎりは
にくにくしこの敵将を屠らずばいづれの日にか面《おもて》を向けむ

さらにソ連が日ソ不可侵条約を破って進行してきた際には〈けだもののやからといへどかくのごとけがらはしきを行ふべしや〉と詠んでいる。

敗戦後、折口信夫や斎藤茂吉が深い失意に沈んだことはいうまでもない。その後、折口は一時は自決することをも考えたが踏みとどまり、硫黄島で玉砕した折口春洋との「父子墓」を建てて、鎮魂に努めた。斎藤茂吉もまた絶望的な気持ちになるが、それでも生きねばならぬと思いなおし、初志であった心情を込めた写実的な叙景歌へと戻っていく。その対象は国家ではなく、故郷や旅先という、目の前にある自然と民衆の営みの場としての風土だった。

第四章

日本文化観の模索

国策としての「国民精神文化」

近代の日本人が回帰を唱えた「日本」とは、どんなものだったのだろうか。各人が思い描くものは、それぞれ個別的であったろうが、政府が日本文化といい日本精神という時、その「日本」的なものとはいったい何か。

日本は長い歴史のなかでまずインドや中国に由来する諸文化を受け入れ、また西洋文化からも多くを学んだ。そうした異文化を包摂して成立している日本文化から、それらを厳密に排除することはできない。日本的なるものは、異文化を摂取して、しかもなお日本文化としてそこにあるあり方というよりほかにないように思う。そこには相当の柔軟さも含まれているだろうし、ある種の諦めや楽観も含まれていただろう。異文化を受け入れるにあたっては、当然ながら軋轢もあったが、基本的には他者を肯定する精神があったはずだ。

だが昭和戦前期に国策として主張された日本的なものは、そうした日本文化の本質から切り離され、国家の求める日本の優越性、特権性を主張するのに都合のいいものにすぎなかった。

あまりに漠然とした日本精神に外形を与えるべく、政府は昭和七（一九三二）年に文部省所管の研究施設として国民精神文化研究所を設けるのだが、その設立には知的階層へのマルクス主義の浸透席巻という事態が大きく影響していた。政府は特に高等教育機関の学生生徒ら、将来の指導階層となっていくはずの若者たちのあいだでマルクス主義が広まっているという、いわゆる「学生赤化」を危惧していた。政府に学生生徒左傾対策の検討を求められた文部省の諮問機関である学生思想問題調査委員会は、昭和七年に「我が国体、国民精神の原理を闡明し、国民文化を発揚し、外来思想を批判し、マルキシズムに対抗するに足る理論体系の建設」を図ることが肝要である旨を答申、それを実現するための機関の必要性があるとした。

これを受けて同年七月、文部次官粟屋謙を所長（事務取扱）として旧東京商大跡一橋講堂に隣接する建物のなかに、国民精神文化研究所が設けられたのだった。事務部長は紀平正美だったが、実際に同研究所の実務を取り仕切ったのは文部省で学生部長、思想局長などを務めてきた伊東延吉で、紀平はむしろ思想喧伝担当だった。やや後だが、彼が教学局主催の高等専門学校教員錬成講習会で行った講演をまとめた『日本的なるもの』（昭和一六）によると、日本的なるものとは、日常生活の整理・統制と、生命の充足を基礎とする〈言挙げせぬ、惟神《かんながら》の国〉の精神だという。

国民精神文化研究所は翌八年五月に品川区上大崎長者丸の新庁舎に移り、昭和九年に所長に関屋龍吉、研究部長に吉田熊次を迎えて本格的に体制を整えた。関屋は普通学務局長、社会教育局長を歴任した官僚である。吉田熊次は倫理学者、教育学者で東京帝国大学文学部教授を務めていた。

なお伊東延吉は粟屋の三代後の文部次官となり、退官後の昭和一六年から関屋のあとを受けて日本精神文化研究所の所長に就任することになる。同所は昭和一八年に国民錬成所と合併して教学錬成所へと改称改組されるが、伊東は引き続き同所の所長を務めた。

同研究所の設立趣旨には次のように述べられている。

国民精神文化は我が万古不朽の古典文化の伝統と不測の創造力とによつて今日の隆盛を見るに至れり。惟ふに、古来我が祖先は亜細亜大陸の文化を結集し、之を建国の大精神に拠りて統一し、以て新文化を創造し来れり。然るに明治維新以来の顕著なる国運の進展に伴ひ、欧米近代文化の摂取に遑なく、動もすれば模倣追随の軽躁に堕し彼に拠つて立つ根柢に対する認識に十分ならざる憾ありたり。かゝる風潮の窮る所、遂に我が国家生活家族生活を破壊せんとするが如き憂慮すべき事態をさへ惹起せり。欺くの如きは、自ら因り拠るべき我が古典文化の光輝ある伝統を忘却するのみならず国民生活の統一を破るものにして、所謂思想国難を示現せるものと言ふべし。然れども他面、我が国運の隆盛は包摂創造不息の力を証示するものなるを念へば、我が歴史的精神を闡明し此の多彩の思想に帰一する所を与へ、茲に新日本文化の創造建設に努力すべき時代に逢着せるものと信ず。我が国民精神文化研究所はこの創造建設の使命を担ひて設立せられたるものなり。而してかゝる国民理想の実現は適々東洋古典文化を復興し西洋文化を統一し以て新しき世界文化の建設に寄与貢献するを得ん。

精神文化研究は日本では明治末期から次第に言われるようになったものだったが、当初は封建的として明治期には切り捨てられていた前近代の庶民文化の再評価、あるいは維新開化期の珍奇な文物研究、さらには民俗学の視点からの常民（庶民）研究、また民芸論・民衆研究などを漠然と含むものであり、学際的研究というより民間学問として行われていた。それが史学的に体系化されて一般にも知られるようになるのは大正中期からだった。和辻哲郎の『偶像再興』（大正七）、『古寺巡礼』（大正八）、永井荷風の『江戸芸術論』（大正九）などもその文脈のなかに位置づけられるし、津田左右吉《つだそうきち》の『古事記及日本書紀の研究』（大正一三）、『神代史の研究』（同）、そして和辻哲郎『日本精神史研究』（大正一五）、村岡典嗣『日本思想史研究』（昭和五）などがあらわれ、日本精神史の大枠が固まってくる。

これに対して国民精神文化研究所の方針は、精神文化研究よりも、それを一定方向に誘導することを目指していた。ちなみに国民精神文化研究所を準備した粟屋謙は、昭和八年には文部次官として瀧川事件に関与している。

明治以降、政府は天皇中心の歴史観を打ち出し、文化面でも富国強兵の国家方針に益する質実剛健なものを推奨した。「日本的」であれば何でも称賛されたわけではなかった。

例えば歴史では神武東征にはじまり、日本武尊の征戦や神功皇后の事績が強調されたし、文化面では雄大にして質実素朴ということで古代大和のそれが理想視された。平安朝の貴族文化は、国家統治の天皇大権を藤原氏が蚕食した淫靡脆弱なものとして頽廃視されたのである。武家の勇ましい士風は重んじられたが、源頼朝・足利尊氏・徳川家康などは朝廷の大権を簒奪したとして悪人視された。そもそも明治末期の南北朝正閏論争で南朝正統が国是となって以降は、国定教科書から南北朝の項目はなくなり、吉野朝と改められていた。一四世紀の一時期、日本の都は京都ではなく吉野にあったことになっていたのである。

和歌は日本文化の精華とされ、特に『万葉集』は尊重されたが、『古今和歌集』などは技巧的にすぎるとして評価が下げられた。また『万葉集』でも相聞歌や防人歌中の厭戦的なものは低く見られ、あるいは無視された。恋愛歌の多い百人一首も忌避されるようになり、昭和一七年には情報局、大政翼賛会のバックアップで日本文学報国会が「愛国百人一首」を選定している。そこには柿本人麻呂や山上憶良、西行も入っているが、楠木正成、徳川光圀、本居宣長、藤田東湖、平田篤胤、高杉晋作らの歌が採られていた。

和辻哲郎——世界文化史への架橋

戦前から戦後にまたがる昭和期に、長らく読書家に親しまれた知識人に和辻哲郎がいる。

和辻哲郎（一八八九—一九六〇）は明治二二年に兵庫県に生まれ、姫路中学、第一高等学校を経て東京帝国大学文科大学哲学科、同大学院に進んだ。一高以来の友人に木村荘太、谷崎潤一郎、芦田均らがおり、大学・大学院時代以降は阿部次郎、安倍能成らと親密に交友した。夏目漱石門下の一人でもある。

和辻哲郎の『古寺巡礼』は飛鳥奈良の古寺や遺跡遺物を論じた名随筆として広く読まれているが、かなり変わったところもある書物だ。

『古寺巡礼』の冒頭で語られているのはアジャンター壁画の模写を介して印象づけられた古代インドの鮮烈さだ。〈色の明るさや濃淡の具合が我々の見なれているものとはひどく違う。恐らくそこに熱国の風物の反映があるのであろう。気温が高くて、しかも極度に乾燥した透明な空気、湿いのない鮮明な色、――それがあの色調を造り出したに相違ない〉と和辻は述べている。ここで「我々の見なれて」いるとされるのは大和の古寺に見られる山門仏塔諸堂の古寂びた佇まいや、仏像や堂内壁画の枯淡の味わいをさしているだろう。同じ仏教美術であっても、両者には一見大きな隔たりがある。その理由を和辻は、彼我の気候の違いに置き、その風土のなかで培われてきた民族性の差異として説明する。だが差異を語りながらも交流・影響から精神的合一性を夢想する。たとえば聖林寺十一面観音に関しては、そこにガンダーラ人の心も認めつつ、工人について〈このような偉大な芸術の作家が日本人であったかどうかは記録されていない。しかし唐の融合文化のうちに生まれた人も、養われた人も、黄海を越えてわが風光明媚な内海にはいって来た時に、何らか心情の変移するのを感じないであろうか〉と述べている。

和辻哲郎

ここには風光明媚な風土への言及があるが、和辻には『風土』

（昭和一〇）という著作もあった。『古寺巡礼』とならんで一般にも広く読まれている本だ。その序言で和辻は〈自分が風土性の問題を考えはじめたのは、一九二七年の初夏、ベルリンにおいてハイデッガーの『有と時間』を読んだ時である〉としているが、その意識は『古寺巡礼』執筆の動機となったアジャンター壁画模写と邂逅した大正六年頃には、すでに形作られていた。

その一枚の壁画から、和辻は古代世界における世界諸地域の人的交流を、現代に勝るとも劣らぬ規模で語り、相互の文化的影響の大きさばかりか人種的な混合――すなわち同化・同一性――にまで想像をめぐらす。インドとペルシャなど中東文化の交流は、ただちにオリエントとの交流に結びつき、オリエントを介すればギリシャ・ローマとインドは統一的文化圏であるばかりか同一種族とさえ論ずる。

ギリシア風の画とアジャンター壁画との関係は、美術史の問題として研究の価値があるばかりでなく、当時の世界文化の交錯を知るためにも、明らかにしなくてはならない。（中略）ただ漠然たる推測から言うと、時代の関係からみても、ローマ文化の侵入の具合から見ても、インド化したギリシア――特にインド人との混血児であり、幼時からインドの空想の間に育ったギリシア人――の手がここに加わっているということは、あり得ないことでもない。またたといこの画の作者が純インド人であったとしても、こういう画の流派がインドを父としギリシアを母として生まれたものであることは、ある点まで認めなくてはなるまい。

今読むと突飛な印象も受けるが、当時の世界にあっては、日本美を世界的に打ち出すためには、美術体系のなかで最も重要で正統視されていた古代ギリシャ・ローマ文化との関わりを、捏造でもいいから主張する必要があったのかもしれない。だからこのインドとギリシャの合致性の延長には、法隆寺の柱に関する〈この建築の柱が著しいエンタシスを持っていることは、ギリシア建築との関係を思わせてわれわれの興味を刺激する〉という有名な記述が現れるのである。

ちなみに和辻以前に、坪内雄蔵（逍遥）は『百合若伝説の本源』（明治三九）で、幸若舞『百合若大臣』の起源を古代ギリシャの英雄ユリシーズにおき、新村出《しんむらいずる》も『南風』（明治四三）に「ルシアダストと百合若物語」の一節を設けて坪内説を支持する見解を示している。また京都帝国大学に原勝郎と共に西洋史講座を創設した坂口昂《さかぐちたかし》も、大正六年に『世界に於ける希臘文明の潮流』を著しており、和辻が法隆寺の建築に古代ギリシャからの伝播を見ようとしたのも、その学統だったといえるかもしれない。

和辻哲郎の著作にはきわめて大胆な空想的広がりがしばしばみられる。

日本古代の仏教美術にコスモポリタンな広がりを夢想した和辻は、『日本精神史研究』（大正一五）では密やかに、しかし決然と革命的史観を描いていた。「飛鳥寧楽時代の政治的理想」の項で〈天武天皇は逆転せる大化改新を再び復興し、新しく爵位を制定することによって古来の臣連を貴族の最下位に落とした。（中略）その反対に庶人に対しても人材簡抜によって官吏となる道を開いた〉と、あたかも天武朝の施政を革命であるかのように描き、口分田を富の再分配に擬え、また「沙門道元」のなかでは鎌倉政権の成立を「鎌倉初期の社会革命」と呼び、〈かつて上層階級であった公家の階級は、昔ながらの官位と儀式と習俗とを保持しながらも、もはや力なき形骸に過ぎなかった。かつて中層あるいは下層にあって永い間の侮蔑と屈辱に甘んじていた武士の階級は、公家の奴僕すなわち「侍」という名を保持しつつも、今や上層としての実権を握り、自己の要求に従って社会の新組織を樹立しかかっていた〉と記述する。この支配層交代の類例を近代日本に求めるなら、幕藩体制の大名支配から志士らによる維新新政府への移行ということになるだろうか。だとすれば権門たる南都北嶺の伝統仏教勢力は官需や旧態アカデミズムに比せられ、自力本願の新仏教だった禅宗の英才道元は和辻自身に擬えられていたのかもしれない。和辻にはそれだけの自負があった。

しかし和辻に思想的転換期が訪れる。それは時勢の遷移よりも空間的移動によってもたらされた。和辻は昭和二年二月から翌年七月にかけてヨーロッパに留学した。これは帝国大学教授就任へ至る過程の慣行だったが、しかしこの留学は和辻にとって必ずしも望ましいものではなかった。最初、和辻はベルリン大学でゲシュタルト心理学のヴォルフガング・ケーラー教授に学んだ。しかし学問上の理解や仕事において特に学ぶものを感じられず、講義の聴講三回にして放棄すると、読書と散策、観光に時間を費やした。ここでももっぱら美術鑑賞に足を向けたのは和辻らしい。その後、イタリア、フランス、英国を回ると、精神衰弱と申し立てて予定より早めに帰国の途に就いた。

帰国後、和辻の関心はますます日本に集中していくのだが、かつて希求した世界史的広がりよりも古人の心に寄り添い沈潜する傾向が強まっていく。『続日本精神史研究』（昭和一〇）には、日本の歴史のなかに革命・革新への意志と行為を読み取ろうとするようなかつての営為は見られない。それは時局に迎合しての変化というより、世間全体の空気が国粋主義に向かっていくなかで、自由主義の防衛ラインを下げて固め直す必要を感じた結果のようにも見えるし、西洋への失望が影を落としているようにも思われる。

『続日本精神史研究』の冒頭におかれた「日本精神」の章で、和辻は次のように述べている。

> 天皇の本質は権威にあるのであって権力にあるのではない。そうでなくして天皇を単に権力の側からのみ規定しようとすれば、幕府始まって以来七百年の間の天皇は天皇ではなくなる。尊皇思想において発揮せられたのはまさにあらゆる権力をも抑え得るところの天皇の権威であった。しからばこのような権威はどこから出るか。それは天皇が国家を超えたもの、すなわち国民の生ける全体性の表現者だからである。国家の主権者としての天皇はただ天皇の一面に過ぎない。国家の生ける地盤としての国民という層に入り込んでこそ初めて天皇の権威が理解せられる。しかるに人は天皇を欧州の君主と同格視することによって、知らず知らずに天皇を封建君主と同格視するに至った。尊皇の標語に代わって「忠君」の標語が現われた

ときには、右のごとき認識不足がその裏に存したのである。

和辻は、天皇の本質は国民の全体性の生きた表現者たるところにあり、その権威の絶対性は、最終的には暴力に基盤を置いている強制力としての権力とは異なるものだとの考えを、繰り返し述べている。

これは本来の水戸学思想と類似したものだった。尊王攘夷思想が幕末の倒幕運動に利用され、また近代日本での天皇の権力的絶対性の喧伝や、その強化としての皇国史観といった流れのなかで、その源流と語られたために誤解されているが、そもそもの水戸学は尊皇敬幕の思想だった。水戸徳川家は徳川御三家であることを誇りとしていたのだから当然である。水戸学では天皇を国家の権威的統治者（王者）として尊敬すべきであることを強調したが、それと同様に天皇に代わって国家の運営を執行する幕府を、覇者でありながら王者を尊重して御位を侵さない忠臣だと説いていた。徳川光圀は、天皇に代わって政務を執るのははじめ公家が行い、のちに武家が代わったが、どちらも天皇の臣として分を守りながら、政治実務の負担を代行する存在だとした。江戸後期の水戸学者・藤田幽谷は『正名論』で〈天皇の尊は、宇内に二なければ、すなはち崇奉してこれに事ふること、固より〉としながらも天皇が国事に与《あずか》らない現実を肯定し、〈皇朝自《おのず》から真天子あれば、すなはち幕府はよろしく王を称すべからず。すなはち王を称せずといへども、その天下国家を治むるは、王道にあらざるなきなり〉としていた。天皇は至尊なので大切に供奉し、摂関家なり将軍家なり時勢の覇者が困難多い政治を代行するのである。〈王にして覇術を用ひんよりは、その覇にして王道を行ふに曷若《いかん》ぞや〉ともあり、天皇に大元帥たるを強いる近代日本の制度は、臣士の忠勤足らざること甚だしいと言えよう。

和辻は『人間の学としての倫理学』（昭和九）で個人主義を批判し、人間は間柄的存在であり、社会的役割を通して倫理的存在たり得るとの考えを示している。これは朱子学的な名分論を受けてのものといえる。西洋哲学の場合、個人主義は自己の内面を通して神という絶対存在と向き合う姿勢を自明のこととしていたが、日本思想にそうした絶対神はなく、倫理は関係性のなかに策定するほかなかった。和辻は古代から近世の日本思想を渉猟し、尊皇思想の観点から考察した『尊皇思想とその伝統』（昭和一八）をまとめている。この本は戦後に仏教や朱子学などの外来思想に関する研究を大幅に増補して『日本倫理思想史』へと発展することになる。また時局に応じた部分の少なくない『日本の臣道　アメリカの国民性』（昭和一九）も書いたが、これは敗戦後の占領期には発禁書籍とされた。

『続日本精神史研究』で日本精神とは主体としての日本民族だと記した和辻は、「日本の臣道」では天皇は現人神にましますと明記し、臣の道は忠誠を超えた清明心にあると述べている。ただし「民」を統率する「臣」が私心で政治を行ったり、直言する者を退けるのは臣道に悖《もと》るとし、暗に軍部を風刺してもいた。

大川周明——アジア主義のジレンマ

和辻哲郎に続いて大川周明を取り上げるのはやや唐突に感じられるかもしれない。しかし大川と和辻はかなり近い地点から出発している。いずれも東京帝国大学文科大学哲学科の出身であり、卒業年次も近い。大川は明治四四年卒業で、和辻はその翌年である。和辻の同学年には岩下壮一、九鬼周造らがいた。なお大川の卒業論文は「竜樹研究序説」だったが、坂口安吾が仏教に傾倒していた際に最も強く惹かれたのも竜樹だった。

大川と和辻は、学年は違うものの同じ講義を受けており、なかでも岡倉天心の「泰東巧芸史」に深い感銘を受けた点も共通している。大川も和辻も大アジアの古代からの交流、その文化的連帯を幻視したが、それは天心の「アジアは一つ」に由来しているといっては過言だろうが、まったく影響がなかったともいえない。大川は昭和二年に『日本精神研究』を出しているが、この前年の大正一五年には和辻の『日本精神史研究』が刊行されていた。ただし和辻がもっぱら日本史のなかに改革的・自立的な克己の精神を見出そうとしたのに対して、大川は同時代の全アジア的広がりに注目し、世界におけるアジアの復権を夢想した。

大川周明（一八八六—一九五七）は山形県の庄内藩で代々医師を務めた家系に生まれ、荘内中学、第五高等学校を経て東京帝国大学文科大学哲学科に進んでいる。庄内藩は戊辰戦争時に奥羽越列藩同盟に属して官軍たる薩摩藩と戦ったが、敗戦後に温情的態度をとった西郷隆盛を敬う風があり、周明も幼少年期に西郷が残した『南洲翁遺訓』を繰り返し読んだという。この逸話は、同じく山形出身で荘内中学の先輩でもある阿部次郎と共通している。

大川は語学が得意で、英語、フランス語、ドイツ語、サンスクリット語に堪能だったほか、中国語、ギリシャ語、アラビア語も学んだ。インド哲学への関心から同時代のインド問題にコミットし、日本が日英同盟の立場から英国のインド支配に好意的であることを批判、またイスラム教にも強い関心を持った。

大学卒業後、大川は理論だけでなく行動面でもインドの独立運動を支援し、一時はラース・ビハーリー・ボースやヘーランバ・グプタを匿っている。当時の日本にはインド独立派の人々が亡命していたが、日本政府は日英同盟保持の立場から独立運動には非協力だった。大川はこのインド独立運動の活動家支援を通して、宮崎滔天、内田良平、犬養毅らとつながりを深めた。大正五年、大川は『印度に於ける国民的運動の現状及び其の由来』を著して政策転換を訴えた。その一方では、大正七年に日本による満州権益拡大の中核である南満州鉄道に入社しており、植民地支配に関してダブルバインドが感じられる。

イスラム教にも関心を広げた大川は、第一次世界大戦後は東アジアに止まらぬ広域的なアジア主義を唱えるようになっていく。大正一一年に刊行した『復興亜細亜の諸問題』は、中近東をふくむアジア全体を視野に入れた当時としては画期的な書物だった。

大川は、『復興亜細亜の諸問題』の冒頭に〈アジア民族は、第一に自由を得ねばならぬ〉と記し、ヨーロッパ諸国の植民地として従属を強いられている現状からの脱却を唱え、日露戦争における日本の勝利が、全アジアに目覚めをもたらしたと説く。

国際連盟の成立に拘らず、英仏の標榜し宣伝したる看板と文句とは、既に隷属民族の魂に、真個の自由と正義とに対する、抑え難き要求を鼓吹した。かくして「現状維持」を根柢とせる国際連盟の精神を破りて、ヨーロッパ世界制覇に挑戦する気勢が全有色人の間に漲るに至った。今や国際連盟がその保全を約せる「各国の領土」に於て、到る処白人覇権に対する土民の反抗を見ざるはない。世界戦中、フランスの軍人並に労働者の供給地なりし北アフリカに於ては、国土擁護のために仏人と協力せる土民が、これによって自己の価値と威厳とを自覚し、最早従来の待遇に甘んじなくなった。北米に於ては戦時に白人移民労働者帰国のために、俄かに合衆国の経済的生活に擡頭し来れる黒人の自覚、並に戦場より帰りて受けし冷遇に対する黒人兵士の憤激が、合して一九一九年七月の黒白人争闘となり、ワシントンやシカゴの町々を鮮血で彩ることとなった。而してアジア全土に亙りて、白人支配に対する抵抗が、昂まる潮の如くなって来た。かくて白人対非白人の抗争が、漸く具体的に民族闘争の相《すがた》を取らんとするに至った。而してこの非白人昂潮の中心の力は、取りも直さず復興アジアそのものである。

大川はチベット、シャム（タイ）、インド、アフガニスタン、ペルシャ、トルコ、エジプト、メソポタミア地域などの地誌・近現代史、そして支配形態の実情と独立機運の現状などを論じているが、特徴的なのは各地域の民族独立を呼びかけながらも、それらにおける伝統的指導層との連携や働きかけではなく、民衆の革新運動に直接的な期待をかけている点だ。それら直接間接に英仏の植民地支配を被っている諸地域では、既存の王侯ならびに宗教指導層は宗主国と結んで特権を保持し、自民族ではなく英仏など支配国と利権を共有する腐敗堕落のなかにあり、真の独立運動のためにはかえって妨げになるとみなされていた。たとえばペルシャについて、大川は〈ペルシャの心あるものは、これら外国の傭兵が常に皇帝の圧制、露国の陰謀のために利用せられ、国家のために百害あって一利なきを知悉して居たけれど、若しこれが廃止を実行すれば、必然露国の激怒を買うべきが故に、また如何ともすべからざる状態にあった〉と記述している。

大川はアジア全域の独立回復を唱え、「アジア民族」という言葉も用いている。しかし実際にはアジアは多くの民族がおり、また欧米支配とは無関係な時代からそれぞれが独自の言語・宗教・文化を持ち、相争ってきた。それぞれの独立運動は、各国の民族ナショナリズムによって推進されており、全体としての協力はあり得ても統一は現実には問題外だった。アジア全体に共通する理想や文化的一体性は、大川も指摘し得ていない。さらに日本が盟主としてアジアを指導することが自明視されるとなれば、けっきょくは日本がそこに何らかの利権を布くという、英仏などと同類の侵犯とならざるを得ない。それは美名で飾っても変わることのない厳然たる事実であることを、満鉄に席を置く大川が分からないはずはなかった。だからこそ大川は、『復興亜細亜の諸問題』本文を書き上げた後に記した自序に〈吾等の正義は一貫徹底の正義でなければならぬ。吾等の手に在る剣は双刃の剣である。その剣は、アジアに漲る不義に対して峻厳なると同時に、日本に巣喰う邪悪に対して更に秋霜烈日の如し。かくてアジア復興の戦士は否応なく日本改造の戦士でなければならぬ。啐啄《さいたく》一時、大乗日本の建設こそ、取りも直さず真アジアの誕生である〉と述べることになるのである。

大川は北一輝と連携しながら日本の国家改造を思う一方、満鉄東亜経済調査局編輯課長を務めたり、軍部の依頼で各種文書の翻訳をしたり、軍内部で講演を繰り返し行うなどして人脈を拡げていった。その人脈を通して大川は三月事件、十月事件、血盟団事件などに関わることになる。

北一輝とは一時の蜜月を経て袂を分かったが、大川は大川なりの国家改造・アジア革命の思想を保持しており、昭和一三年には軍部のバックアップを受けて東亜経済調査局付属研究所（通称・大川塾）を設立して、アジア諸地域との連帯を担う人材育成に取り組んだ。大川塾は全国から一七歳以下の若者を募り、二年間の全寮制教育のなかで東南アジアのタイ語やマレー語から中東のペルシャ語、アラビア語に至る言語を学ばせ、また心身を鍛え、卒業後はアジア各地に派遣した。大東亜戦争で日本は、欧米植民地支配に対する現地の民族運動を支援したが、占領地域では軍政を敷いた。こうしたなかで大川塾の卒業生の語学や人脈は役立ったが、塾卒業生のなかには占領地支配とアジア連帯の理想のあいだで悩む者も出た。

また大川の日本論・日本史関係の著作には、当時の国策的国家観とは異なる要素が少なくなかった。例えば『日本精神研究』は、佐藤信淵《さとうのぶひろ》、源頼朝、上杉謙信、横井小楠らの評伝を通して日本精神の復興を唱えていたが、この人選は必ずしも教科書的推奨人物ではなかった。また『日本二千六百年史』(昭和一四)でも、北条義時、北条泰時、足利尊氏・直義兄弟らを称賛していたが、彼らは皇国史観では逆賊扱いであり、批判を呼んだ。そもそも『日本二千六百年史』は天孫降臨説をとっておらず(ごまかした記述もせず)、アイヌ人を日本列島の先住民族とする説を採っている。これは人類学・考古学上は古くから言われていたが、それを大川は歴史に直結させた。そうしたある意味で挑発的な歴史を記したものの、批判を受けるやただちに改稿している。原理日本社の蓑田胸喜は昭和一五年にパンフレット『大川周明氏の学的良心に愬ふ「日本二千六百年史」に就て』を出してこの本を称賛しているが、改稿については述べていない。

大川は欧米白人国家と有色人種の戦争は歴史の必然とみており、それぞれの代表である日本とアメリカはいずれ戦わなければならないとしていた。しかし昭和一六年の段階では、日本の国力は不十分との認識もあり、戦争回避を支持していた。とはいえ思想的にはアジアの解放独立のための欧米支配追放を唱え続けており、『亜細亜建設者』(昭和一六)、『米英東亜侵略史』(昭和一七)、『大東亜秩序建設』(昭和一八)などを書き続け、大東亜戦争の理論的解説者としてふるまっている。また戦時中に大東亜省が発した「大東亜共同宣言」の文言作成にも関わった。

中河与一——モダニズムから第三世界共闘ロマンへ

もうひとり、国際的連帯を夢見た意外な作家がいた。中河与一である。中河は新感覚派を代表する作家だったが、一九三〇年代以降は国家主義的傾向を強め、戦後文壇では長らく腫物のように扱われることになる。

昭和初期に書いた評論をまとめた『形式主義芸術論』（昭和五）のなかで、中河は〈形式とはFORMである。（様式《スタイル》ではない）形を持つたものである。存在である。物質的なものである。経過を持った頂点である。構成である。具体である。／形式とは素材の飛躍である。飛躍であるが故に新鮮である。創造である。緊密さである。（中略）最も能率的な美である〉とし、マルクス主義者が「存在は意識を決定する」という以上、「形式は内容を決定する」という形式主義の理論には抗弁できないはずだとした。そして実際、プロレタリア文学はその形式が内容を決定する最たる文学運動であることは否定しようもなかった。党の指導に従属してその決定に振り回され、また労働運動組織の分裂と共に文芸上のグループも分裂するといった事態の理不尽は、当のプロレタリア文学者が身をもって誰よりも苦々しく感じていたことだろう。

とはいえ、事はそう単純ではない。中河とプロレタリア文学派の応酬は「新科学的文芸」時代にますます激しくなる。この点は、フランスにおけるシュルレアリスムの展開と対比すると興味深い。フランスでは、シュルレアリストは文学の独自性を唱えながらも政治的にはマルクス主義を支持する者が多く、文学も含めて党の指導下にあるべきとする共産党のあり方に違和感を覚えながらもその「科学性」の正当性を支持し、最終的には「個人の自由」と「社会科学の真実」は高次において一致するはずだとのテーゼを念頭に置いていた。ことにルイ・アラゴンは両者のズレが決定的になるのを回避するために、懸命の努力を続けていた。

一方日本では、川端康成はプロレタリア文学派にも微妙な配慮を示しつつその党派性を批判、横光利一や中河与一は文芸理論やその「科学性」に対しても痛烈な批判を加えていた。これが後々、彼らの日本回帰への道筋を用意することにもなった。

中河与一は雑誌「新科学的文芸」創刊号の巻頭に掲げた「宣言」で〈吾々は文学に最も新しく、強い認識と方法とを導入しようとする。（中略）／文学に於ける最も新鮮なる発展――これは二十世紀の科学的方法に於て初めて可能である。／吾々は文学上のマルクス主義をも、モダニズムをも、更らに高度な立場に於て批判し、これらを更らに豊富に刺戟しようとする〉と記している。

中河の科学へのこだわりは、マルクス主義への反発と連動していた。やや後だが、中河は〈吾々、今あらゆる理論の根拠として科学を持ち来たらなければならぬ事を思ふ。未知に対する絶えざる追窮の精神。吾々の思考と生活とを健康に持ちなほさなければならない事を思ふ〉（「科学とロマン」、「読売新聞」昭和七年一月一二日）と述べている。この科学は当然ながら自然科学を指している。わざわざそのように注意喚起するのは、大正後期から昭和初頭にかけて、文学や思想の世界において「科学」といえば、おおむね社会科学としてのマルクス主義を指していたためだ。これに対して新感覚派・新興芸術派などのモダニズム文学者は、マルクス主義はイデオロギーであって現時点での社会科学は真の科学とはいえないとの含意のもと、最先端の自然科学である相対性理論や量子力学の知見を、自然主義的リアリズムに対抗する「尖端表現」に応用しようとしていた。

とはいえモダニズム派が十分に科学的だったのかといえば、そうではないだろう。例えば中河はモダニズム・スタイルの底に、ロマン主義的心情を色濃く残していた。それが後に、彼が急速に国家主義的ロマンに傾倒していく一因でもあった。

中河のモダニズム的側面は、機械技術や品種改良などの「科学」を含むモダン風俗への関心とコスモポリタニズムに置かれていた。

中河の初期作品には海外を舞台にしたものが多い。それも満州や上海などばかりでなく、ラテン・アメリカやイオニア海、南洋など多様だった。しかし彼の国際主義には、米英支配への抵抗、そして解放への意欲を秘めた日本と後進諸国の連帯というニュアンスが初期からみられた。

「アルゼンチンの女」(「文藝春秋」昭和五年四月)は題名からも分かるようにアルゼンチンを舞台にしている。この小説は街路樹の黄色い花が散って歩道いっぱいに降り積もり、人の肩や自動車の屋根にも降り注ぐ景色からはじまる。だが、街路樹が降り散らすのは花弁ばかりではなく、もっと重要な〈白い銀のやうな粉〉も撒き散らしている。花粉だ。花粉はいうまでもなく生殖のための飛沫である。この〈白い銀のやうな粉〉は、すぐに続いて出てくる伝書鳩の荷物につながっているると同時に、中盤に出てくる〈白粉のかたまりが蝶々のやうに踊つてゐる〉という女の姿にもつながっていく。

伝書鳩はブエノス・アイレスからサン・ニコラス牧場へ、優秀なサラブレッドの精液を運ぶために飛んでいく。それを眺めながら話者は「今に、恋愛と生殖は別だといふ時代が来るかも知れないぜ。すると、当然、恋愛の無責任といふことが起つて来る」などと呟くのだが、今の時代にこれを読むと、「恋愛」と「生殖」の分離をファンタジーと捉える視線のほうがSF的に感じられるのが、ちょっと不思議だ。

この後作品は、話者とファーナという女性の会話を中心に展開するのだが、それは恋愛や享楽的生活を語っているようでいて、別の含意を帯びている。〈僕はアルゼンチンと日本とが結婚しなければならないと考へてゐるんです〉とか〈私達の目的は、共同の喜び〉とか〈僕は英国のアスコット競馬場だつて、今にパレルモに征服せられると考へてゐる〉といった言葉は、単なる恋愛談義、競馬談義ではない。これは日本や南米の英米資本からの自由独立という未来についての寓意だ。ここで生まれようとしているのは完全な独立国としての祖国なのだ。

話者とファーナは競馬場で、そうした会話を交わすのだが、そこに〈壮麗な棕櫚の葉蔭からは、烈しい馬の蹄の音と、なだれ動く二万人の足音とが、重い胸の動悸のやうに芝生を伝つてドッツと聞えて来る〉。そしてこの小説は次のように結ばれている。

千九百二十七年七月十二日、ラ・プレンサ新聞は、ボストン銀行が強烈な爆弾によつて破壊されたことを報じた。然し、犯人については遂に何等の手がかりもないことをつけ加へてゐた。

私は遥かに日本にあつて、なつかしいファーナのことを時々思ひ出す。

実際にどうであるかは不明だが、話者のなかではボストン銀行爆破はファーナとその同志の仕業であり、やがて来る日本とアルゼンチンの、真の独立のための共同戦線の予兆なのだった。モダニズム時代の中河の代表作といっていい「鏡に這入る女」（「文藝春秋」昭和六年一〇月）でも、日本人男性とブラジル人女性の夫婦が登場する。彼らは夫婦で曲芸飛行家として北米で活躍しており、「サイエンティフィック・アメリカ」のグラビアを飾るほどの有名人だ。最先端を常に意識している彼らは、しかし最先端を追い続けるのに疲れている。ことに女性のほうは、三面鏡を使って念入りに化粧をしながら、化粧をすること自体が最先端のモードではないといわれていることに不安を感じている。鏡を通してしか自分を把握できない彼女のありようは、モダニズムの光学趣味の一角をなしているが、この作品でより大きな役割を果たしているのは飛行機だ。

上空で機外に出ての曲芸飛行の最中、パイロットの男は疲労のためか自分でもよく分からない意図のためか、空中で握っていた妻の手を離してしまい、妻を追うようにして自分自身も落下に身を委ねる。ここでは落下は、妻にとっても夫にとっても、殺意や憎悪の産物ではないものの、単なる事故でもなく、無形式に望まれた科学主義的な死、希望としての死という形をとっている。進歩と繁栄の頂点に向かって加速度的に進んでいくということは、形を変えた一種の自殺であると中河は思いなしていたかのようだ。

中河与一に見られた第三世界と日本の連帯という幻想は、まったく故のないものでもなかった。ドイツには英米仏蘭といった膨大な植民地を有する国々（世界恐慌後は勢力圏を囲い込んだブロック経済を敷いて他国を締め出している先進帝国主義国）に対抗していくにあたって、南米諸国の友好的中立やあわよくば同盟を引き出したいという願望があった。また日本の庶民階層は、移民の送り出しを通して南米諸国に親しみを抱いており、日本との協調協力を期待する人々もいた。文学的には、日本に欧米の影響でモダニズム文学が生まれたように、南米諸国にもより知的なモデルニスモ運動があり、次第に文化的にも欧米支配から脱して南米の民族的・歴史的現実に根ざした新文芸を打ち立てようという機運も生まれていた。

例えばキューバ人だがスイスに生まれ、フランスでシュルレアリストと交流した作家カルペンティエールは、それまで西欧文化から「野蛮」視され蔑まれていた黒人の信仰習俗や先住民の文化のうちにも非西洋的な「驚異」と社会改革への原動力を見出していた。しかしその一方で、カルペンティエール自身がヨーロッパで高等教育を受けた西欧型知識人であり、ブルジョワ階級出身者であるというジレンマを抱えていた。中南米が抱える国家意識の複雑さは、例えば「民族」一つ取り上げても、どの国においても民族として単一ではないばかりかインディオと黒人と西欧の血脈が多様な形で混血しており、ほとんど無限のバラエティをもって絡み合っている点に見て取れる。そして知識階級においては、自身が討つべきものとする西欧の学問言語ばかりか血統までも身につけているという矛盾と苦悩を抱えていた。これもまたある程度日本の知識人にも共有された感覚だったろう。

ただし日本における回帰運動が、脱政治的な伝統主義や政治的な国策運動と手を携える方向へと向かっていったのに対して、中南米におけるそれは欧米列強への文化面を含む侵犯への抵抗としてばかりでなく、自国を支配する理不尽な政権を討つ反抗運動として爆発していくことになる。

この背景には日本と南米の政治状況の違いがある。一九三〇年代以降、中南米に対する欧米列強の帝国主義的支配は、アメリカ合衆国の干渉を筆頭に、第一次世界大戦以前よりもむしろ強化されていた。しかもそれは植民地統治から独裁政権の支援という、間接的でより抜き難く巧妙な形へと移行していた。つまり中南米地域においては自国の独裁政権と対峙することは欧米帝国主義の支配に抗することと結びついており、民族主義と矛盾しないどころか、まさに民族の精神的な自主独立そのものだったのである。

日本においては、土俗的なもの、非近代的なものへの回帰は、すなわちダイレクトに自己自身の家系家郷への回帰であり、同時に今現在の皇統への敬慕にも直結するような神話や和歌や歴史の伝統を持っていた。その点が日本と中南米諸国では決定的に違っていた。もちろん日本もまた単一民族国家ではなくなっていたが、そうした問題意識は中河には顕在化していなかった。

日本において自己を日本人と認識する人々にとっては、幕藩制や近代官僚制といった政体はその時々の制度であり、人によっては家系的にも嫌悪の対象であったかもしれないが、「まほろば」なる大和の国土国風への愛慕は日本人として生きてきた自身の先祖への愛着と不可分なのだった。

昭和一〇年代になると中河は、急速に「日本主義」化し、全体主義による共同体の「復興」を唱えるようになっていく。

吾々は一家の者が睦み、助けあひ、かばひ、時に犠牲になりあつても、その生活を貫いてゐる姿の美しさを知つてゐる。斯くの如きものが、人間の正しい方向であつて、そこにこそ、吾々は生きがひを見つけなければならぬのである。

例へば、地方の農村の人々までが、若し物質の平均といふことを最上のことだと考へた瞬間を想像するがいい。その時いつたいどういふ混乱が起るか。日本の国土は収拾すべからざる一つの破滅的な状態に陥るのである。

ドイツでは、斯ういふ思想はユダヤ人の計画するところであつて社会に対する呪ひの思想であると評してゐる。それが事実であるか否かは知らない。然しそれをつきつめたものが今日のロシアであり、スペインであるといふことは誰でもが知りかけてゐる。また最近のフランスが人民戦線内閣以来、次第に没落をたどつて、今や第三流の国家に転落してゐるといふことも、ひとしく人の認めるところである。
それは畢竟物質思想といふものの中にある破壊的性格によつてゐるのであつて、吾々はそのことに就いて今日まで幾度か説明した。人間とは物質によつて決して割り切れるものではないからである。然も人間を、最もわかりやすいところの物質によつて解釈し、改革しようとする故に、それは自然人間自身を破滅に導いてゆくのである。

（「日本と全体主義」、昭和一二）

中河の考えでは現代社会にあって必要なのは物質的繁栄の享受ではなく精神的協同であり、人間性の回復だった。そのためには自由主義や共産主義は克服されねばならないという。この目的に適しているのが全体主義だ、と中河は主張した。〈自由主義が個人の利益のみを主張して自由なる経済競争によつて弱い者を虐殺する〉のに対して、全体主義はすべてのものが調和して全体の幸福を願い生きる精神主義であり、〈共産主義が物質の平均といふことを革命といふ暴力と争闘によつて断行しようとする〉のに対して、全体主義は民族的な同胞観念を強調することによって道徳的に貧富の差を無化しようとする。ただしそれは豊かさの共有ではなく、不幸の連帯でしかなかった。

九鬼周造――「いき」という諦念

日本の世界性ではなく、特異性を取り上げた研究もあった。例えば「いき」は西洋文化にみられないどころか、東洋文化においても日本にしかみられない特殊な民族性を持った価値観である。それは日本人自身にも十分に把握されているとはいえない、体得困難なものだ。そもそも「いきだねえ」などと口に出してしまったら、言うほうはもちろん言われたほうも野暮になるのが「いき」というものである。そうした捉えがたい「いき」について理論的解説を試みたのが、九鬼周造の『「いき」の構造』(「思想」昭和五年一月、二月)だった。

九鬼周造(一八八八―一九四一)は文部官僚で男爵の九鬼隆一の息子であり、東京高等師範学校附属中学、第一高等学校を経て、東京帝国大学文科大学哲学科に進んで、ラファエル・フォン・ケーベルに師事。また幼少期から、よく家に出入りしていた岡倉天心に親しんでいた。卒業後は欧州各国に留学して八年間を過ごし、ドイツでは新カント派のハインリヒ・リッケルトやマルティン・ハイデガーに学び、フランスではアンリ・ベルクソンの知遇を得た。そして帰国後は京都帝国大学文学部でフランス哲学や現象学を講じた。

九鬼によると、「いき」は野卑ではないという意味では上品なるものであり、野暮に対しては趣味の繊巧または卓越によって把握されるとされた。その一方で「いき」は媚態を帯びているという点では「下品」と結びつく要素があるという。たとえ趣味が洗練されているとはいえ、「いき」には男女のことがかなり大きな部分を占めており、しかも遊郭の遊びともつながっていることは周知のとおりである。

九鬼周造によると、「いき」の第一の徴表は異性に対する媚態であり、第二の徴表は「意地」、すなわち「意気地」にある。意地とは例えば公権力の横暴に対して一歩も引かないような態度であり、そこに備わる犯すべからざる気品、気格である。こうした「意気地」を、九鬼は武士道そのものによって体現された価値観としているが、実際には町人（あるいは江戸泰平期に実戦と無縁だった武士）によって解釈された物語的な「武士の理想」だったように思われる。だから意気地は、例えば旗本奴だけでなく町奴にも見られるし、歌舞伎という町人の娯楽演劇でしばしば強調されてきた。言わば意気地は実践的な態度ではなく、多分に演劇性を帯びたものであった。さらに第三の徴表としてあげられているのが「諦め」だ。諦めとは「いさぎいい」心情、強く執着せずにあっさりした態度であり、もたもたしておらず垢抜けしたものであるばかりでなく、仏教の悟り、解脱にも通じているような心境だという。要するに「いき」は無気力や自堕落ではないものの一種の敗北の美学であり、物質的現実においては得るところ少なく、身分的にも非政治的な階層に由来しており、権力への抵抗ではあり得ても革命や改革には結びつかぬ次元にとどまり、けっきょくは諦めに終わっていくものといえる。

さらに気になるのは「いき」の価値としての「さりげなさ」だ。本物の「いき」は秘められているところにあるのであって、言葉はもちろん態度や表情にすら露骨に示されてはならない。それはあくまでさりげないものであり、〈片目を塞いだり、口部を突出させたり、「双頬でジャズを演奏する」などの西洋流の野暮さと絶縁することを予件としてゐる〉と九鬼は述べている。これらを総合すると、いわゆる日本人の、政治的な問題でも理より情を優先して客観性に乏しい選択をする気質が、「いき」の下地にあるように思われる。さらに言えば、権力に抵抗してみせるにしても多分に演技的で実効性を持たず、やがてはあきらめて飲み込まれていくという体質、さらにはそうした変転を予定調和的に無言のうちに伝播していく「空気をよむ」文化に通じているようでもある。

とはいえ「いき」は、色町とつながった江戸町人文化というかなり限定的な文化だった。風雅や風流といった経済活動や実効権力よりも文化的消費に比重を置いた生活的美意識は江戸以前からあったが、それらと「いき」は微妙に異なっていた。

九鬼は『風流に関する一考察』で、風雅と風流はほぼ同義のものとしたうえで、風流が自然美・人生美の体験表現としての創造における美的価値として、どのような内容を持っているのかを考察している。

九鬼によると風流は、「華やかなもの」「伊達」と「寂びたもの」「寂」、「太いもの（強度）」と「細いもの（繊細さ）」、「厳かなもの」と「可笑しいもの」という二項対立的なものをそれぞれに内包しつつ、豊かなバリエーションを持っており、〈「厳かなもの」では倫理的宗教的価値が重さを与へてゐるし、「可笑しいもの」では学問的知的価値が軽さに寄与してゐる〉とする。「風流」には「いき」と違って美意識だけでなく社会的価値基準が関係しているのである。これは風雅や風流が「いき」と同様に非政治的活動領域のものであっても、もともと公家や僧門、さらには武家が主体となっていたことと関係しているだろう。美学的価値観も古くは身分階級に付随しており、だから農民出身の稚児が桜の花が散るのを見て苗の育ちを心配して涙するのを、公家階級の僧侶はただ笑うという『宇治拾遺物語』の挿話が生まれるのであり、『平家物語』での木曾義仲の戯画化された扱いがあるのである。その木曾義仲について、保田与重郎が『木曾冠者』を著し、〈私は涙の出るほど木曾といふ人がうれしくなる。近代人なら多かれ少なかれ複雑になつてゐるから、かういふ人の純璞の歌心のあらはれを、乃木大将を嬉ぶやうに又別の形で敬愛する筈である〉と述べているのは象徴的だ。

なるほど、木曾義仲も乃木希典も野暮を貫いた存在であり、そこには「いき」や「風流」の巧緻技巧とは別の、素朴純情の美学があるかもしれない。そうした単純で簡素なものへの憧憬は、一九三〇年代の日本人にとって二〇年代的な技巧性、享楽性に対する反省ないし嫌悪という形であらわれたのではなかったか。

そうした傾向は九鬼周造にも見られる。九鬼は「外来語所感」で〈日本人は一日も早く西洋崇拝を根柢から断絶すべきである〉とし、特に外来語を安易にそのまま日本に流通させる傾向への嫌悪を露わにし、外来語の意味内容を捉え、また内容そのものを日本に適した形で理解して適切な日本語に直し、国語の純化に努力すべきだと説いている。その一方で「伝統と進取」では〈日本人がともすれば自惚れ勝ちで世界のどこに比してもすべての点で遜色ないもののやうに考へるのは甚だ間違つてゐる〉と説き、日本の浅薄な自己賛美を戒めてもいた。

阿部次郎——人格主義から見た日本文化

九鬼とほぼ同時代に「いき」に関わる江戸の美意識を論じた重要な著書に、阿部次郎の『徳川時代の芸術と社会』（単行本は昭和六年、元となった連載は大正一四年から昭和四年にかけて「改造」に断続連載）がある。

著者の阿部次郎（一八八三―一九五九）は山形県生まれで、山形中学、第一高等学校を経て明治四〇年に東京帝国大学文科大学哲学科に入学した。一高の同級生に岩波茂雄、荻原井泉水、鳩山秀夫（鳩山和夫の次男で、兄の一郎はのちに首相）らがおり、大学以降は和辻哲郎をはじめ森田草平、小宮豊隆、安倍能成らと交流した。漱石山脈の一人で森田らと共に漱石が主宰する「朝日新聞」の「朝日文芸欄」執筆者に加わり、大正三年には『三太郎の日記』を出版した。同書は大正教養主義の代表的著作として、大正から昭和も戦後期まで知的青年層の必読書となったことはよく知られている。

阿部次郎

『徳川時代の芸術と社会』は歌舞伎、遊里、浮世草子、読本、浮世絵といった徳川時代の遊芸文化を論じたもので、著者は江戸文化への自らの愛着郷愁を語りつつも、その限界について冷静に分析している。阿部は、江戸期芸術は繊細な技巧に彩られつつも、人を明るく高めるような性格に乏しいとし、その背景を江戸期芸術が非政治的身分である町人主体の文化だったからだとした。ことに遊里については、文化サロンとしての存在意義を認めつつも、そこが遊女という現実には非自由身分の者を、女主人に見立てる演技的虚構の産物である点に注目した。

太夫と言われる格式高い遊女は「いき」の極みのような存在だが、太夫本人も太夫を買う大尽たる客も金を媒介として関わりを持つ間柄であり、けっきょくは「野暮」と「愚痴」とに帰らなければならぬような存在にすぎない。一夜の夢が覚めてみれば、支払いだけがあるのである。さらに阿部は、遊里文化における「いき」に相当するような身ごなしの洗練は、貴族文化への憧憬を背景にしているとする。遊里では横柄な態度は野暮天もしくは乱暴者と考えられ、客にも遊里的貴族としての優雅さを求められた。それを果たすことが客の貴族憧憬を満足させるという遊戯性が、そこでは培われた。「色道」は茶道や華道のように形式的洗練を伴うものとされた。

さらに阿部は徳川時代の悲劇を、恋と生活（家庭）の分離に見出した。それはつまり道徳意識と生活感情の分裂だった。男は遊里などで疑似的な「恋」を楽しむが、それを生活に持ち込むのは「いき」ではなかった。恋は刹那の夢であるのに対して、家庭はあくまで生活の場であり、野暮と堅実と継続性が重んじられた。これは町人よりもむしろ屋形者（武士）において明瞭な、儒学的価値観だった。儒学は必ずしも男に貞淑を義務づけていなかったが、淫奔耽溺は何事にせよ慎むべきこととしており、「惣て男女の道は嗣をたつるのみなり」とされていた。つまり結婚は子孫を得て家を継承繁栄させていくことだけが目的ということである。この価値観は明治期には江戸時代にも増して強調され（江戸期の都市庶民は生涯独身も少なくなかった）、明治民法では結婚は基本的に家長が決めるものとされた。明治末期から大正期にかけては若者の自覚的行動による「自由恋愛」も起こったが、この語はしばしば私娼売春の言い換えとみなされたように、いかがわしいものとみなされてもいた。

阿部次郎は『徳川時代の芸術と社会』を、人格主義の視点からの江戸文化論と位置づけており、色道を遊戯として弄ぶありさまを否定的に見ていただけでなく、愛に基づかない家優先の夫婦関係も同様に非人格的な態度とみなしていた。阿部次郎の人格主義は道徳的な理念だったが、その道徳性は前近代的・儒学的というより、近代的・自由主義的なものだった。

このように、阿部次郎の思想は一般的には教養主義と呼ばれているが、阿部自身は人格主義と称していた。大正教養主義は思想信条の自由を重んじるという点では、自由を唱えつつも国家的責務を自明のこととした明治的啓蒙主義から一歩踏み出していたものの、二〇世紀になって急速に日本でも知識人に浸透していたマルクス主義とは一線を画した、個人主義的色彩の強いものだった。阿部は真・善・美を自由に、豊かに探究する知的営為は、単なる趣味や知識の向上ではなく、尊厳ある自由人としての人格に結合し、自己の精神的向上を通して社会理想への奉仕に至るものでなければならないと考えていた。阿部によれば、人格というのは知識摂取など意識的経験の総和ではなく、その底流をなしてこれを支持統一するところの自我であり、そうした自我＝人格の叡智的性格の成長と発展を第一として研鑽するのが人格主義である。そうした自己の主体性を優先する立場から、阿部は社会改良の前にまず個人を改良することを唱えたために、マルクス主義陣営から旧道徳派として攻撃されたこともあった。

阿部次郎がマルクス主義運動に懐疑的だった理由の一つに、左翼文芸論に対する違和感があった。阿部はマルクス主義に傾倒する学生たちが、美学的判断を働かすにあたっても対象作品自体に向き合うのではなく、信奉する思想的美術論を借用して対象をそこにあてはめて判断するさまを見、そこに浅薄な超越批評の典型的なものを発見せざるを得なかった。阿部は〈現実を科学的に客観的に見て行くといふマルクス主義の宣言とは正反対に、私はそこにたゞ彼の習得せるイデオロギーにのみ膠着してしまつて、それ以外のイデオロギーとそのイデオロギーに従つて現実に生きて行つた歴史時代とに対して日ごとに盲目になつて行く学生たちを見た〉（「国文学と美学」）と苦々しげに記している。学生らのマルクス主義理解はそれ自体が浅薄で、本当のマルクス主義文芸理論はそのようなものではないことを阿部は知っていたが、しかし国粋主義に感染した民衆がそうであるように、大量の浅薄な共鳴者が声高に主張し徒党を組む時、「本当の」という最良の部分は埋没と沈黙を強いられることもまた、阿部は苦く理解していたのだろう。

阿部次郎は大正一一年から翌年にかけて帝国大学教授就任予定者の慣例に従って欧州に留学したが、帰国直後の談話によると、当初から欧州での学術研究よりも彼我の文化基盤の違いを確認することを目的のひとつとしていたと述べている。同地で阿部は、激しいものではなかったものの日本や東洋に対する欧州人による人種差別を経験し、書物を通してその理想を享受してきた西洋に、現実には無知で粗野な大衆が多くおり、不潔や蛮習も少なくないのを実感した。また留学中に関東大震災が起こり、その被害は欧米でも報じられたが、表面上は同情を示しながらも密かに他者の不幸を喜び、また被害を東京の死者三〇〇万人などと誇張する、事実よりもセンセーショナリズムを優先するメディアの本質や、各国の反応が日本の利害関係によって微妙に異なる現実も感じた。そのうえで帰国後、阿部は〈国家主義でこすり合つてゐる世界の中で、自衛の策を棄ててしまふ事によつて世界主義の中に入れると思ふのは間違でありります〉(講演「私の外遊中に与へられた問題」、大正一三)と述べている。

阿部次郎の代表作『三太郎の日記』が出版されたのは大正三年四月で、翌四年二月に『三太郎の日記　第弐』が、大正七年に『合本　三太郎の日記』が出ている。同書は、大正期には熱狂的に読まれ、その後も旧制中学・高等学校では定番化したものの、昭和初頭のマルクス主義全盛期には人気に翳《かげ》りがみえた。ところが昭和一〇年前後から再び注目度が上がり、戦時中も熱心に読まれた。

こうした現象の背景について、教育社会学者の竹内洋氏は、マルクス主義隆盛期にも教養主義＝人格主義は持続していたのに加えて、マルクス主義が禁じられるにつれて、人格主義や自由主義が学生の関心の表面に浮上してきたのだと説明している。そのうえで竹内氏は、近代日本の学生文化の構造を次のように解説している。

武士的エートスこそ旧制高校的なるもの＝旧制高校文化の古層を形成する文化だった。その後の旧制高校文化である人格＝教養主義もマルクス主義もこの古層の上に堆積し、あらたな文化地層を形成した。たしかに人格＝教養主義は武士的エートスへの対抗文化として、マルクス主義は人格＝教養主義への対抗文化として台頭し、それぞれ大正時代と昭和初期に覇権を握り始める。しかし、新たな覇権文化が既存の文化を駆逐してしまったわけではない。明治時代の武士的エートス、大正時代の人格＝教養主義、昭和初期のマルクス主義はそれぞれ古層、中層、新層のように堆積した。
（『教養派知識人の運命――阿部次郎とその時代』）

それぞれに個別である思想が、個人のなかで層をなして矛盾なく堆積し、しかもそれらの層を統一するより上位の絶対的理念がない場合、人は状況に応じて最適と思われる思考と行動を器用に取り出すことになりかねない。それは生き延びるための戦略としては便利だったかもしれないが、確固たる抵抗点としては機能しない恐れがあった。自身で人格主義という一つの思想を形成した阿部次郎本人はさておき、それを教養として受け取った人々は、押し止め難い時代の変転の前では江戸町人のように諦観的になる傾向があった。

阿部次郎はもともと政治的行動理論とは一線を画していたうえ、昭和一六年一二月半ばに、日本学術振興会の仕事で上京した際に脳溢血をおこして一週間の絶対安静に見舞われた。その後、教壇に立てるところまで回復したものの、気力も体力も衰えが拭えず、静かな生活となった。

第五章

日本精神と変質する科学主義

イデオロギーとしての日本精神

今でも私たちは「日本人とは」とか「日本文化」を考える際、自分の日常的なふるまいや思考、あるいはテレビ番組やネットで毎日接しているものではなく、古人の佇まいや滅多に接することのない伝統芸能、古寺や博物館にあって一度も手を触れたことのない仏像などを思い浮かべる。そこに誇るに足る崇高な美的達成があるのは確かだ。とはいえそれは本当に「私たちの文化」であり「私たちのあり方」を保証するものなのだろうか。私たちは日本の伝統文化の最高峰を真に継承してきたのか。「今現在」の私たちの思考や行動を、それらに結びつけるのは正当か。

この点について、戸坂潤の次の言葉をかみしめる必要があるかもしれない。

なぜ人々は「日本的なるもの」という風にばかり云って、「日本民衆的なもの」とは云わないのであるか。日本的なものは即ち又民衆的なものではないか、日本民族の文化的伝統と云い、血統と云い、民衆の内にあるものではないか（中略）夫が万葉の直観的豊醇であったり、或いは又源氏の「もののあわれ」であったり、そうかと思うと中世的な武士道であったり、徳川期の義理人情であったり、であって、その止め度のない日本的なものの定性分析の無意味さは別としても、一向それが現代の日本の民衆とつぎ合わされていないのである。

（「日本の民衆と「日本的なるもの」」、昭和一二）

戸坂はこの文で、今現在の日本民衆の現実と遊離した部分に「日本的なるもの」を求めることの愚かさを指摘しているわけだが、その「現代の日本の民衆」こそが、そうした今現在の自分とは遊離した日本の伝統文化の精華に心地良い自負心を感じ、さらには地図上に日本の勢力圏が広がっていくことを、何らか（右であれ左であれ）の思想的理解を深めること以上に喜ぶ人々だったことは否定できない。

心地良い自己満足の欺瞞が、苦境の時にこそいっそう民衆の心に響くのは、どこの国でも同じだ。民族主義、国粋主義、国家ごとの全体主義は、ドイツやイタリアばかりでなく欧米諸国全般で強まっており、またソヴィエト・ロシアのスターリン体制下でも広がっていた。だが日本の場合、それら欧米外来思想をそのまま自国の国粋主義に結びつけることはできない。だからこそ今現在（一九三〇年代）の模範が、古代日本や武士の精神の範疇から語られたのだと戸坂は見ていた。つまり昭和戦前期の日本で政治的に語られる「日本」はあるがままのそれではなく、仮想のなかで求められ策定されるイデオロギーだと看破されたのだった。

進化論と優生思想――加藤弘之、丘浅次郎、永井潜

日本人とは何かを問う以前に、「人間はどんな存在か」に対するひとつの科学的回答をもたらした学問に、チャールズ・ダーウィンが体系化した進化論がある。ダーウィン進化論は、人はサルから進化した生物の一種だという人獣同祖説を含んでおり、人間は神に似せて作られているとするキリスト教の教義に抵触したため、欧米ではその普及過程で大きな議論と軋轢を生んだことはよく知られている。しかし明治前期の日本に進化論がもたらされた際には、さしたる抵抗はなくすんなりと受け入れられた。自然は優勝劣敗によって生存に適する者を選び、その結果が進化となって現れるという考えは、欧米列強によって開国を強いられ、富国強兵を推進して外圧を克服しようとしていた明治期の日本人には、現実世界のあり方そのもののように思われたのだろう。また進化論ないし社会進化説の受容は、立身出世という自由競争へと人々を駆り立てた。それは明治政府にとっても望ましいものであり、進化論（社会進化説）の普及啓蒙に、政府機関が難色を示すような局面は見られなかった。ところが明治後期に至って、天皇を神格化する国家思想と進化論のあいだの矛盾が指摘されるようになった。

人獣同祖説は明治末期になって伝えられたわけではない。モース口述、石川千代松筆記の『動物進化論』（明治一六）には既に〈人ハ猿ト同種同祖ニシテ同ク変遷進化ノ域ヲ超エシモノナリ〉とあり、日本への進化論紹介当初から知られていた。それが明治末期になって問題化したのは、

この間に日本の国家制度や国体理論が、進化論と同じ位相で比較されるレベルまで整備され強化されたためである。

法学者の加藤弘之は、社会進化論的な優勝劣敗観を帝国主義正当化の理論としていたが、同時に日本を、万世一系の天皇を民族の父と仰ぐ国民（民族）国家であり、「族父統治」を国体とする世界に類例のない国家だと説いていた。そして進化論的に見ても、国民が血族有機体である国家のために、その細胞として利他的に尽くすことは、本質的に自己利益になるものだとした。

加藤は自分の帝国主義的国家観を、あくまで進化論的な自然観に基づく科学的なものだと唱えていた。そして宗教は迷信にすぎず、特にキリスト教のような唯一神信仰は迷妄の極みだと批判、その証拠にキリスト教会は進化論を認めていないと攻撃した（『吾国体と基督教』、明治四〇）。

加藤弘之

これに対して海老名弾正らキリスト教徒側からの反論が起こり、「それなら加藤の唯物論的進化論は国体と一致するのか、皇室の先祖は下等動物から進化したものか」との設問を引き出してしまったのだった。政治学者の田中浩は〈かれ（加藤弘之）の「進化主義」による現実の政権の擁護にも、論理的矛盾がある。なぜなら、生存競争で打ち勝った者が、勝者＝権力者となるのが、天然の万物法とすれば、現在の勝者が、現在の弱者＝被支配者によって打ち倒されるばあいも当然に想定されうるからである〉（『近代日本と自由主義』）と述べているが、そうした視点からの批判ないし運動が、進化論啓蒙家や社会主義者から起きてきた。

動物学者の丘浅次郎は日露戦争開戦の直前に当たる明治三七年一月に『進化論講話』を出版しベストセラーとなった。丘は人獣同祖説を明確に打ち出した。丘は『進化論講話』のなかで〈我祖先は藤原の朝臣某であるとか、我兄の妻は従何位侯爵某の落胤であるとかいうて、自慢したいのが普通の人情であることを思へば、先祖は獣類で、親類は猿であると聞いて、喜ばぬのも無理ではない〉と書いている。単純にいうと、これは当時の日本社会の血族重視、血統尊重の社会秩序に対する痛烈な批判となった。丘の活躍により進化論が意味する思想的側面が、明治一〇年代の「優勝劣敗」から明治末期には「人獣同祖」へと転換し、神話的権威を打破するものとして意識されるようになったのだった。

大杉栄はダーウィンの『種の起源』を翻訳しているが、適者生存の理論を「個体」の競争から「種」の生存競争に拡大して解釈し、階級闘争の理論と結びつける思考を抱いていた。マルクス主義は人間社会の始まりは原始共産制だったとしたが、この言説はサルから人へという進化論と親和性があった。加藤弘之が進化論を自然法の理念に連結したように、社会科学であるマルクス主義は自然科学である生物進化論とつながりやすかった。丘自身、『猿の群から共和国まで』（昭和九）において、霊長類の社会性の強さを、指導者を戴きながらも共和制的な複数統治がなされていることや権力者の交替劇を通して語り、独裁から共和制へという「進化」を語っている。

こうした動きに対して、政府は社会主義や無政府主義には直接的な弾圧を、進化論に関しては禁止はしなかったものの中等学校の教科書などで制限する傾向が見られた。明治初期から生物学は博物学などの名称で教えられていたが、明治二〇年代から三〇年代の中学校用検定教科書には進化論に関する記述が認められる。それ以降も完全に削られたわけではないが、進化という現象の説明は後退し、動植物の分類の比重が増えていく。

丘浅次郎は明治四四年から大正七年にかけて理科の国定教科書編纂に関わるが、戦前の小学理科教科書には、一貫して進化論が載ることはなかった。これは小学児童の理解力を考慮した結果であり、政治的な理由によるものではないともみられるが、国史教育や修身との整合性が取れないことも一因だったろう（ちなみに太平洋戦争後の昭和二四年に発行された文部省発行の国定理科教科書『小学生の科学』では、六年生で進化論が大きく扱われている）。

また大正末から昭和初期にかけて、もうひとつ事情が複雑になるのは、哲学方面から新たな進化観が広がり出したことだ。アンリ・ベルクソンの『創造的進化』である。ベルクソンは人類の進化を全宇宙につながる創造的進化の過程と位置づけ、進化を適者生存の自然選択ではなく、生命の内的直観に促された飛躍的変異（それは偶発的な突然変異ではなく希望に促された必然変異であろう）としてのエラン・ヴィタルによって説明しようとした。こうした思想は生物学には直接の影響を及ぼさなかったが、小林秀雄らの思想や京都学派の人々にも影響し、それが昭和一七年の「近代の超克」の人選につながっているのではないかと私は感じている。

自然科学としての進化論の教育や研究が後退（進化研究の研究予算が出にくくなったといわれる）

する一方で、進化論は優生政策を誘発する一因ともなった。

優生学は進化論や遺伝学を短絡的に人間社会に当てはめるもので、生物としての人類を遺伝的に向上させていこうという科学的社会改良運動だと主張され、二〇世紀前期に多くの国の法律や政策に影響を与えた。その始まりは英国の人類学者フランシス・ゴルトンの『人間の知性とその発達』（一八八三）とされる。ゴルトンはその著作を、ダーウィンの『種の起源』の影響下で書いた。優生学は、優秀な人間を選択的に誕生させ、社会に有益な人的資源を保護する一方、遺伝的障害など当人も社会も苦しむ要素を排除していこうとするものだった。

二〇世紀前半の優生学というとナチス・ドイツによるユダヤ人排斥や精神病患者・同性愛者などの排除が連想されるが、それに先んじて優生学の活用に熱心だったのはアメリカだった。アメリカでは一九〇七年に精神障害者に対する強制不妊手術（断種）がインディアナ州の州法で制定され、間もなく多くの州に断種法が広まった。欧州諸国や日本もこれに続いた。さらにアメリカでは、白人と有色人種の結婚禁止や、特定の国からの移民排斥なども、「劣った血統」を排除するという優生学の理論を根拠に正当化された。一九二四年に制定された排日移民法もそのひとつだった。

このように日本人は、白人社会からの差別を受ける側だったこともあり、明治前期にはしばしば日本人種改造論が言われたが（福澤諭吉、高橋義雄など）、当初は合理的制度の導入や生活習慣の改善による日本人の資質向上といった議論が主だった。また高橋義雄は『日本人種改良論』

（明治一七）で黄白雑婚による人種改良を提起しており、ナチスなどの純血主義とは真逆のものだった。

優生学は日本では犯罪学と連動しながら浸透した。丘浅次郎の『進化と人生』（明治三九）にも〈身体の虚弱な生存競争に堪へぬ様な者でも、又は社会に害を生ずる様な悪い病気を持つて居る者でも、人工的に保護して健全な達者な者と同様に生存せしめ蕃殖せしめたならば、其結果は其人種全体の退化となることは疑はない〉との記述がある。丘が『進化論講話』で要約紹介した考えは、モレルの退行説などに連なるもので、モレルの同説はゾラの《ルーゴン＝マッカール叢書》にも強い影響を与えたものだった。獲得形質の遺伝説を採っており、親の後天的疾患や悪行が子孫に劣悪な遺伝をもたらすという誤ったイメージを世に広めた。大正・昭和初期の探偵小説でも、モレルの学説はロンブローゾの生来性犯罪者説とともに、しばしば「科学的根拠」として利用された。

優生思想は海野幸徳『日本人種改造論』（明治四三）、沢田順次郎『民種改善　模範夫婦』（明治四四）、氏原佐蔵『民族衛生学』（大正三）などを通して日本にも浸透していく。

大正五年には内務省に保健衛生調査会が設置され、ハンセン氏病患者の隔離や断種が「民族浄化」の名目で推進されるようになる。さらに大正八年には市川源三を中心に大日本優生会が結成され「良い結婚」が推奨された。市川は女子教育を推進した教育者で、婦人参政権運動や公娼廃止などにも努めたが、良妻賢母となって「良く子を得る」のが女性の幸せだと考えていた。

さらに昭和五年には永井潜を中心に日本民族衛生学会が結成された。永井は東京帝国大学医科大学で生理学の教授を務め、また犯罪学の権威としても知られていた。この団体は雑誌「民族衛生」を発行する一方、通俗講演会などの啓発活動を積極的に行い、優生結婚相談所も開設した。

欧米列強が競うようにして優生学を推進したのは、国民強化・国力増強を目指してのことだったが、日本でも昭和一三年に内務省から衛生局と社会局を発展的に分離独立させる形で厚生省が設置されている。これは当時の陸軍大臣寺内寿一の提案に端を発したもので、その当初の役割は国民の体力向上、結核等伝染病罹患防止、傷痍軍人ならびに戦没者遺族に対応する業務を行う行政に置かれており、戦争が強く意識されていた。

愛国化する「科学」——中山忠直の日本学

日本人の偉大さを「科学的」に証明しようとする者もいた。中山忠直もその一人である。

中山忠直（一八九五—一九五七）は石川県金沢市に生まれ、県立金沢第二中学校を経て早稲田大学商科に進み、卒業後は医事雑報なども多く載せる雑誌「中外」の編集者となった。本名での他、中山啓の筆名で詩歌を発表、次第に文筆家としても名を成していった。詩人としては火星への憧れを謳った『火星』や、数万年後の未来から滅亡した地球を偲ぶ『地球を弔ふ』など、SF的空想を帯びたロマン主義的作品で知られるが、文筆家としての知名度は、むしろ漢方医学啓発や日本主義の主張によってのほうが高かったろう。中山は医師ではなかったが、漢方医学に関心を持ち、「漢方医学復興論」（大正一五）を唱え、著書『漢方医学の新研究』（昭和二）がベストセラーになって以降、『日本人に適する衣食住』（同）、『漢方医学余談』（昭和四）などを次々と著して、漢方をもとに日本で独自に発展した皇漢医学の研究者として有名になっていく。漢方医学は明治維新以降、衰退の一途をたどっていたが、一九二〇年代に中山の著作や湯本求真『皇漢医学』（昭和二）が出た頃から次第に復調がみられ、昭和九年に長らく交流を持たなかった古方派、折衷派、後世方派などの諸派が連合して日本漢方医学会を設立、政治的にも力を持つようになる。以降、大学での講座開設や各地での講習会なども盛んになり、昭和一三年には、漢方医学を通して日華満三国の文化提携を促進するとの理念のもと、東亜医学協会が発足した。

中山は政治的には、もともとはマルクス主義に傾倒していたが、平等な全国民が天皇中心の国体のもとで一体となるという勤皇社会主義なるものを唱えるようになり、『日本人の偉さの研究』（昭和六）、『日本芸術の新研究』（昭和八）、『我が日本学』（昭和一四）など、日本主義的な自国民礼賛思想を喧伝していくようになった。中山自身は、自己の日本学を新科学のひとつだとしていた。こうした妄念に囚われる個人が出ることは、それ自体、ひとつの研究課題ではあるだろうが、より問題なのはこうした思想を行政も推奨した点にある。独自の日本主義を唱えた中山忠直は、政府当局の好意的態度もあって戦前の医学界に影響力を持つようになり、また戦時下にあっては日本の占領地となった昭南島（シンガポール）の司令官に任じられた。ただし中山は司令官拝命直後に倒れたため、赴任することはなかった。

ちなみに吉屋信子に『月から来た男』（昭和一九）という小説があり、安南――フランス領インドシナ、現在のベトナム――で貢献する日本人の姿を描いていた。ある現地の人は次のように言う。「日本を私たちは、高い天に輝く清らかに美しい月の世界のやうに思つてゐました。地の泥のなかに、苦しんでゐる私たちをいつか、きつと、いつか、その月から来た人たちが助けて下さる――と信じてゐました――ですから、私は滝川さんを（月から来た男《モニユイチエンクンクワン》）と思ひました。その月――から来た人は私を救つて下さいました――」と。小説のタイトルはこの語に由来している。安南やシンガポールの攻略は、日本国内では仏英の植民地支配からの〝解放〟として喧伝された。『月から来た男』に描かれたのは、日本側が「このように思ってほしい」と願う理想化された関係だったが、現実はそれとは大きく隔たっていたことは言うまでもない。この小説の後半では、日本軍の少壮軍医たちの熱心な研究により〈南方病のデング熱の病原体分離培養も成功して、この病気の予防に曙光が与へられる筈だと言ひ、熱帯地の嘗ての米西戦争や最近の欧州戦争でも、マラリヤ、デング、コレラ等の病禍に悩まされるのだが、今や日本軍陣医学は、それら南方病を征服して世界的日本医学を建設するだらうと、頼もしい話〉が語られている。進んだ日本医学が、解放地域の人々を救うのだ。中山忠直もまた、こうした理想（夢想）としての「世界的日本医学」の一翼を担う意思を持っていたのだろう。

そんな中山忠直が一九三〇年代に、彼独自の「日本学」で示そうとしたのは、書名のタイトルが示すように〝日本人の偉さ〟だった。彼は日本ならびに日本人がいかに立派であるかを過去の歴史的事跡のうちに探り、我田引水的に継ぎ接ぎして提示した。それはつまり、日本人は始まりからすでに特別で立派なのだから、今現在もまた特別な存在であるべきだという思考法であり、自国のはじまりを神話に置く日本の国史教育をさらに誇張したものとなった。

それにしても中山忠直の日本起源粉飾は常軌を逸しており、日本人とユダヤ人は同一の祖先から分かれた選民だとする日ユ同祖説をも唱えている。しかもこの時期、こうした架空史思想は、超国家主義的な教義と神話を有するいくつかの新興宗教にもみられ（相互に影響し合いながら次第に誇張の度合いが高まり）、さらには一部の軍人などにも広まっていた。

そんな日本人の自画自賛傾向に、早くから警鐘を鳴らしていたのが、物理学者の長岡半太郎である。長岡は西欧先進国の科学力、科学研究の層の厚さを認めたうえで〈（だからといって）黄色人であるから白色人の下風に立たねばならぬと悲観するのは猶更卑怯である〉（「長岡博士ノにとん祭ニ寄セタル書状」、明治四四）と日本の科学者を叱咤激励する一方、〈欧州人がなしたらば余り喋々せぬものを（日本人の研究発見となると）時としては大層褒め散らかすやうなことがある〉（「欧州物理学研究場巡覧記」、明治四五）と指摘し、日露戦争以降の日本人の自国の過度の礼賛を戒めると同時に、欧米人による（未開の優等生としての）日本への軽視交じりの称賛への安易な同調を、共々に指摘して自戒を促していた。

実際のところ、第一次大戦で大きな傷を受けた欧州では、戦時に蓄積された諸研究を利用して各方面で科学研究が促進されていたし、一九三〇年代にかけて米国はその経済力を背景に科学の分野でも急速に地位を高めていた。それに比べて日本は、研究設備の貧弱さはいかんともし難く、「科学精神」はしばしば精神力で科学予算や科学設備の少なさを凌げとの掛け声だと、陰口がいわれた。科学研究にも、堪え忍ぶ日本的精神論が求められたのである。

「科学」における日本人の優秀性を誇張した人物には、寺島柾史も含まれるだろう。寺島は一般読者向けの科学記事や歴史解説、また冒険小説を書いた作家だが、日本の科学史に関する著作としては『日本科学発達史』(昭和一二)、『発明二千六百年史物語』(昭和一五)、『世界的な日本科学者』(昭和一九)などがあげられる。『日本科学者物語』(昭和一七)は、平賀源内、吉益東洞、華岡青洲、伊能忠敬、杉田成卿、片井京助、北里柴三郎らの業績を紹介しており、内容は必ずしも誤りではないが、日本人の発明や科学技術の独自性を強調し大げさに称賛する姿勢がみられ、また各氏の愛国的側面を誇張する記述も多かった。

しかしそれは時局の求めるところだったのか、出版界に広く見られた傾向だった。昭和一六年から一七年にかけて刊行された《明治文化叢書》では、第一章で紹介した文明開化期に国内地場産業や民族文化保持を奇抜な理論で訴えた佐田介石や、社会進化論の立場から自然法の原理は自由平等ではなく優勝劣敗にあるとして自由民権論から帝国主義に転じた法学者の加藤弘之らの著作が、復刻出版されている。しばらく忘れられていた明治期の啓蒙家が、戦時下に再び脚光を浴びたのだった。

生気説への接近——小酒井光次と哲学者たち

さらに生物学分野でも、自然科学上の先端研究が哲学にも影響を与えた。こちらは哲学の側からの積極的な動きがみられた。なかでも京都学派の人々が生気説に関心を抱いていたことは興味深い。

「生命とは何か」という根源的な問いに関連して、生物学や生命哲学では長年にわたり機械説と生気説が対立していた。生物分野の問題に限って言えば、機械説は生物の身体構造やその変化を、霊魂などの概念を一切用いずに自然科学上の法則（未達成の自然科学的探究を含む）に則った因果律で説明できるとする立場なのに対して、生気説は生命現象（特に人の心や意識）には自然科学の理論だけでは説明し得ない部分があるとする立場であり、極論するなら人間の精神には科学的方法が通用しない例外的領域が内在するとする考えであった。このような生気説は、哲学的には生命現象には合目的性があるとの考えに結びつき、一種の神秘主義に傾きやすいのに対して、機械論は霊魂の存在を前提としない学説という点で唯物論とつながっていた。

自然科学自体が進歩し、宗教の影響力が衰えるにしたがって、当然ながら科学研究の分野では機械論が幅を利かすようになり、二〇世紀初頭の段階で生理学の分野では人間を心身一元論的に解釈する機械説が主流を占めるようになっていた。この考えは人工臓器——工学的臓器による生体器官の置き換え——への研究を促進するのに大いに役立った。しかし第一次大戦を経て、人工臓器への願望が急激に高まった局面に至って、実用レベルでの人工臓器の困難さがかえって顕わとなり、人体制御の機構の不可知的複雑さから心身二元論に通じる生気説が復調する傾向も一部にみられた。日本では東京帝国大学医科大学教授（生理学）の永井潜が機械説をとったのに対して、永井門下の小酒井光次（不木）は生気説寄りの立場をとり『生命神秘論』（大正四）を著している。機械説全盛の時代であったにもかかわらず、日本で広く生気説が知られていたのは、探偵作家でもあった小酒井の著書を通してだった。とはいえ医学界では一九二〇、三〇年代も、またそれ以降も、機械説が主流だったのは変わらない。

だが哲学の分野では、生気説への関心は依然として根強いものがあった。たとえば戸坂潤は『岩波講座　生物学』で担当した「生物学論」（昭和六）において、ドイツの生物学者ハンス・ドリューシュが『有機体の哲学』（一九〇九）などで唱えた生気説的な学説に沿った考えを示し、機械説と生気説のテーゼは必ずしも矛盾せず、ジンテーゼを導き得るとの見解を示しつつ、有機体には無機物とは質的に異なった性質があるとした。その〈質的に異った性格〉は生物の〈かの歴史が発展の結果産み出した〉と述べている。この思考の枠組みは「世界史の哲学」の理論と驚くほど相似形だ。

戸坂潤、西田幾多郎、田辺元の三者は、いずれも生物学に関心を寄せていたが、その関心領域や研究姿勢、そしてそこから導いた論理に至るまで、重なる部分もあるものの三人それぞれに異なっていた。だが社会が戦争へと向かい、民族や人種がしきりに問題にされている時代に、哲学者が生命理論に関心を寄せていたこと自体、ある種の共通認識を背景にしていただろう。

板橋勇仁は「生物学と歴史哲学」（『昭和前期の科学思想史』所収）で次のように書いている。

「歴史的」な「必然」への問いという共通の問題意識を有する三人の哲学者にとって、「生物学とは如何なる学であるか」という科学論・科学思想的な問いに対する答えは、基本的に同一のものである。すなわち、三者にとって、「生物学」とは、生物に固有の活動法則を明らかにしつつ、無機物の運動法則と人間の社会的生活の法則との統一を媒介する科学である。しかもそのことで、生物学は、人間の「自由」とそれが実現される歴史的な必然とを明らかにする論理の構築に寄与する科学である。

こうした生物学の成果を目的論的に応用した論考の内容や、その論じ方から明らかになるのは、論じている彼らが抱える理想の質と論理手法にほかならない。理想主義が高潔な人格の表れであり、緻密でダイナミックな論理展開が優れた知性に基づいているにしても、事実ではなく解釈に比重を置く場には常に自身が見たいものを見出してしまうという根源的誤謬が胚胎する。

思えば西田幾多郎は、〈我々の精神が種々の能力を発展し円満なる発達を遂げるのが最上の善である〉（『善の研究』）としていた。

有機体としての国家――西田幾多郎の「安心」

西田は、自己の哲学をしばしば生物学の比喩で語り、その創造的世界像から逆に哲学的生物観をも展開した。それは時に、日本の国策を思想的にではなく、生物学という「科学」によって裏づけようとしているようにも見えた。

例えば西田は〈自己自身を限定する特殊者即ち種とは、固定せるものではなく、歴史的世界に於て生成し発展し行くものでなければならない。生物の種といへども、今日誰も然考へないものはない〉(「種の生成発展の問題」、昭和一二)とし、自己の課題を種の問題と同一視して論じている。生物界において、環境は主体を限定し変化させていくが、主体の側もまた環境を変えていく。西田は生物的生命の自己回復力や進化の道筋のなかに〈作られたものが作るものを作る、矛盾的自己同一〉を見、それを敷衍して自己の哲学を社会進化論的に展開していく。またそこでは環境適応の理論が、復古主義と国策的改変を肯定する根拠になっているかのごとき記述もみられる。〈無から有は出ない、現れるものは既に有つたものである。併しそれは何処までも行為的直観的に現れるといふ意味に於てあつたものである。(中略)歴史的世界に於ては、単に与へられたものと云ふものはない。与へられたものは作られたものである。作られたものが基となつて作るものを作つて行くのである〉(同前)と。

もちろんこの語をもって、西田自身が復古主義とその国策的な改変応用の理論として、この説を唱えたと断定するのは早計だろう。だが、そのように利用しやすい文言がこの時期以降の西田の論文に増えていくのは確かであり、誤読を含めて軍部・国粋主義者側からの接近を誘うものがあったことは確かだ。

有機体としての国家への夢想を、西田は昭和一〇年に三木清と行った対談（実質的には三木によるインタビュー）「日本文化の特質」でも熱心に語っている。西田によれば、文化は時間と空間とが一つになったところに形成される世界であり、国家は特殊な社会であって生物でいう「種（スペシーズ）」のようなものであり、〈国家はイデーを持つことによつて個性を持つ〉とした。ただし西田は国家を至上絶対の単位とみていたわけではなく、個々の国家と国際社会という一対多があり、インターナショナリズムを媒介作用として国際協調を目指すべきだとも、この時点では述べていた。

さらに「絶対矛盾的自己同一」（昭和一四）において、西田は「多（集団、社会、全体）」と「一（個物、自己）」の絶対矛盾的自己同一を論じているが、『善の研究』においてはもっぱら自己が社会を受け止めるあり方として論究された矛盾的自己同一を、自己の意識（主）の側からだけでなく現実の構造（客）の側からも、自他の統一を図る思考理論として活用していくようになっていた。西田によれば、歴史的世界は生命の起源から進化を経て人類に至るまで、一と多の矛盾的自己同一の連続であったという。生物は個として独立して存在するのではなく多と関わることによって存在し得る。ゾウリムシのような自己増殖によって個体を増やしていく単細胞生物であっても時に融合し遺伝情報を交換し合うことで細胞分裂を賦活化させていくが、多細胞生物ではそれがやがて生殖という形をとるまでになり、また高等生物になるにしたがって一種の社会を形成してきた。また個体の内部でも細胞は自己（個別の細胞）が死滅しつつも、むしろ死滅し再利用されることを通して全体（身体、主体としての生物自身）をより健全に維持していくという新陳代謝によって成長する、つまり変化しつつ自己同一性を保っている。これを国家における個人と社会に擬えているところがあった。

この「細胞」の喩えはマルクス主義の革命組織における個人の位置づけを連想させもするものだが、西田の考える細胞としての自己たる人間は、組織に絶対的に従属するものでは必ずしもなく、自立と協働を両立する、つまりは一と多の矛盾を自己統一するような存在としてイメージされていたことはいうまでもない。西田はもともと時間的な自己同一性も問題にしていたが、社会を歴史的身体と捉えることで、環境としての社会と自己の同一化を考察することになり、空間的時間的な統合を図ることになると考えていた。西田は「一（個）」は単純に「一」として存在するのではなく「全体的一」として生きているとしたうえで、〈個物的多を生かすことが全体的一が生きることであり、全体的一が生きることが個物的多が生きることである。社会が実体的自由として倫理的実体となり、歴史的世界の形成作用として我々の行為は道義的意義を持つ〉とした。

そして文化・国家・個人のあり方については次のように述べてもいる。

文化的過程は倫理的でなければならない。文化的発展が実体的自由としての国家を媒介とするということもできるのである。倫理的実体なる社会の個人として創造的なるかぎり、我々の行為が道徳的であり、絶対矛盾的自己同一的世界の形成作用として、イデヤ的形成的なるかぎり、社会が倫理的実体であるのである。

心身一元論に出発した西田哲学は、ここにおいて自己と社会環境の同一化を理想とする国家思想に接近していったのだった。これが西田哲学に内在していた志向だったのか、外的要請に応じて論究手法を調整した結果だったのかは、なお多角的に検討する必要があるだろう。あるいは生物としての国家とは、確固たる国家理性に基づいて単一原理で起動するものではなく、生物のように内部で代謝と変転を繰り返して変化を続けながらも自己同一性を保つものであり、その価値観も行為も折々に合わせて融通無礙に相矛盾することもまた当然とする強靭な自在性を持つべきものだと、西田は考えていたのかもしれない。

実際、西田の日本像は揺らいでいた。

西田は連続講演で語ったことを再構成して『日本文化の問題』（昭和一五）にまとめているが、そこに示されているのは和辻の『古寺巡礼』などと通底するギリシャと日本の近接性の強調だった。西田は、ギリシャでも日本でも自然と人間が対立的ではなく神話的に捉えられており、東洋にあっても中国やインドよりギリシャに近いとしたのだった。ただしギリシャは主知的で彫像的であるのに対して、日本は感覚的で受容的であり、その意味において進歩的なところがあり音楽的であるとし、両者の違いを示唆してもいた。西田は本来の日本精神は儒教的なものも含めて理論には収斂しない性格を本質的に持っており、逆に対象化されないものに形を与えるような思考の柔軟性に特質があるとみなし、それを「音楽的」と表現した。日本文化の進歩的性質というのも原理的ではなく融通が利く柔軟性の謂いだった。

西田幾多郎はもともと、自己意識に苦しみ宗教的救済とその哲学的解明を目指して、哲学者になっている。当初、西田はドイツ観念論を研究していた。カントは人間が認識できるのは「現象」に過ぎず、事物それ自体には到達できないという限界の自覚から、その思索をはじめている。たとえ完全な知覚は得られなくとも、それでも現象をめぐる人知の共通性、共有性を深め広めていく営為には意味があるとしたのである。こうしたカントの哲学は、絶対理性への到達不可能性を前提にした寛容の思想であったが、西田幾多郎はヘーゲルやニーチェを経て、自己（個人）が対象と出会った瞬間という、いわば悟性による言語的把握以前の感性的認知の瞬間を「純粋経験」と呼び、その主体的瞬間と客観認識（社会知）のズレにこそこだわった。

西田は、天地真理は一であるとし、知識（社会知）と情意（純粋経験を起点とする）の一致するところに真理は把握され得ると考えた。さらにはその真理の把握に、仏教でいうところの「安《あん》心《じん》」を得たいと願った。

だが、こうした自己の安心達成への願望に出発している真理探究は、外部社会において唱えられている社会知の偏向が、自己の無自覚な欲望と矛盾することなく一致する類のものだった時、人はその誤謬を自己と社会知の矛盾によって知ることができず、安易に同一化してしまう危険を当初から孕んでいた。このことへの自覚が、西田をして生物学的な多様性内包型の自在性を希求させた一因と思われるが、そのうえでやはり彼は国策への同一化に引きずられていくことになる。

第六章

大東亜戦争は王道楽土の夢を見るか

西田幾多郎――修正案としての「世界新秩序の原理」

本章では大東亜戦争の指導理論づくりに〝協力〟することになる知識人についてみていくことになるが、ここでまず大きな流れを確認しておきたい。

近代日本の先端的思想は、常に欧米思潮の影響下にあり、その移入と儒学や仏教を含む既存の日本思想、あるいは日本人の生活感覚とのすり合わせをどうするかという面での苦心を続けてきた。明治初期には中村正直や福澤諭吉による啓蒙主義的な開明思想が熱心に読まれ、自主独立の自由思想が広まった。植木《うえき》枝盛《えもり》や中江兆民らは自由民権運動を思想的に指導した。

明治二三年には東洋で最初の近代的議会制度となる帝国議会が開設され、平民運動が続いていく。だがこの頃には、過度な西洋化、日本人の生活実態にそぐわない欧化への批判も強まり、国粋運動も起きてくる。民権運動にも関与した矢野龍渓や陸羯南は民権と国権の合一による国力増強を進め、不平等条約を改正して欧米諸国と対等な国際的立場を獲得することを説いた。文化的な面で日本美を強調したのは岡倉天心だった。

近代日本では西洋憧憬と日本回帰が両輪となり、あるいは歯車の凹凸のようにしてきしみながらもかみ合って社会を動かした。ことに明治期には精神性を唱えながらも実学的な進歩の必要性は広く識者に共有されていた。殖産興業・富国強兵という国家目標と、立身出世という個人の願望も基本的方向性は一致していた。それが日露戦争の勝利と不平等条約の完全撤廃という国家目標の達成後は、様相が変わってくる。目標の喪失、指向の多様性が顕わになる。

そんな時、明治の実学主義に代わる新時代の思潮として注目されたのが大正教養主義だった。「教養」は、明治期の古臭い「修養」に比べて新鮮な明晰さを感じさせた。修養は伝統継承や徒弟的修業にも通じていたが、教養は直接的な海外知識の摂取、あるいは書物を通しての東洋哲学の把握をイメージさせた。そこではキリスト教受容や仏教再興も信仰ではなく理解の対象となり、聖書学やパスカル研究、あるいは『正法眼蔵』『歎異抄』などの読解は、すべて同じ地平で比較検討され得た。

唐木順三は、こうした教養主義の傾向について〈そこでは「型にはまつた」ことが軽蔑せられる。形式主義が斥けられる。そして人類の遺した豊富な文化の花の蜜を自由に、好むままに集める蜜蜂のやうな読書が尊ばれる。そしてその花蜜によつて自己の個性を拡大しやうとする〉(『現代史への試み』)と書いている。

教養主義は自由に広範な知識を摂取しようとするが、ややもすれば原典の一部分を本来の文脈から切り離して取り込み、ブリコラージュして自己を形成しようとする。そこには「型の消失」があり、その「良いとこ取り」の融通無礙さは、自らが鵺《ぬえ》的な迷妄に陥る危険性を帯びていた。

ここで西田幾多郎の経歴を確認しておこう。西田（一八七〇―一九四五）は明治三年に石川県に生まれ、石川県専門学校に進んだ。同校は明治一九年に官立（政府所管）の第四高等学校と改称されることになったのだが、この際、西田は同校を退校している。唯物論的で無神論的な合理主義と自由思想に惹かれていた彼は、明治国家がその制度を固めていくにつれて中央集権的国家体制に沿うべく文教政策も窮屈になってきていることに反発したのだった。しかし学問への執着は強く、独学の限界を感じて東京帝国大学文科大学哲学科に選科生として籍を置くこととなった。選科生は正規の学生とはいえず、卒業後ただちには研究者としての職を得られないなどの差別的待遇に甘んじなければならなかった。彼は生活のために故郷の石川県で中学教諭となった。

当初、西田はT・H・グリーンの理想主義的な倫理学に共鳴し、その倫理学を研究した。しかしグリーン倫理学の理論上の要請を把握してもなお、自身が抱える実生活感覚と思想の分裂、言い換えれば自己の人格分裂を克服することが出来なかった。そこから転じて西田は明治二九年に参禅して「只管打坐」の実践に努め、明治三六年に「純粋経験」の「見性」に達し、以降は悟得した真理を哲学として組織化し理論化していくことになった。

『善の研究』の第二編「実在」で次のように述べている。

世界はこの様なもの、人生はこの様なものという哲学的世界観及び人生観と、人間はかくせねばならぬ、かかる処に安心せねばならぬという道徳宗教の実践的要求とは密接の関係を持って居る。人は相容れない知識的確信と実践的要求とをもって満足することはできない（中略）元来真理は一である。知識に於ての真理は直に実践上の真理であり、実践上の真理は直に知識に於ての真理でなければならぬ。

禅体験は理論的世界を一時破壊し切り、超理論的世界の体感を通して理論的世界を無化する修行であり、従来ならば「悟り」に地上的な「理論」は不要であり無意味だ。しかし主観認識と客観認識の落差に苦しんできた西田は、純粋経験を通して「主客未だ未分」な素朴の情況と「主客既に未分」な高度の情況とを、同時に表現しようとした。それは絶対真理を地上的日常に見出すということでもある。

西田は神をも絶対的な超越者としてではなく、自己に内在するものとして捉える。

宇宙には唯一つの実在のみ存在するのである。而して此唯一実在は（中略）一方に於ては無限の対立衝突であると共に、一方に於ては無限の統一である。一言にて云えば独立自全なる無限の活動である。この無限なる活動の根本をば我々は之を神と名づけるのである。神とは決してこの実在の外に超越せる者ではない、実在の根底が直に神である、主観客観の区別を没し、精神と自然とを合一した者が神である。

（『善の研究』第二編）

だが内的真実と外的事実は一致するという決断主義的な断定は、ややもすれば理論を自己の直覚に沿って展開させることになる。

源平の戦は氏族と氏族との主体的闘争であろう。併し頼朝は以仁王《もちひと》の令旨によって立った。最も皇室式微と考えられるのは足利末期であろう。併し毛利元就が陶晴賢《すえはるかた》を討つに当って勅旨を乞うた。我国の歴史に於て皇室は何処までも無の有であった、矛盾的自己同一であった。それが紹述せられて明治に於て欽定憲法となって現れたのであろう。故に我国に於ては復古と云うことは、いつも維新と云うことであった。過去に還ることは単に過去に還ることではなく、永遠の今の自己限定として一歩前へ歩みだすことであった。（『日本文化の問題』）

こうした記述には西田の独自色はあまり感じられず、皇国史観への接近が見られる。西田および京都学派が現実政治と深く関わるようになったのは昭和一五年頃からだった。とはいえ西田自身が表に立つことはなく、田辺元や木村素衛、日高第四郎、宮崎市定ら、そして京都学派四天王と呼ばれることになる高坂正顕、西谷啓治、高山岩男《こうやまいわお》、鈴木成高らが積極的に動いた。なかでも若手の高山は海軍とのパイプ役を務めることになる。

西田をはじめ京都学派の人々の言動には、現代の視点からは軍国体制に協力的どころか積極的な思想的指導と見えるような面もあったのは事実だ。その一方で当時の情勢下では、軍部指導層にも受け入れ可能な戦火縮小のための修正案の提示という意味合いがあった。特に西田の場合、かつての教え子である原田熊雄が元老西園寺公望の秘書として長く近侍して信頼篤かったこともあって、彼を介して政府中枢の情報を得ており、間接的に西園寺や近衛文麿、木戸孝一らに意見具申も行っていた。西園寺は最後の元老であると同時に親英米派の穏健リベラリストとして近代日本の安定的発展を支えたひとりであり、近衛の評価は分かれるものの、軍部とリベラル派の間で板挟みになりながら、決定的な戦争は回避したい立場ではあった。

彼らとの関係もあって、西田幾多郎自身も狂信的国粋主義勢力から標的になる恐れもあり、弟子たちの働きかけを受けて西田は陸軍幹部を前にして講演を行ったり、「世界新秩序の原理」が書かれることにもなった。

「世界新秩序の原理」（昭和一八）は国策研究会の求めに応じて軍人たちに対して行ったレクチャーの要旨を元にまとめ直したもので、研究会を通して東條英機首相に達せられ、国策の是正に寄与し、演説にも反映されることを望んだものだった。

西田は一九世紀的感覚では資本主義から社会主義へという形で経済的に把握されていた個人主義から全体主義へという世界のあり方の進展を歴史の必然とし、〈今日の世界は、私は世界的自覚の時代と考へる。各国家は各自世界的使命を自覚することによつて一つの世界史的世界即ち世界的世界を構成せなければならない。これが今日の歴史的課題である〉としつつ、そのような時局における日本の使命を次のように述べている。

今や東亜の諸民族は東亜民族の世界史的使命を自覚し、各自自己を越えて一つの特殊的世界を構成し、以て東亜民族の世界史的使命を遂行せなければならない。これが東亜共栄圏構成の原理である。今や我々東亜民族は一緒に東亜文化の理念を提げて、世界史的に奮起せなければならない。而して一つの特殊的世界と云ふものが構成せられるには、その中心となつて、その課題を担うて立つものがなければならない。東亜に於て、今日それは我日本の外にない。昔、ペルシヤ戦争に於てギリシヤの勝利が今日までのヨーロッパ世界の文化発展の方向を決定したと云はれる如く、今日の東亜戦争は後世の世界史に於て一つの方向を決定するものであらう。

それにしても西田が繰り返す「世界」「世界史」という言葉が空疎に聞こえるのはなぜだろうか。それはこの戦争の結末を知っているからばかりではないように思う。西田自身が、自己の言葉の空回りにまったく無自覚だったとは思えない。東亜戦争を古代ギリシャのポリス同盟がアケメネス朝ペルシャを退けたペルシャ戦争に譬えているのは、古代日本にペルシャとの同質性を見たいと願い続けてきた教養主義者の文脈に則った比喩だが、きわめて象徴的でもある。ペルシャ戦争ではギリシャのポリス同盟が勝利したが、盟主アテナイの専横もあって終戦後は有力ポリス間の覇権争いが激化、やがてギリシャ内部でペロポネソス戦争が勃発しアテナイは没落していくことになる。あるいは西田は、日本の行く末をも含意して書いていたのだろうか。民族の独立と言い、共栄圏と言いながら、同時に日本が東亜の盟主であることを前提とする思考の矛盾を、西田が感じていなかったはずはない。だが西田は、それを矛盾的自己同一として呑み込もうとする。

私の云ふ所の世界的世界形成主義と云ふのは、他を植民地化する英米的な帝国主義とか連盟主義とかに反して、皇道精神に基く八紘為宇の世界主義でなければならない。抽象的な連盟主義は、その裏面に帝国主義に却つて結合して居るのである。

歴史的世界形成には、何処までも民族と云ふものが中心とならなければならない。それは世界形成の原動力である。共栄圏と云ふものであつても、その中心となる民族が、国際連盟に於ての如く、抽象的に選出せられるのでなく、歴史的に形成せられるのでなければならない。斯くして真の共栄圏と云ふものが成立するのである。

国際連盟への反発は、満州国承認問題で日本が連盟を離脱して孤立化の道が決定的となった経緯からしても、日本指導層の共通認識となっており、こうした声明の文脈に組み込むのは常套だったが、西田幾多郎の場合は、パリ講和会議の時点から引き続く近衛文麿の英米仏に対する反発を直接的に受けている面もあるかと思われる。

「世界新秩序の原理」は東條英機首相の目に触れず、その政策や演説に影響を与えなかったといわれる。その意味では空しい行為だった。

西田は歴史的世界を生きる日本人の実践としてとるべき道を〈個と全と、何処までも相反するものも一に、即ち絶対矛盾的自己同一的に、皇室を中心として万物一如的に、何処までも創造的に、生々発展的に、天壌無窮と云ふことが、我々日本人の歴史的生命の自覚であらう〉（「デカルト哲学について」）と言い、〈時間的・空間的に、作られたものから作るものへと動き行く世界は、何処までも内在的なると共に超越的、超越的なると共に内在的な世界である。（中略）何処までも超越的なるものは、即内から我を動かすものでなければならない。君民一体、万民翼賛である〉（「伝統」）と述べていた。だが、いかに言葉によって行動の意味を変更しようと試みても、行為自体のもたらした結果は厳然として変わることはなかった。

田辺元――飛躍的想像力と国家構想

神話と歴史を直結させる思考を強く肯定した人物の一人に、京都学派の田辺元がいる。田辺は「思想報国の道」（「改造」昭和一六年一〇月）で、歴史は単に相対的なものの交代ではなく、〈絶対的なるものが相対的なるものに於て現成する過程〉だとし、歴史に絶対的意味を与えるものとして神話の必然を説いた。さらに、〈神話は一見国家に無関係なる如くに見える場合をも含みて、一般にそれの発生した民族の国家の始源と運命とに関係するのが常である〉とし、歴史哲学は神話なくしては成立しないとまで述べている。

田辺元（一八八五―一九六二）はドイツ哲学と西田哲学を基盤にして出発した。田辺が目指したのは科学的理論性の徹底による社会の究明だった。

田辺元ははじめ東京帝国大学で数学を専攻し、ついで哲学に転じた人物で、哲学理論にも曖昧さを容れぬ数理的透明さを求めた。哲学でははじめカントの目的論を中心に考究し、コーエン、ナトルプらマールブルク学派の理論主義をとり、またフッサールの現象学にも強い関心を惹かれた。そしてまた哲学的研究でありながら「人生の問題」を直截に論ずる西田哲学にも惹かれた。ドイツに留学した際にはフッサールに師事したが、この際には科学的哲学の限界を感じさせられたという一方、ハイデガーに出会っている。これら多様な哲学との出会いと研究を経て、田辺は「学の哲学」と「生の哲学」の対立と統一という問題に取り組むことになった。

田辺元

その取り組みは具体的にはマルクス主義やヘーゲル哲学の批判的継承、あるいは統合的克服という形をとった。田辺の論文「ヘーゲル哲学と弁証法」は、カントの目的論を基層・媒介として、フィヒテの絶対意志を実在の究極的根柢とする主意主義や、シェリングの神と神の内なる自然の内在的二元論に立つ非合理主義との総合を、ヘーゲルの弁証法によってなしたものであり、ここにおいて「目的論の根柢をなす全体的普遍」、つまりカントの目的論にいう「総合普遍」＝ヘーゲルのいわゆる「具体的普遍」が、「絶対無としての普遍」として解せられるに至る。これはいわばドイツ観念論の歴史を総括するものだった。ここにおいて田辺は「絶対弁証法」を提示するのだが、田辺によればヘーゲル自身の研究においてそれはほぼ達成されており、それがヘーゲルの判断論の理解や絶対観念論の核心だとされた。

ところで絶対弁証法の理論が構築された背景には、カントからヘーゲルへというドイツ観念論全体の把握のほかに、西田哲学の「絶対無の自覚」が関わっていた。田辺の絶対弁証法は観念論で補強された「永遠の今における絶対無の弁証法」（西田幾多郎）でもあった。

先に西田が、生物学的な比喩で自己の思索を展開していたのをみたが、田辺もまた自然科学的知見と哲学的思考を連動させていた。

田辺元は『種の論理と世界図式』（昭和一〇）で、国家の使命を次のように説く。

単に民族の種的発展が国家の使命ではない。国家の使命は、外、類の立場に統一せられて諸国相協和し相尊敬し、内、個人をしておのおのその志を遂げしめ、内外にわたりて、個人の協和敬愛を成就せしむる媒介たるにある。これはけっして抽象的なる人道主義でもなく個人主義でもない。あくまでこれらと異なり、民族の種的基体を維持してこれを発達せしめ、その歴史的伝統を国家の不可欠なる媒介となし、しかもかかる媒介の否定即肯定において、相対的特殊性を維持しながら人類の立場にまで高められ、国際的協和に入ることを国家の本質とするものである。

また田辺は、量子力学における不定性原理にふれると、そこに物理学における従来の安定した因果律を否定ないしは制限する革命的意味を見出し、量子力学的世界像の理論上の〝確率性〟に、古典力学的世界では不合理とされてきたことも、跳躍的に達成可能であり得ることをも想像している。後者については、川端康成の神秘主義的傾向にも、同様の物理学的想像の媒介が見られる。

一九世紀末にアインシュタインの相対性理論が登場し、量子力学につながる新たな世界観もまだ漠然とした形でしかなかったものの現れており、ニュートン的な安定的宇宙観、古典物理学的世界像の綻びが指摘されていた。その影響は自然科学にとどまらず、思想哲学の分野にも深刻な不安をもたらした。あるべき世界秩序という理想（人類はまだ到達していないが、その理想は必ずあるという神学的確信）を、もっとも純粋に時空の底から支えていると思われた宇宙的時間と空間の絶対的安定性が、先端自然科学によって否定され、時空的経緯の必然性を意味する因果律の失効が告げられたのである。

だが言うまでもないことだが、量子力学的比喩を用いても、物理的な現実世界の実態を変化させることはできなかった。

昭和一七年九月、田辺は軍部の招きで大東亜共栄圏の理論的裏づけを行うための秘密会合に参加しているが、ここで彼は大東亜共栄圏について、解放される各民族の自主性を重んじて主権を認めてゆきながら、これを共栄圏という大なるものにおいて統合するのが大切なのであると説き、戦争の侵略性を少しでも薄める努力をした。だが言葉での粉飾は、何ら現実の改善に寄与するものではなかった。

三木清——回避努力と妥協的協力

戦争への抵抗と協力に引き裂かれつつ、その双方に少なからぬ影響を与えた哲学者に、三木清がいる。三木はもともとは政治的なものを外面的事象とみなして自己の思考対象から除外排斥していたが、昭和一〇年前後になると、しきりに時事的な社会評論を執筆するようになった。三木清は、比較的自由な空気のあった大正期はもちろん、困難の度合いが高まった昭和一〇年代にあっても、一貫して平和主義と自由主義尊重の立場をとっていた。だが、そこには時局を正そうという意識とともに、妥協的弁明的な色彩も次第に色濃くなっていく。

三木は「知識階級に与う」で〈すでに起つてゐる事件のうちに何等かの歴史の理性を発見することに努めること、（中略）新たに意味を賦与することに努めることが大切である〉と述べている。人間はしばしば今起きている事態が、今後の歴史のなかで持つ意味を十分に理解することができない。ふつうの人には日常生活が何より大切であり、それだけで十分に多忙だ。民衆にとって時代の大局は考える対象でなく、何となく行き過ぎ、流され、時には自分も高揚して乗っかるものにすぎない。そうした空気のなか、ややもすれば権力に迎合した表現と読み誤りかねないような技術も交えつつ、三木清は全面戦争回避の道を説き続けた。

今も広く読まれている『人生論ノート』や『哲学ノート』もそうだが、昭和一〇年前後の著作にはアイロニカルな文章が目立つ。世のありようへの苛立ちや風刺精神もあったろうが、検閲があるために直截に自己の信念を主張することができないという状況下にあって、それでも自己の所信を読者に届けようという営為がそこにはある。私たちは自分の現在や未来を考えるためにも、かつて三木清が困難な時代の読者にどのようにして語りかけたのかを読み解いていく必要がある。曖昧で抽象的な表現も単なるレトリックではなく、検閲や弾圧を掻いくぐって言葉を届かせるための努力の産物なのであり、時にもどかしくもある表現はかえってこれを真剣に読み取ろうとする読者のイメージを喚起し、奥深いその思考と情熱を伝えてくれる。三木清の時事随筆は、当時の日本でどこまで言論の自由が許されているかを測るバロメーターだともいわれた。

三木清（一八九七―一九四五）は兵庫県生まれで龍野中学を経て第一高等学校に進学した。在学中に西田幾多郎の『善の研究』に感銘を受け、哲学を専攻することを決意、西田がいる京都帝国大学文学部哲学科に進んだ。在学中に谷川徹三、林達夫、小田秀人らと親しくなり、一時は白樺派にも関心を持った。卒業後は大学院に進み、一九二二（大正一一）年、波多野精一の推薦と岩波茂雄の経済援助を受けてドイツに留学、まずハイデルベルク大学でハインリヒ・リッケルトに師事し、彼の自宅におけるゼミナールではカール・マンハイム、オイゲン・ヘリゲル、ヘルマ

三木清

ン・グロックナーと席を並べた。また同地に留学している日本人仲間に羽仁五郎、大内兵衛、石原謙、糸井靖之、久留間鮫造がいた。リッケルトの許で、三木は頭角をあらわし、その仲介でドイツ語で論文を発表している。翌二三年にはマールブルクに移ってマルティン・ハイデガーやニコライ・ハルトマンに学び、主に前者の影響を受けてディルタイの著作を精読し、さらにヘルダーリン、ニーチェ、キルケゴールさらにドストエフスキーなどを読み耽った。さらに二四年八月、フランスに移ると仏語会話を学びながらベルクソン、テーヌ、ルナンなどを研究したり、アナトール・フランスなどの小説を読んでいたが、ふとパスカルを手にして、この思想家を通してそれまで自分が摂取してきたキルケゴールやニーチェからアウグスティヌスに遡る西洋哲学や文学が、改めて生き生きと迫ってくるのを感じた。以降『パンセ』は三木の枕頭の書となった。

大正一四年に帰国した三木清が翌年に著したのが『パスカルに於ける人間の研究』である。三木の基礎は自由主義とヒューマニズムにあった。大正期の教養主義、人格主義の典型と言えるが、三木にとって教養は単に摂取鑑賞し自己形成的に思索するに止まらず、深く社会的実践と結びついていた。この姿勢は後の、体制政治家に対する抵抗しながらの啓発、協力という姿勢にもつながっていく。

帰国後の三木は京都大学でのポストを望んだが、留学前の異性関係が問題視されて叶わず、昭和二年四月、法政大学法文学部哲学科主任教授として東京に移り、京都時代から着手していた唯物史観研究などを精力的に発表しはじめた。ハイデルベルク留学時代に親交を深めた羽仁五郎と共同編集で雑誌「新興科学の旗のもとに」を起こし、党派的な教条に囚われないマルクス主義の研究を企てたが、昭和五年に日本共産党に資金提供をしたとの嫌疑を受けて逮捕される事態となった。いわゆる共産党シンパ事件である。労働運動やプロレタリア文学の高まりに、かねて神経を尖らせていた当局は、昭和三年の共産党大量検挙（三・一五事件）以来、波状的に党員やイデオローグへの弾圧を強めていたが、昭和五年の五月には三木清や中野重治ら社会的影響力を持った知識人を見せしめ的に検挙するにいたったのだった。

出獄後もこの事件によって教職に就くことが不可能になった三木は、以降は文筆中心の生活に入ることとなった。三木の関心はまずは哲学の原理的研究に向かったが、困難な時局にあって関心を限定するには、彼は知的好奇心があまりに旺盛で、感受性も鋭敏だった。思想や思考は人間の幸福に寄与するためにあると考える三木は、日本人の運命や国土の安全がかかった危機の時代に際して、政治の傍観者でいることはできなかった。彼は当局の検閲をかいくぐりながら、現実を少しでも良くするために一般読者に語りかけ、さらには苦手な現実政治に巻き込まれつつ奮闘する仕事へと進んでいくことになる。三木は「時務の論理」（『哲学ノート』）でルネサンスの事例にふれ、国家も芸術品のようなものであり、新しい時代を拓くには創造的な構想力を有する政治家が必要だとし、自らはそのための木鐸たろうとした。

同時代の出来事は、日常のなかだけを生きる人には単に個々別々な事件としてしか感じられず、それらがどうつながり、後にどのような意味を持つのかまでは把握されない。結果を知っている後世の人間もまた、その結果を通してしか過去を見ず、しばしば重大な事実を見落としてしまう。全体主義は決して弾圧の思想として姿を現したのではなく（実行された政策はさておき）、断片的には社会改革と伝統継承の両面を含んでいたといえなくはない。それは行き過ぎた平等主義を避けながら国民間の格差是正を図り、共同体全体での飛躍発展を図る思想だと喧伝された。同胞の連帯や純血や誇りを唱えるそれらのプロパガンダが、多くの人の耳に心地良く感じられたのも厳然たる事実なのだ。だからこそドイツ人はヒトラーに投票したのだし、目下わが軍は快進撃中と報じられれば物資不足でも気分が高揚することもあったのだろう。だが真の哲学者はそこに歴史的意味を見出し、普遍的な危機を読み取って警告を発し、軌道修正の努力を続けた。

三木の「自由主義者の立場」（「東京朝日新聞」昭和八年七月一三―一五日）には、京大事件、ナチスの焚書、学芸自由同盟、大学自由擁護連盟といった当時の時局的な話題が並んでいる。この年は世界的にも国内的にも重大な事件が頻発した年だった。ドイツではヒトラーが政権を獲得し、日本は満州国承認問題により国際連盟を脱退し、言論弾圧がますます強まった。

京大事件（瀧川事件）は、京都帝国大学法学部の瀧川幸辰教授が一九三二年一〇月に中央大学で行った講演内容が無政府主義的だとして問題視されたことに端を発したもので、当初はさしたるものではなかったが、翌三三年三月に裁判官や裁判所職員が共産党員ならびにそのシンパとされて処断される司法官赤化事件が勃発すると、再び問題化した。内務省は同年四月に瀧川の著書『刑法講義』ならびに『刑法読本』を内乱罪・姦通罪に関する見解に問題ありとして発禁処分とし、文部省は瀧川を休職処分とした。共産主義者や無政府主義者に対する厳しい処断はすでに頻発していたが、瀧川事件は自由主義者にまで弾圧が及んだ事例だった。

またナチス・ドイツの焚書は、非ドイツ的なものの排斥を唱えるナチスの主張に同調する学生組織が、「非ドイツ的な魂」による好ましくない書物を指定し、あたかも祝祭のように広場に集めて燃やした事件である。

これらはともに言論の自由を弾圧するものとして、知識人、学生を中心に抗議活動が起こった。瀧川事件に関して京大法学部では、教授から副手に至る全教官が辞表を提出して抗議（他学部教授は同調せず）、学生や知識人らにも抗議の輪が広がった。大学自由擁護連盟は瀧川事件を契機に結成されたものだ。しかし事件以降、結局は帝国大学への政府の干渉は強まり、また身の処し方に絡んで多くの知識人のあいだにしこりを残すことになるのだが、これは「自由主義者の立場」発表以降のことだ。さらにナチスの焚書については日本を含む世界各国で抗議運動が起きたが、三木清は長谷川如是閑、徳田秋声、秋田雨雀らとともにナチス焚書に抗議する学芸自由同盟の発起人となり〈野蛮なるヒットラー主義は果たして真に「ドイツ的」であるか〉（「ナチスの文化弾圧」）と熱く問いかけた。学芸自由同盟の会合で三木清と名刺を交換した仏文学者の中島健蔵は

「政治的人間としては不器用きわまる人間であったが、知識人を組織する力は大きかった」と回想している。三木は同時期に発表した「不安の思想とその超克」で、現代の知識人を包んでいる不安は、客観的社会から孤立させられた人間が主観的な限界状況に追いやられたところに生ずるものであるとし、プルーストやジイドなどフランスにおける「不安の文学」、またジョイスらの意識の流れを描く繊細な文学について語り、ハイデガーやヤスパースなどのドイツの「不安の哲学」の命題を論じながら、〈不安の思想が社会的不安に制約されてゐることは言ふまでもない〉と論を進めていた。この文章の含意するところは明らかだろう。当時の知識人を包んでいた不安は、一九二七年に自殺した芥川が抱いていたような漠然としたものではなく、満州事変以来の明確な、そしていかんともしがたい社会不安なのだった。

自由主義者である三木は、社会のための自己犠牲に対する疑念も述べながら、しかし個人の不安を超克する道は、不安の元凶である社会問題を解決するよりほかないと説く。けっきょく人は、他の誰のためでもなく自分自身のために、主体的に思考し、社会不安に立ち向かっていかなくてはならないだろう。そしてそれは自己犠牲ではなく自己確立であり、自己実現なのだ。

「自由主義者の立場」には「倉田氏の所論を読みて」という副題がついており、倉田百三の「自由主義者はファッショと提携すべき」との所論に対する反論として書かれた。ナチスによる焚書事件に賛同する文化人はいなかったが、道徳的見地から風俗壊乱文書などに対する取り締まりに賛成する道徳家もおり、赤化勢力の台頭を危険視する市民も少なくなかった。倉田の説もそうした〝良識的市民〟の側から、自由主義知識人の左傾を憂い、扇動的な言動に走ることを戒めたものだった。これに対して三木は、近代資本主義とともに発達した自由主義はあらゆる人間が自由であることを基本としているが、倉田の論を俟つまでもなく、すでに多くの自由主義者は社会ファシストとなっているか、その台頭の前に沈黙しているとする。日本では行動に慎重な「正統的自由主義者」がほとんどで、その言動はもはや自由を失っているに等しく、今や真の自由主義者といえるのは頽廃したブルジョワではなく、ただ荒々しく盛り上がってくる大衆と結びついた「新しいヒューマニスト」だけだとする。ここには、奇しくも超国家主義者の蓑田胸喜が指摘したように、鋭い反ファシズムの思想があった。ただし蓑田は、三木を「偽装されたマルクス主義」としたが、これは蓑田が断罪排除したい対象に貼る紋切り型のレッテルだった。三木には協同社会（ゲマインシャフト）を重んじて利益社会（ゲゼルシャフト）の合理主義には否定的な面もあり、全面的に唯物論的というわけではなかった。

三木は「浪漫主義の台頭」（「都新聞」昭和九年一一月八―一一日）を書き、悲愴な自己陶酔に陥りがちな愛国的ロマン主義を批判した。これは具体的には「日本浪曼派」の姿勢に対して疑義を呈したものである。「日本浪曼派」については第二章でふれたが、近代批判と古代賛美を旨として「日本の伝統への回帰」を提唱した文芸グループと目されていた。保田は現実の日本を「まだ完成せざる日本」として、その放埒や驕慢や過剰な自負心をも含めて、感傷的美学的に礼賛する。「まだ完成せざる日本」とは、つまり青春の日本の意である。

青春は未完の焦燥であり、無限定の可能性の留保期間である。それは現実には無であるが、思念においては永遠であり完璧である。そのアイロニーの陶酔に身を委ねることは甘美で心地良いが、政治的無定見と結びつけば、きわめて危険だ。保田自身は神道を日本の自然と結びついた民衆的なものと考えており、日本的な価値観を周辺諸国に強制するような皇民化政策には批判的だったし、そもそも当初から敗北の美学を唱え「没落への情熱」と「イロニイとしての日本」という自らのデカダン美学を言明しており、あくまで政治思想ではなく文学嗜好上のものだったが、その虚無的思想や自己犠牲賛美が、当時の青年層の政治的無批判の苗床となったことは否定できない。ロマン主義とファシズムは「血と地の神秘主義」に惹かれやすい心情を共有している。政治的誤りと結びつきやすいこと自体は文芸の罪ではないが、危うい時局にそのような美意識を醸成することの危険性を、三木は敏感に感じ取ったのである。

「現代の浪漫主義について」(「中央公論」昭和一〇年六月)もロマン主義的情熱への懸念を示した論考である。そのなかで三木は、古典主義とロマン主義を対立概念とする前提から論をはじめている。そして〈リアリズムは浪漫主義に対置されるから、それは古典主義の側にある〉と論を進めている。この前提は、だが必ずしも一般的ではないだろう。神話や古歌などの古典への関心は、しばしばロマン主義と結びついていた。ロマン主義は神話と現代を意図的に混同し、自己と古代の英雄を同一化する。三木はそうした陶酔的な古典の利用を排し、リアリズムの古典研究こそが本来の道だと説く。これが単に学問上の提言ではないことは、いうまでもないだろう。

また「自由主義以後」（「読売新聞」昭和一〇年四月二六—二八日）では美濃部達吉事件、すなわち天皇機関説事件を扱っている。天皇は国家の主体か、それとも機関かという議論は、大日本帝国憲法制定以来、憲法学上の論点のひとつだったが、美濃部の学説は国家の主権または統治権は公人たる国家に帰属するもので、国家がその権利の主体であり、天皇は国家の最高機関であるとしたものだった。美濃部がこの学説を発表したのは大正元年の『憲法講話』で、以来、帝国大学で講じられてきたものだったが、思想界に対する軍部や超国家主義者の干渉の高まりによって、今さらながら問題視されたのだった。ちなみに美濃部学説はドイツの法学者ゲオルク・イェリネックの保守的な学説を踏まえたものだったが、そのイェリネックはナチスの焚書対象に指定された。

昭和一〇年二月一八日、帝国議会の貴族院本会議で男爵菊池武夫議員が天皇機関説について松田源治文部大臣に質問し、これを公然と攻撃した。当時、美濃部は貴族院の勅選議員に任じられており、自ら弁明に立ったものの、不敬罪により取り調べを受けるに至った（起訴猶予処分）。昭和天皇は美濃部の学説に賛成しており、事態を憂慮していたが、議会に干渉することはなく、けっきょく美濃部は議員を辞職することになる。

思想の自由が狭められていくなか、三木清は文壇論壇でしきりに唱えられていた「日本回帰」や「東洋思想」の内容を問う。近代批判の文脈で用いられる「日本の伝統」とは何か、「東洋思想」や日本が克服しつつあるという西欧近代の思想文化はどんなものなのかという問いを通して、

「日本」という概念を恣意的に用いる当時の超国家主義的宣伝の欺瞞を指摘したのだ。「日本主義」の曖昧さや、日本の固有性を称揚しつつ大陸に進出していく矛盾、さらにはファシズムの非合理性や、この外来思想を安易に取り入れようとする姿勢への警鐘を「最近の哲学的課題」（昭和一〇）や「非合理主義的傾向について」（同）などで繰り返し述べていた。

さらに「日本的性格とファッシズム」（「中央公論」昭和一一年八月）では、現在いわれている日本主義はファシズムだとした上で、日本的なものは本来形のない、無形式の形式というべきものであり、柔軟に異文化を摂取して常に進歩し、また内部に多様性を培い、文化と生活を密着させてきたのだとする。さらにそのような日本的性格は、極端な理論より現実的、実際的な折衷的態度としてあらわれるのであり、ファシズムとは相容れないものであるはずだ……と論を進めている。この時期の三木の時務論には、あの手この手でファシズムを遠ざけようとする戦略が感じられる。

「教養と時代感覚」（昭和一一）では、教養を単に趣味的な知識にとどめず、時代感覚をもって社会現実と結びついたものであるべきだと説いた。その精神は、一見すると時務的なものではないかと思われる「デカルトと民主主義」（昭和一二）や「パスカルの人間観」（同）においても実践的に活かされており、三木の思考のなかで哲学上の問題が現に現実生活と密接していたことが窺われる。

また「知識階級と伝統の問題」（昭和一二）で三木は、伝統の復興は伝統の破壊を必然的に伴

う と指摘する。例えばルネサンスは古代ギリシャの文化を発見する一方で、中世の教条的神学の支配を破壊した。そして明治期になされた万葉天平時代の復興としての明治の精神は、封建的伝統に対して決別を宣言したのだとする。この二つの「復興」の事例を通して三木が読者の心に喚起しようとしたイメージは明瞭だろう。ルネサンスも万葉天平時代も外に向かって開かれた文化を目指したのであり、それに比べると中世キリスト教や江戸封建制は閉鎖的だった。万葉天平時代は日本最初の文芸隆盛期だが、漢詩文はもちろん和歌も官制も都の造営も、大陸渡来の漢文化や仏教文化などの摂取・学習のうえに花開いたものだったと三木は説く。

三木清の重要な業績のひとつに『歴史哲学』があるが、彼は歴史哲学・歴史認識を、現実を変革するうえできわめて大きな動因だとしていた。三木は「歴史」を出来事そのものとしての「存在としての歴史」と、その存在（事実）を解釈し叙述する「ロゴスとしての歴史」の二重性においてとらえ、この両者を共に受け止めるという意味で歴史を「経験」するわれわれが、その歴史認識のうえに立って生きることの「行為することの歴史性」を考察した。つまり〝歴史〟と〝歴史認識〟と〝今ここ〟の我々の問題を有機的、重層的にとらえ、その絡み合いが生み出すエネルギーの大きさと危険性を看取していた。だからこそ三木清は、寄せてくる時代の大波を押し戻すようにして、繰り返し自由とヒューマニズムの価値を説き続けたのだろう。

だが三木清は静的な理性哲学から動的な歴史主義へと足を踏み入れた。「日本の現実」（「中央公論」昭和一二年一一月）では、大陸で続いている日支事変について論じた。三木は〈日本の対支行動の目的は爾後における日支親善であり、東洋の平和であると云はれる。目的は確かにこれ以外にあり得ない〉と、当時の政府軍部が唱えた大義名分を利用しつつ、主に文化史的な見地からその意義を論じるという形で、平和への提言をしている。

これに感銘を受けた昭和研究会のメンバーらは、近衛文麿公爵の政治指針作成への協力を要請、毎月一回、彼の講義を聞く勉強会を持った（七日会）。

近衛文麿は公家華族のなかでも天皇に最も近い存在といわれ、自らもそのように自負していたが、それだけに天皇に対して崇敬の念が薄く批判的意見も公言することがあった。昭和七年三月に、近衛が西園寺公望と対話したなかにもそれがあったようで、〈近衛の話の中に、陛下が非常にリベラルな考をもつてをられることを、（中略）悪く言つてゐるやうにも聞えたが、どうだらう〉（原田熊雄『西園寺公と政局』）と西園寺が漏らしている。天皇の平和主義、大陸不拡大主義に近衛は不満で、ある程度は軍部の立場と一定の戦果に理解を示していたのである。

その一方で、近衛はかねて後藤隆之助や蠟山政道らをブレーンとして不況克服や大陸での動乱収拾のための方策を練ってもいた。いよいよ政権が近くなった昭和一一（一九三六）年、昭和研究会を正式に発足させていた。常任理事には後藤、蠟山のほか賀屋《かや》興宣《おきのり》、後藤文夫、佐々弘雄、高橋亀吉、那《な》須皓《すしろし》、松井春生、大蔵公望《おおくらきんもち》、東畑精一、唐沢俊樹、田島道治らが就き、委員には石黒忠篤、風見章、膳桂之助、暉峻義《てるおかぎ》等《とう》、津島寿一、吉田茂、吉野信次らが名を連ねていた。やがて矢部貞治、笠信太郎らも常任委員に加わり、宇都宮徳馬、平貞蔵、大西斎、尾崎秀実らは委員として参加した。

三木のレクチャーに刺激された昭和研究会は彼を常任委員に迎え、彼を委員長とする文化部門を立ち上げている。委員には加田哲二、三枝博音《さいぐさひろと》、清水幾太郎、中島健蔵らがいた。

首相となった近衛文麿は日支事変の不拡大方針をとったが、戦闘は続き、日本軍の占領地が広がることをメディアも民衆も歓迎していた。近衛首相はドイツの駐華大使オスカー・トラウトマンを介して和平交渉を行っていたが、国民政府の蔣介石はこれに応じず、日本政府は三八年一月一六日には交渉打ち切りの声明を出し、「国民政府を対手とせず」とした（第一次近衛声明）。

その後、日本軍は広東、武漢を相次いで占領したものの和平の見通しは立たず、近衛は一一月三日に「東亜新秩序建設に関する声明」（第二次近衛声明）を出して、国民政府が新秩序の建設に同意するなら「これを拒否するものに非ず」と譲歩姿勢を示した。これを受けて国民政府のなかで蔣介石と対立していた汪兆銘は和平交渉に応じ、「中国側の満州国承認」と「日本軍の二年以内の撤兵」などを約した日華協議記録を調印する。これを踏まえて近衛首相は「善隣友好、共同防共、経済提携」を基調とする対中和平方針を発表した（第三次近衛声明）。しかしこの声明には「日本軍の二年以内の撤兵」という合意条件は明示されておらず、国民政府は汪兆銘の職務を解いて党から除名した。

こうして第一次近衛内閣による和平交渉は失敗に終わったものの、大陸問題を解決するにあたっての交渉姿勢が柔軟なものとなった背景には、三木清の影響があった。三木はその後も引き続き、昭和研究会を通して戦火の終息を図っていくことになる。そのために民族を超えた日支親善の理論として打ち出されたのが「東亜協同体論」だった。三木はこれまでの東アジアには、ヨーロッパにおけるギリシャ文化の伝統やキリスト教、さらには近代の科学的思考によって基礎づけられた共通基盤は存在しなかったと指摘する。古代ギリシャの独立した都市国家群は、ヘレニズム文化という共通文化があったからこそオリンピックという平和の祭典を花開かせたのであり、そうしたヘレニズム文化のように世界史的意義を持つ新しい「東亜文化」を創造することが、東亜協同体の使命だと説いた。〈東亜協同体の文化は、恰もルネッサンスの時代に中世的世界主義を克服しつつ現はれたイタリアの国民的文化が同時に自己のうちに近代的世界的原理を含んでゐた〉(「新日本の思想原理」)ようなものでなければならぬとした。

協同主義は、日本精神を他民族に押し付けるようなものであってはならず、あくまで協同によって東亜全体で新たに打ち立てられるものであり、それを指導するのが日本だとしても、日本自身もまたその協同体のなかに入っていくのであって、その原理に従わなければならないのは当然だった。さらに三木は〈新しき思想原理は、既に破綻の徴歴然たる近代主義を一層高い立場から超克し、自由主義、マルクス主義、全体主義等の体系に優るものでなければならぬ。伝統に立脚すると共に、単に封建的なるものの復活であつてはならず、空疎なる独善自負の言辞にとどまることが出来ぬのである。東洋文化と西洋文化とに対する新たなる反省によつて媒介され、現在の歴史的段階に立ち、世界的環境に応ずる生きた思想の創造でなければならぬ〉(「協同主義の哲学的基礎」）として、全体主義そのものを批判することを回避しながらも、軍部による独裁的傾向を国民協同体の理念に悖るものとして婉曲に批判した。そして日本の民族精神は日本の国民協同体理念としては有効でも、東亜協同体全体の思想とするのは民族精神の純粋性という考えにも矛盾するのであり、東亜新秩序は諸民族の対等に基づくさらに高次の理念を打ち立てることによってしか果たし得ないとした。

こうして三木はレトリックを尽くして語り、絶望的な条件下でもあるべき日本の形を探り、国民に広く訴えかけるべく努めた。協同主義などの主張は、為政者当局に対して受け入れ可能な最大限の道徳的修正を求めたものであり、一種の挑戦でもあった。

しかし「新日本の思想原理」が末尾の一文（東亜共同体に於ける日本の地位）で次のように総括していることは、やはり重く受け止めなくてはならないだろう。ここには輝かしい言葉とは逆に、理想と現実の双方を肯定しながら融合させようとする努力の果ての、痛ましいばかりの空疎さがあった。

日本は東亜の新秩序の建設に於て指導的地位に立たねばならぬ。このことは、日本が東亜の諸民族を征服するといふが如きことを意味しないのは勿論である。寧ろ日本は東亜の諸民族の融合の楔となるのである。東亜協同体が日本の指導のもとに形成されるのは、日本の民族的エゴイズムに依るのではなく、却つて今次の事変に対する日本の道義的使命に基くのであり、かかる道義的使命の自覚が大切である。日本は新しい原理に依る新しい文化を創造することによつて初めて真に指導的になり得るのであり、そのとき日本文化は現実に世界を光被することになるのである。

この言葉にアイロニーとしての戦争批判を聞き取ることも不可能ではないが、それがあまりに婉曲な表現であることもまた認めなければならない。

三木は〈今日必要なことは、東亜の新秩序の建設といふ日本の使命の立場から日本文化の伝統を反省するといふことである。しかもこの新秩序の建設には新文化の創造が必要なのであつて、日本主義は単なる復古主義であることを許されない〉とも述べているが、当時の軍部が進めていたのは、もとより日本主義でも復古主義でもなく、ただの支配領域拡大のための戦役だったのであり、このような批判が彼らに反省を促す意味を持ったとは到底思われない。そもそも軍部が唱える日本主義は実証的な歴史学的厳密さを持つものではなく、無歴史的な直観主義の産物であって、欲望を粉飾する虚偽の名分に過ぎなかった。三木清をはじめとする京都学派の人々は、そのことをもっと深刻に受け止めるべきだった。

彼は「ユートピア論」（昭和一六）の冒頭で〈ユートピアについて語ることは今日の流行ではないであらう〉と書いている。そして今日の流行として「神話」と「新秩序」をあげる。神話も新秩序もユートピアではないのだ。過去は完璧ではなく、未来にも完璧は獲得されないだろう。

ユートピアは歴史によって常に毀され、現実はいつも理想への夢を裏切る。しかしそれでも人は、過去に架空の栄光を見るのではなく、現在を虚構の理想と強弁するのではなく、知力を尽くして「あるべき自己」「あるべき社会」を目指してユートピアを築く努力をしなければならない。そう語りかける三木は十分にロマンチストであり、希望を失ってはいない。

昭和研究会での彼の仕事は、現実政治を動かすには至らなかった。やがて東亜協同体論や新体制運動は、現実政治のなかで大東亜共栄圏や大政翼賛会へと換骨奪胎されていく。三木清は恐らく自身の努力がほとんど有効に活かされないことを感知していただろう。昭和研究会は昭和一五年一一月に解散し、軍部の突き上げに抗し難くなった近衛文麿は政権を去って、東條英機内閣の下で太平洋戦争が勃発する。

京都学派——「近代の超克」と「世界史的立場」

文壇・思想界の〝戦争協力〟でよく話題になるのは、座談会「近代の超克」ならびに「世界史の哲学」であり、京都学派の動向である。

昭和一七年、雑誌「文学界」は九月号と一〇月号にまたがる「近代の超克」特集を組んだ。中心企画は知的協力会議と銘打たれた座談会であり、出席者の論文が両号に分けて掲載されている。以下に出席者氏名と当時の立場、掲載論文名を挙げておく。

・司会役は河上徹太郎……「文学界」同人。文芸評論家。誌面ではなく昭和一八年七月の単行本版『近代の超克』に「「近代の超克」結語」。
・西谷啓治……哲学者。京都帝国大学助教授。九月号に「「近代の超克」私論」。
・鈴木成高……西洋史家。京都帝国大学助教授。
・下村寅太郎……京都学派の科学史家。東京文理科大学助教授。昭和一八年七月の単行本版に「近代の超克の方法」。
・菊池正士……物理学者。大阪帝国大学教授。単行本版に「科学の超克について」。
・吉満義彦……哲学者・カトリック神父。東京帝国大学講師。九月号に「近代超克の神学的根拠」。
・諸井三郎……作曲家・音楽評論家。東洋音楽学校・東京高等音楽院講師。九月号に「吾々の立場から　音楽上の近代及現代」。
・津村秀夫……映画評論家・朝日新聞記者。文部省専門委員。九月号に「何を破るべきか」。
・小林秀雄……「文学界」同人・文芸評論家。明治大学教授。
・亀井勝一郎……「文学界」同人・文芸評論家。旧「日本浪曼派」同人。一〇月号に「現代精神に関する覚書」。
・林房雄……「文学界」同人・文芸評論家。一〇月号に「勤王の心」。
・三好達治……「文学界」同人・詩人。一〇月号に「略記・附言一則」。

・中村光夫……「文学界」同人・文芸評論家。一〇月号に「「近代」への疑惑」。

作曲家や映画評論家も含んで出席者は多彩だが、おおむね「文学界」の同人と京都学派の学者で占められている。前者は「文学界」誌面でのことなので当然だが、後者は当時の科学から哲学にわたる「日本主義」的傾向に京都学派が特に重要な役割を果たしていた事実を反映している。「文学界」は昭和八年に武田麟太郎、林房雄、小林秀雄、川端康成ら八人を編集同人として発足した文芸復興期を代表する雑誌だったが、やがて小林と後から参加した河上徹太郎が編集の中心になっていた。文学に真摯な意欲ある者は政治信条にかかわらず受け入れる自由な雰囲気があり、村山知義、島木健作、舟橋聖一、青野季吉、亀井勝一郎、三木清らも参加して多彩だったが、時局の推移につれて次第に日本回帰色を濃くしていた。小林秀雄は「戦争について」（昭和一二）に〈日本に生れたといふ事は、僕等の運命だ〉と書いている。なお「文学界」は毎号座談会を開いていており、人気企画だった。

「近代の超克」というテーマ自体、政治的経済的な日本対西洋の対立を背景に、文学や芸術、科学思想、哲学などの精神面での日本対西洋を含意していた。鈴木成高は、「近代の超克」は、政治においてはデモクラシーの、経済においては資本主義の、思想においては自由主義の超克を意味するとして、二、三の国家の興亡を超えた世界観や文明の根本に関わる大きな問題だとした。

とはいえ出席者のあいだにこのテーマに対する統一的な見解があったわけではない。ただ漠然と、西洋に起こった近代合理主義がここに至って行き詰まっており、この先どのように新しい世界観を構築すべきかという問題意識があった。そこに「日本」というファクターが出てくる。日本は西洋的近代の達成者である一方、欧米とは違う独自の要素を保持しているとの認識があったのである。

近代日本のこうした二面性への意識は、戸坂潤が『日本イデオロギー論』（昭和一〇）で指摘した「ニッポン・イデオロギー」の無原則性を想起させる。戸坂は、重要性と厳粛性が強調される「日本」的なるものが、論者の立場や折々の都合に合わせて自身の正当性を融通無碍に説明するための方法にほかならず、けっきょく〈日本主義は何等の内容もないと考えられると同時に、それと反対にどんな内容でも勝手にそれに押し込むことも出来る〉と看破したのだった。「近代の超克」もまた、「近代」と「超克」のそれぞれに各人がその時々の都合で任意の何物かを代入することが可能だった。そもそも文学も哲学も現実と向き合うものだが、その理解や表現は現実を改変する過程で深められ普遍化するのであり、そこに一種のロマン主義ないしは神秘主義を見るのは容易だ。

小林秀雄には若い頃から神秘思想への傾倒があり、晩年の講演などではしばしば超常現象の実在を自明視する発言をしたが、これはアンリ・ベルクソンなどからの思想的受容に加えて、神智学への親しみも大きく影響していただろう。小林は若い頃から、今東光やその父である今武平を通して神智学思想に接していた。今武平は日本郵船の船長だったが、英国神智学協会の会員になっており、ブラヴァツキー夫人の後継者として信奉されていたインド人のクリシュナムルティとも直接に会っている。クリシュナムルティはロード・マイトレーヤ（弥勒菩薩）とされた少年でアニー・ベサントやレッドビーターらから崇敬され、彼に奉仕するために「東方の星教団」が設けられたほどだった。ただし彼自身は、教団組織は真理探究に役立たないとして、青年になった一九二九年に「真理はそこへ至る道のない土地である」として教団を解散していた。

小林秀雄（左）と菊池寛（右）

神秘主義といえば小林は「神風といふ言葉について」（昭和一四）で、国防政策に神風を持ち出す政治家を擁護し、〈神風といふ言葉は、僕等の思ひ付きでもなければ、空想の産物でもない。言はば僕等の長い歴史が鍛錬した僕等のエゴティスムがそれを言はせるのだ。その確かさは動かす事が出来ない〉と述べていた。

作曲家の諸井三郎は小林の一歳下で東京帝国大学文学部美学美術史科の出身だが、在学中から音楽に熱中し、ピアノを学び自らも作曲した。河上徹太郎は彼のピアノに惚れこみ、今東光、今日出海、三好達治、小林秀雄、中原中也らとも親交した。昭和二年には音楽団体「スルヤ」を結成しているが、その名はインドの太陽神に由来し、命名者は今武平だった。いつからかは不明だが諸井も神智学協会の会員になっており、今―小林―諸井ラインの神秘主義的傾向の深さが察せられる。

諸井は卒業後の昭和七年から九年にかけてベルリン高等音楽院に留学しており、彼の音楽は留学期に欧米で流行していた新古典主義音楽を基調としたもので、調和的な柔らかさを持ちながらも宗教的な荘厳さを帯びていた。その響きは、戦時体制の深まり、さらには戦局の悪化につれて、ますます晦渋で重々しいものになっていく。

先に第三章冒頭で日本軍歌の曲調について少しふれたが、音楽は宗教儀式や各種事業祭典に結びついている面があり、諸井も交響詩『皇軍頌歌』（昭和一七）、交響詩『提督戦死』（昭和一八）などを作っている。また彼の交響曲第三番（昭和一八年から一九年にかけて作曲）は死を覚悟のうえでの作品とされており、諸井の弟子だった柴田南雄は「死についての諸観念」とのタイトルを持つ第三楽章の旋律を「人類の祈りの歌」と呼ぶことになるのだった。

ナチス高官のあいだでは優生学にしても歴史にしても、学術的正確さよりもオカルト的な魔術性によって解釈されていたことが指摘されているが、日本の「近代の超克」にも、ナチズムとは別な形で神智学などの神秘思想が流入していたのである。このことを念頭に置くと、京都学派の哲学者たちがしばしば生物学や物理学の用語を比喩的に用いながら世界像を組み立てた意味が、違って見えてくる。

京都学派の宗教学者・西谷啓治はドイツ神秘主義の研究者（後に禅、仏教哲学にも傾倒）だった。西谷は近代の始まりをルネサンスと宗教改革に置き、宗教改革という「神を主とした立場」、自然科学という「世界を主とした立場」、そしてルネサンスという「人間性或いは魂を主とした立場」が分裂してそれぞれが独自に発展することになったのが近代だったとし、西田哲学の「主体的無」を参照しつつ、それら三世界観を統合する新たな世界観の必要を説いた。そして世界新秩序の樹立と大東亜共栄圏の建設には、強度な道徳的エネルギーが必要だともした。「近代の超克」の検討では、これが新たなルネサンスだという意識が前提とされていた。

また科学史家の下村寅太郎は、ルネサンス期ヨーロッパに近代科学の勃興をもたらしたのは、古代ギリシャ精神の復興に加えて、占星術的なものと魔術的なものが働いたためだとする。

下村の考えでは、占星術は世界を宿命的必然としてとらえるが、それは近代科学の自然必然性の思想的モメントとなった。それに対して魔術は人間の魂の自由な独自性によって宿命的必然的因果性を打破しようとする欲求であり、これが近代科学の実験精神につながったのだという。下村によれば〈実験といふのは自然を単にありのまゝに、純粋に客観的に観察することではなくて、自然的に存在しないものを、人間の手を加へて実現させて見る（中略）さういふものが実験的方法の根本的精神〉だというのである。ここで、未来はあらかじめ決まっており歴史はその実現のための闘争であると説く唯物史観を占星術に、その歴史的必然性を打破しようとする強い意志たるファシズムを魔術に代入するなら、そのまま大東亜戦争開戦に至る日本の思想的一面を指摘・擁護したことになるだろう。西谷は下村発言を受ける形で、魔術と科学に〈共通して居る態度を見、〈呪術の儀式や呪文などによつて自然の隠れた力を動かす〉ことが可能であるかのように語っている。彼らを突き動かしていたのは、自己の内部に燻ぶる日本と西洋の矛盾を克服したいという意識であり、超自然的なものへの願望だった。

西谷啓治は「「近代の超克」私論」（『近代の超克』所収）で挙国一致体制下における個人のありようを〈自らも他も夫々の私を殺し、共同的な全体を生かし、この全体に於て自らも他も生きる、といふ如き地平を開いて来た〉ものだと肯定的に意味づけ、自己意識を滅却して対象（「国家生命」）と一体化するという「主体的無」の立場、つまり無我無心を自己意識の到達点であるとした。ここにおいて「近代的自我」が孕む利己主義は超克され、国家共同体と自己の一致という理想の実現、さらにはその先の世界精神の統一が唱えられることになった。

「近代の超克」と並んで、内容的にはいっそう国策擁護的との非難を受けることになるのが、座談会「世界史的立場と日本」である。これは「中央公論」誌面に「世界史的立場と日本」（昭和一七年一月）、「東亜共栄圏の倫理性と歴史性」（同年四月）、「総力戦の哲学」（一八年一月）の三回にわたって掲載された。出席者は「近代の超克」座談会にも参加した鈴木成高、西谷啓治、そして高坂正顕と高山岩男。つまり西田幾多郎門下の京都学派四天王である。

京都学派の人々が「世界史性」という時、問題にされているのは単に地理的な「世界」という空間的広がりだけではなく、時間軸の重層性のうちに見出される歴史的必然としての発展であり、同時代の誤りの是正を通しての進歩という存在論的次元での理想だった。ただしその思考法自体の「近代性」、マルクス主義やキリスト教からの継承について、それと「日本主義」との整合性はあまり意識されていなかったように思う。

西田ら京都学派の哲学者たちは、時局を論じている場合でも学問的な精神主義、道徳主義の立場をとっているが、それは結局は国家理性（レゾンデートル）をめぐる心の理論として展開せざるを得ないことになる。「近代の超克」から「世界史の哲学」に至る世界構想はハイデガーやマックス・ウェーバーを参照して構築されたものだが、マイネッケの影響も明らかだ。

マイネッケはトライチュケの正統な後継者たるドイツの歴史学者でプロイセン学派の学統を引きながら、ディルタイやマックス・ウェーバーと相互に影響しあいつつ、その歴史哲学を深めていた。『世界市民主義と国民国家』（一九〇七）でマイネッケは、一見普遍的な人間性に基づいているかのように思われる世界市民的思想が、実はそれぞれの民族性や国家国民の伝統や歴史意識と結びついていることを明らかにした。例えば日本の場合だと、明治前期の自由民権運動は普遍的な天賦人権説に則っているかに見えて、新政府の政権争いで排除された旧官僚（板垣退助、大隈重信、矢野龍渓らはみなそうだった）にはじまり、不平士族（旧幕臣や佐幕諸藩層）や富農富商層の欲求を背景に広まった。そして国民の権利拡大には国権の拡張が必要であることも自明視されており、不平等条約改正から大陸での利権獲得まで、すべては最終的には国民の営利を目的に進められていた。

マイネッケはこうした歴史的経緯をドイツ史において展開して範を示していた。第一次世界大戦後に著した『近代史における国家理性の理念』（一九二四）ではマキャベリズムとドイツ近代史を論述している。ここでマイネッケは、各国家は自己の利益という利己主義によって駆り立てられた組織であり、その前ではほかの一切の動機は容赦なく沈黙させられるとした。しかもそれは国家の最大目的が国民の安寧を守ることにある以上、個々の国民のためにも正しいあり方として否定し難いとし、そうした国家の基本原理・行動規則を国家理性（シュターツレーゾン＝レゾンデートル）とした。

レゾンデートルの語は、個人などのありようとして用いられる場合には「存在理由」と訳されるが、その存在が必要とされる根本的基盤は、他者に対する自己の相対的優越、つまり世間に対する自己顕示（優越性を承認することの要求）にほかならない。個人においてそのようであるレゾンデートルが個人の集合体である国家となった場合、どのように肥大化するかは、個別の国家の問題ではなく国家という機構そのものが持つ必然なのである。マイネッケが論究したのは、そうした必然的要求を認めつつ、いかに国家共同体に道徳的自制を組み込むかという課題だったが、一九三〇年代の時点でその思念は十分に理解されていたとはいえない。理性を精神的自由の優位下での合理的思念とみなすヘーゲル主義者たちはマイネッケのペシミズムを批判し、他のある者たちは国権拡張を自明とする理論としてマイネッケの国家理性を取り込んだ。

近代国家における権力と倫理の関係を究明したマイネッケは、自国の利益追求を理性的判断に基づく現実的選択として肯定したが、そうした姿勢がもたらす文化面への影響を含めて、歴史を論考するには適しているにしても、時務を論ずるには大きな危険を伴うものだった。愛国心は自尊感情を満足させるだけでなく、怒りや熱狂を容易に喚起する。貧弱な一個人にとって巨大な集団と一体化し奉仕することは、心身をすり減らす行為であっても、得難い自己肯定感を味わえる魅力的な機会だ。だから不安定な時代には愛国心はいよいよ高揚する。

西谷啓治は、近代が目指したのはデモクラシーを原理とした世界秩序だったが、現在(大東亜戦争開戦前後)ではさらに開かれた新しい世界が求められているとし、その新秩序原理は客観的なものでなければならず、目指されるのは〈諸国家の各々の主体性そのものに荷はれてゐる如き世界、逆にいへば諸国家がそれぞれ主体として成り立ち乍ら然もその主体性そのものに於て普遍的秩序を現はしてゐるといふ如き世界〉(「世界史の哲学」)だとした。西谷はそのような世界への可能性、つまり国家的主体性と世界史的普遍性との止揚としての世界史的新事実を、日本の八紘為宇の精神に見出そうとしていた。少なくともその希望を語った。

高坂正顕は論考「世界史観の類型」でアウグスティヌス、コント、ヘーゲルを取り上げ、それぞれの時間型歴史観を概観している。その結論として高坂は、彼らの世界史観は、それが神の摂理・悟性・理念のいずれに重きを置くものであるにしても、歴史の展開は究極的には偶然性・非合理的なものではなく、何らかの合理的な理由があって展開した必然的道筋であるとみている点で歴史的楽天主義が説かれているのであり、地域的・時間的な差異を持っているにもかかわらず一貫した普遍に貫かれており、ひとつの終局点に向かって進歩発展していく連続的展開であるとした。

この論考で高坂は、西洋文明の機械的合理主義は偏りが強く人間疎外を招いているとし、その克服を説いたが、同時に物理的な日本の覇権をも唱えている。そうした高坂論説が孕む矛盾について、哲学者の廣松渉は〈高坂氏のように、機械の造出がいわば必然的に人間の機械への服属をもたらすという論理構成で論ずるかぎり、このフランケンシュタインから脱れるためには、機械そのものを廃棄する以外には途は残されていない。そこで氏がもし、機械の廃棄を主張されるのであれば、いかにグロテスクではあろうとも、論理の筋は通ったかもしれない。しかし、氏はもちろん、そのようなラッダイト主義を採られるわけではない。氏は「機械文明の恩恵」を積極的に説かれる。ここにおいて、氏としては自己閉塞に陥る所以となる〉(『〈近代の超克〉論』)と批判している。こうした矛盾は戦時に日本精神と物理的勝利の双方を説いたすべての者に当てはまるだろう。

高山岩男は『世界史の哲学』(昭和一七年九月)において今回の世界大戦(第二次世界大戦・大東亜戦争)は近代内部の戦争ではなく、近代世界の次元を超出して新たな時代を画すものであるとした。もちろんその場合、日本は古い近代ではなく、新時代を切り開く側であり、自分たち学者は西洋中心の近代歴史学に根本原理から徹底的な批判を加えて新たな世界史学を建設すべく邁進すべきだとした。

高山は日露戦争の持つ歴史的意義を強調する。この戦役はロシアが暫時進めてきた東アジア進出を、日本が国運を賭して阻止したものであり、日本にとってばかりでなくアジアにとっても画期的な意味を持っていた。それは維新以来の努力によって日本がヨーロッパ勢力に対抗する力を得たことを示しており、アジアにおける日本の指導者としての地位を実証し、またヨーロッパに対する超越性がアジアに内在することを示すものだった、と高山はいうのである。日露戦争の勝利体験に固執し、日本は開闢《かいびゃく》以来一度も外夷に侵されたことがないと誇って、だから未来においても敗れることはないと唱えるのは、昭和戦前期に蔓延していたポピュリズム言説の常套だったが、高山が述べているのもそれと大差ない。ここにあるのは怪しげな過去を根拠に備えなき未来を確定的に語る占星術的欲望というべきものなのかもしれない。

思想史家の米谷匡史は〈高山岩男らの後期「世界史の哲学」は、ヨーロッパが覇権をにぎった「近代的世界」の没落、非ヨーロッパ世界の台頭による「現代的世界」への転換をとなえ、「大東亜共栄圏」建設の主導者としての日本の使命を弁証するものであった。これはまさに、イギリス等の植民地帝国にかわって、日本が勢力圏を拡大する動向を正当化する、帝国主義的・植民地主義的な言説にほかならない〉（「三木清の「世界史の哲学」——日中戦争と「世界」」、「批評空間」一九九八年一〇月）とした。

とはいえヘーゲルの歴史哲学の受容者である高山は、政府軍部の単なる追従者だったというわけではないだろう。そもそも従来の世界史が現実には世界全体ではなく欧州を中心に記述され、そこに西亜・東亜がさしはさまれる程度だった。しかし高山は欧州・西亜・東亜の三つの小世界は、それぞれの地域や地域をなす諸国家の寄せ集めではなく、それぞれが（親疎はあるにしても）

有機的な連関性をもって一つの総体をなしているとした。だから真の「歴史」は、分節された特殊的世界史的なるものや、それら地域に属するそれぞれの諸国史といった旧来の地域圏に限局されてはならないと見た。それは「今」と「未来」においていよいよ明らかになるのであり、そうした歴史的現実に定位して、高山は大東亜共栄圏を哲学的・歴史的に肯定したのである。

もともとが禅的探究を重要な起因とした西田哲学を引き継ぐ京都学派の哲学には、物質主義よりも精神主義に、機械説よりも生気説に、科学主義よりも神秘主義に惹かれる傾向が強かった。それは奇しくも、物質（物量）的・機械（技術と組織合理性）的・科学的に劣る日本の対米英戦争を擁護する理論づくりに合致してしまった。また当時の京都学派の人々は、思想的な語の本来的意味と、軍部や一般読者が受け止める現実的な解釈との乖離を、十分に把握することが出来なかった。それが彼ら自身の欺瞞に由来すると決めつけるのは酷だが、といって学者らしい純粋さとして無謬視することはできないだろう。

西田幾多郎やその門下の哲学者らは、戦時体制下で海軍の接近を受けた。海軍は昭和一四年から戦争理念の研究や生産増強策の立案などを目的に、思想懇談会、外交懇談会、政治懇談会、生産関係者懇談会、総合研究会、太平洋戦争研究会、対米研究会など、さまざまなブレーントラストを設けていた。海軍側でこれを主導したのは臨時調査課長の高木惣吉だった。思想懇談会には安倍能成、和辻哲郎、岸田國士、谷川徹三らが名を連ね、総合研究会には板垣与一、大河内一男、高山岩男らがいた。さらに高木は、京都学派の哲学者らを集めて大東亜共栄圏の指導理念確立のための秘密会合を持ったのである。

大東亜が各個に独立した諸民族の共栄の連帯であることと、日本が盟主としてリーダーシップをとることの矛盾を、京都学派の人々が意識しなかったはずはないが、あえて踏み込んでいないのは、やはり彼ら自身の責任と言わざるを得ない。

京都学派の人々が海軍に協力したのは、陸軍主導で戦火が拡大するのを警戒したためともいわれる。実際、高木は東條英機暗殺を画したり、終戦工作を謀ったといわれる。それでもやはり、彼らのしたことは戦争協力にほかならなかった。

終章

それぞれの戦後

死んだ者、生き残った者

昭和二〇年八月一五日を境に、日本は大きく転換した。戦時中は一億玉砕を声高に唱えていた人が、臆面もなく「私はもともと民主主義者で……」などと言い出す醜態が、そこここで見られた。学校では教科書に墨が塗られ、文壇や画壇でも「戦争協力者」の追及が起こった。あの戦争は間違いだったと蓋をして、過去の自分の言動を隠蔽し、あるいはそこにあったかもしれない多少の真実ごとを検証することなく葬り去る態度は、体制から体制へ、流行の思潮から思潮への渡り鳥でしかなかったようにも見える。

戦時中に何らかの文筆活動を続けていた作家、詩人、学者、ジャーナリストは、程度の差こそあれ、戦争言説に協力ないしは妥協していた。

北原白秋は昭和一七年一一月二日、萩原朔太郎は昭和一七年五月一一日、敗戦を見ることなく亡くなっている。西田幾多郎も敗戦間際の昭和二〇年六月七日に亡くなっているが、西田は祖国の敗亡を認識していただろう。それでも彼らは思想転換を図ることのないまま没したのだった。三好達治は終戦直前に、既に国が亡ぶことを受け止め、「日まはり」を発表していた。高村光太郎は戦後になると、自分が戦争を賛美し人々を鼓舞したことに強い自責の念を抱き、長らく疎開先に隠遁生活を送ることになる。

わが詩をよみて人死に就けり

爆弾は私の内の前後左右に落ちた。
電線に女の太腿がぶらさがつた。
死はいつでもそこにあつた。
死の恐怖から私自身を救ふために
「必死の時」を必死になつて私は書いた。
その詩を戦地の同胞がよんだ。
人はそれをよんで死に立ち向つた。
その詩を毎日よみかへすと家郷へ書き送つた
潜航艇の艇長はやがて艇と共に死んだ。

それでも、そうした後悔慚愧の想いもまた、詩になってしまうのが、詩人の業というものだった。

斎藤茂吉は悲嘆と憤怒に駆られながら、軍事ではなく文化による愛国の志を素朴に維持した。敗戦直後の歌に〈秋たちてうすくれなゐの穂のいでし薄のかげに悲しむわれは〉〈この国の空を飛ぶとき悲しめよ南へむかふ雨夜かりがね〉などがある。昭和天皇とマッカーサー元帥が並んで映っている写真を目にした日、茂吉は日記に「ウヌ、マッカーサー奴」と記している。

折口信夫は敗戦に強い衝撃を受け、一時は自殺を考えて彷徨したもののそれも出来ず、戦後の精神的荒廃を悲しく眺めることになる。

神　やぶれたまふ（抄）

神こゝに　敗れたまひぬ―。
すさのをも　おほくにぬしも
青垣の内つ御庭の
宮出で丶　さすらひたまふ―。
くそ　嘔吐《タグリ》　ゆまり流れて
蛆　蠅の、　集り　群起つ
直土に―人は臥い伏し

青人草　すべて色なしー。

折口の詩歌が「ー」と音引きするのは、「歌う」も「詠むる」も「声を長く引く」「長息する」という意味の言葉から生まれたとの古義を大切にしているからだ。斎藤茂吉や折口信夫は、戦争という憑物が落ちたのちは詩歌人らしい風土愛の人に戻っていった。

戦後いち早く人気となったのは、戦争中に沈黙を強いられたり、多くを語らなかった人々だった。戦争反対を明確に主張した人はあまりに僅かだった。

太宰治は戦後に人気作家となるが、「苦悩の年鑑」（昭和二一）では自らの博愛主義、マルクス主義、キリスト的なストイシズムなどの思想遍歴を語り（それはまた日本青年たちの思想流行変遷史でもあつた）、その揚句に戦後という「今」、自分が〈これまでどんなに深く天皇を愛して来たのかを知った〉と書いた。もちろん太宰が戦後になって急に保守的な愛国者になったわけではない。戦時中の一億玉砕の安直なパロディのような、アホらしい戦後の集団掌返しへの嫌悪をアイロニカルに表明したのだった。「トカトントン」の薄らとぼけた味わいも、いかにも戦後的だ。太宰は昭和二三年六月一三日、愛人の山崎富栄と共に玉川上水で入水自殺を遂げた。

坂口安吾は昭和二〇年四月に召集令状を受けたが応召せず、太宰同様、戦後には以前にも増して多くの読者を獲得。「白痴」（昭和二一）、「いづこへ」（同）、「戦争と一人の女」（同）などで人気を博した。また『堕落論』（同）では戦前戦中と戦後の人倫豹変を冷徹に見つめて、人間性を考察した。そのなかで坂口は〈人間は変りはしない。たゞ人間へ戻つてきたのだ。人間は堕落する。義士も聖女も堕落する。それを防ぐことはできないし、防ぐことによつて人を救ふことはできない。人間は生き、人間は堕ちる。そのこと以外の中に人間を救ふ便利な近道はない。(中略)人間だから堕ちるのであり、生きてゐるから堕ちるだけだ〉と記した。この言葉は堕落の肯定ではなく、そうした挫折を堕ち抜き、弱さ脆さを見つめることの果てに、借りものではない自分自身の本当に純潔なるものに至るのを期してのものだった。

永井荷風、谷崎潤一郎、堀辰雄ら戦時下でも翼賛的活動をしなかった作家たちは、戦後ただちに活動を再開したが、その姿勢は大きくは変わらなかった。荷風は「浮沈」(昭和二一)、「踊子」(同)を書き、また闇市時代の成金などアプレゲールの様相を、酷薄なまでの冷静さで筆に載せた。谷崎は『細雪』の連載を「婦人公論」に舞台を移して再開し大評判となり、続けて『少将滋幹の母』(昭和二四)を発表した。川端康成は『千羽鶴』(昭和二四)、『山の音』(同)など、日本美を湛えた作品を書き続けた。堀辰雄は昭和一九年に結核を悪化させてしばらく絶対安静が続き、昭和二〇年には日本古典に読みふけりつつ、創作意欲を持ったが、戦後は「雪の上の足跡」(昭和二一)など小品を書いたのみで、抱負を抱いていた長編作品は書けなかった。それでも戦後は旧作が続々と再刊され、昭和二五年には自撰による『堀辰雄作品集』が毎日出版文化賞を受けている。だが健康は回復せず、寝たり起きたりの生活が続き、昭和二八年五月二八日、多恵夫人に看取られながら亡くなった。食糧難と薬剤欠乏を思えば、一種の戦病死、あるいは「戦後死」といえる。

三木清の戦後獄中死

敗戦直後の悲惨な死といえば、獄死した人々を忘れることはできない。戸坂潤は特別高等警察に捕えられ、戦時中は保釈と再収監で過ごしたが、昭和二〇年に空襲のため東京拘置所から長野刑務所に移送され、終戦直前の八月九日に獄死した。死因は疥癬のためといわれる。

三木清は戦争末期に治安維持法違反者を匿ったとして拘引され、豊多摩刑務所に収監されていた。刑務所は衛生環境劣悪で、三木は疥癬に罹ってしまう。そして微罪にもかかわらず、誰の助けもないまま昭和二〇年九月二六日に、疥癬に起因する腎臓病のために、苦しみもがきながら獄中死した。

その死に多くの人々が衝撃を受けた。通夜の席では共産主義者の松本慎一が「政治犯の即時釈放を連合軍に嘆願しよう」と主張した。しかしその口調は場所柄にふさわしくなく、また戦後になっても三木を放置しておきながら、今この時に言うべきことかと反発する者もおり、その雰囲気を察して松本は用意してきた嘆願書を出すことが出来なかったという。

松本の言動には政治的な臭いもするが、その一方で、戦時下の三木の言動を思えば、戦後になったからといってただちに三木の解放を訴えようという機運が、自由主義者や進歩主義者のあいだに希薄だった事情も察せられる。

占領期検閲と横光利一

日本と西洋の精神的対峙を描く『旅愁』を書き続けていた横光利一は、同書を戦後に再刊するが、その際、占領軍の検閲を受けて膨大な書き換えが課せられた。たとえば〈長い間、日本がさまざまなことを学んだヨーロッパである。そして同時に日本がそのため絶えず屈辱を忍ばせられたヨーロッパである〉という文は、占領軍検閲によって二文目が〈そして同時に日本がその感謝に絶えず自分を捧げてきたヨーロッパである〉と改変された。ヨーロッパから多くを学んできた事実を認めながらも、だからこそ屈辱をも常に感じてきた近代日本の鬱屈の表明は、改訂によってまったく逆の意味に置き換えられた。それどころか、複数の箇所で、例えば〈日本のこれから〉が〈人々のこれから〉に、〈日本内地〉が〈内地〉というように、「日本」が消されていた。

こうしてGHQが『旅愁』に加えた徹底的な検閲・言論弾圧は、今読むと彼らの有色人種に対する差別偏見のひどさを示す絶好の史料となっており、横光の西洋批判に一定の正当性があったことを裏書きしているのは皮肉なことだ。日本人の優越性を唱えることが誤りであるのと同様に、白人優越主義も中華思想もまた誤りである。

ともあれ、『旅愁』はずたずたに検閲されながらも戦後も出版され、なお書き続けられた。そして昭和二二年一二月三〇日、横光は胃潰瘍のために亡くなった。翌年一月三日の告別式では川端康成が弔辞を読み〈君の骨もまた国破れて砕けたものである。このたびの戦争が、殊に敗亡が、いかに君の心身を痛め傷つけたか〉と嘆じ、〈君は日輪の出現の初めから問題の人、毀誉褒貶の嵐に立ち、検討と解剖とを八方より受けつつ、流派を興し、時代を画し、歴史を成したが、却てさういふ人が宿命の誤解と訛伝とは君もまぬがれず、君の孤影をいよいよ深めて、君を魂の秘密の底に沈めていつた〉と語りかけた。

東京裁判を免訴された大川周明

敗戦後、日本は連合国軍の占領統治下に置かれ、連合国の手で日本の戦争犯罪人が裁かれることになった。大川周明は民間人としては唯一、戦争の思想的指導者としてA級戦犯容疑者として極東軍事裁判にかけられた。

その裁判に、大川は水色のパジャマにげた履きという姿で出廷した。そしてA級戦犯容疑者が並んで着席させられているなか、前列に座っていた東條英機の頭部を、後ろから勢いよく叩いた。また裁判中に「インド人よ来たれ」とドイツ語で叫んだり、そのほか意味の取れない支離滅裂な発言を英語そのほかで何度も発して、法廷を困惑させた。

精神異常を疑われた大川は米軍病院で診察を受け、梅毒による精神疾患との診断が下されて裁判から除外されたまま免訴となり、占領終了を迎えている。

病院を出た大川は『コーラン』の翻訳（昭和二五年に『古蘭』の邦名で刊行）や農村復興運動などに取り組んだ。極東軍事裁判で常軌を逸したふるまいは、本当に精神異常だったのかそれとも詐病だったかに関しては諸説がある。

五・一五事件の裁判で無期懲役の判決を受けた橘孝三郎は昭和一五年に恩赦を受けて出所し、戦時中は農業改造や大陸・南洋地域への農業殖産推進に尽力した。戦後は公職追放となったが、解除後の昭和三四年に全日本愛国者団体会議顧問に就任、晩年はもっぱら農事と天皇論の執筆で過ごした。

戦時中に皇国史観の指導者として精力的に活動した平泉澄は、敗戦直後の昭和二〇年八月一七日に東京帝国大学教授を辞任。翌二一年には家職である白山神社宮司となった。公職追放指定を受けたものの、解除後の二九年には、東京銀座に国史研究室を開設している。

「日本の悲劇」を課題化した和辻哲郎

戦後の思想界では、共産主義など革新思想の論客・研究者の台頭が急速に進むが、それに先立ってまずは戦前期のリベラルな知識人の復権が見られた。

和辻哲郎は雑誌「思想」昭和二一年三・四月号に発表した「人倫の世界史的反省　序説」の冒頭で次のように書いている。

> 太平洋戦争の敗北によつて近代日本を担つてゐた世界史的地位は潰滅した。かゝる悲惨なる運命を招いたのは、理智に対する蔑視、偏狭なる狂信、それに基く人倫への無理解、特に我

国の担ふ世界史的意義に対する恐るべき誤解などのためである。我々はこの苦い経験を無意義に終らせてはならぬ。平和国家を建立し、文化的に新しい発展を企図すべき現在の境位に於て、何よりも先づ必要なのは、世界史の明かなる認識の下に我々の国家や民族性や文化を反省することである。

敗戦、それも壊滅的な敗戦という事態に至るまで止むことのなかった近代日本の歩みの総体を、和辻は世界史的文脈のなかで振り返り、把握しようとする。その場合、彼の念頭にあったのは、西洋ルネサンスと戦国日本という混沌としつつも創造的活力のあった事件が、一方において近代ヨーロッパを成立させて世界中に延び広がっていったのに対して、もう一方たる日本では鎖国という殻に閉じこもることで、どのように閉鎖的ながら独自の文化を形成していったかという問題だった。この「序説」に対する「本論」は、まず雑誌「展望」昭和二一年七月号に「歴史的自覚の問題」にその断片が示され、さらに昭和二二年三月から同二五年一月にかけて「世界的視圏の成立過程」などの表題の下、「展望」に断続的に連載されることになる。この序文と本文を改めて再構成しまとめ直したものが、『鎖国――日本の悲劇』だ。

『鎖国』前編は十字軍の遠征や『東方見聞録』のマルコ・ポーロ、大航海時代の展開から新大陸における西欧勢力の侵略と世界認識の拡がりが描かれ、後編では西洋に見出されることによって自らも〝世界史〟に参加していく日本の運動を、弾圧によって失われたキリシタン資料を空想で補いつつ展望している。ここで和辻が発揮するのは、『古寺巡礼』で示したのと同様の、あらゆるものを幅広く結びつける思考だが、西洋による世界諸地域への軍事的侵犯はあまり焦点化せず、日本に関してはもっぱら文化史的な側面が語られ、西洋の進歩と日本（非西洋世界）の後進性についての考察が希薄なまま自明視され前提化しているという点では、むしろ思考の後退が感じられなくもない。それは戦後日本の、和辻ならびに日本社会の自信喪失と批評性抜きの自己反省を反映しているのかもしれない。

亀井勝一郎が戦後改稿に込めた思い

亀井勝一郎の『大和古寺風物誌』（昭和一八）は、和辻の『古寺巡礼』とならんで飛鳥奈良の良き案内として、今に至るまで親しまれているが、その姿勢は趣が違っている。和辻がユーラシアの広がりを夢想するのに対して、亀井は仏法と皇室のつながりのなかに古代以来の日本の優美寛容を見ようとしていた。その冒頭は〈推古天皇の御代、上宮太子が摂政として世を治めてをられた飛鳥の頃は、私にとつて最もなつかしい歴史の思ひ出である〉という一文で始まるが、全体に皇室崇敬の念があふれていて、敬語が過剰なまでに頻出しており、あるいは現代の若者は違和感を覚えるかもしれない。しかしそれは戦時下の国家主義的皇室観の反映であるだけでなく、亀井にとっては自然な心情だったのだろう。

亀井勝一郎（一九〇七―六六）は北海道函館区に生まれ、函館中学、山形高等学校を経て大正一五年に東京帝国大学文学部美学科に進んでいる。在学中、共産主義シンパである「新人会」会員となり、共産主義青年同盟にも加わった。昭和三年には治安維持法違反容疑で逮捕されている。一時はプロレタリア作家同盟にも参加したが転向し、やがて保田与重郎らと共に「日本浪曼派」を創刊、また「文学界」同人として昭和一七年の座談会「近代の超克」にも出席していた。しかし亀井は、穏健な自由主義者ないしは良識的保守主義者としての立場にとどまり、折々の政治状況に合わせて自己の位置を修正するきらいはあったものの、積極的戦争賛美者とはみなされなかった。

そんな亀井が、占領下日本での『大和古寺風物誌』改訂増補版のために書いた文章のひとつに「君臣相念」がある。正確には昭和一八年一一月の「文学界」に発表された文章を戦後に約二倍に書き増したもので、もともとの部分は「東大時大仏御発願千二百年を記念して」の副題があるように聖武天皇の時代に建立された大仏とその発願千二百年記念の大法会に関する文章なのだが、戦後に玉音放送についての感想など、敗戦と天皇に関する思いを綴った部分を増補した。

亀井勝一郎

亀井は日本の歴史に鑑み〈天皇とは国民にとつて断じて政治的御存在だけではなかつた筈だ。私の謂ふ御親政とは、「撫」の御手を頂くことである。日本人のみが知る政治を超えた君臣相念の世界の現出である〉とし、終戦の玉音放送から受けた強い衝撃と感銘を語っている。

昭和二十年八月十五日、突如として玉音を拝したことは、私にとつて生涯の一大事であつた。　至尊の「撫」は連綿として今に不滅であり、玉音にこもる無限に深く尊い御調べの裡に、「撫づ」の御思ひは生々と生きてゐることを現に感じた。文章としては難解とも思はる御詔勅が、ひとたび玉音をとほせば少しも難解でなく、御一語御一句に含まるる民への切なる御思ひやりは、ぢかに我々の胸底へ伝はる。幽遠に尊く、しかも暖い御手を以て苦悩の民の心を撫で給ふがごとくであつた。二千六百年間歴代　至尊の御念願を継ぎ給うて来られた、この世のものとは思はれぬ霊魂の調べを拝し　天皇とはまさにかくのごとき御存在であらせられたのかと驚嘆を禁じえなかつたのだ。これほど身近に　天皇を感じ奉つたことが嘗てあつたらうか。「常ニ爾臣民ト共ニ在リ」と仰せられた御一語を忘れることが出来ない。

この文章は〈聖上のみならず、私は玉音をとほして歴代　至尊の霊を如実に感じた。　聖武天皇の玉音をもこゝに彷彿し申し上げたと云つてよい〉と続くのだが、私が驚かされるのは時の天皇（昭和天皇）と八世紀の聖武天皇を直結させ、同一視するその長時間的天皇観にもまして、天皇を意味する語の上に空白を置くというその書き方だ。「天皇」「至尊」「聖上」などの語の前を、亀井は一字分空けている。天皇への畏敬を込めた闕字《けつじ》だが、亀井は戦前戦中にはこうした書き方をほとんどしていない。それをあえて敗戦後の占領期にする亀井の姿勢には、その思想内容への評価と別に、思索者としての覚悟が滲んでいることを認めなければならないだろう。

同じく占領下に書かれた「陛下に捧ぐる書翰　第一の書翰」（昭和二二）でも、亀井は玉音放送に〈祖国の至高にして最美なる言霊の調べを、千古を貫く伝統の不可思議を味〉い〈敗惨の身を忘れて、或る幸福を味つた〉と記す。そして過去に自分は共産主義者であった時期もあるが、当時の自分は〈陛下を憎み、反逆に正義を感じてゐたか〉を自問し、〈愛憎の問題ではなく、むしろ無関心といふことでした〉と述懐している。

亀井の『陛下に捧ぐる書簡』は、和辻哲郎の『国民統合の象徴』（昭和二三）とならんで、占領下日本で天皇を穏便な形で擁護する立場から書かれている。亀井も和辻も、天皇は絶対君主ではなく群臣民草の上に君臨することですべてを慰撫する存在であり、象徴天皇制は伝統的な本来の国体に沿うものだとの立場をとっていた。それは日本の民主的再生への賛同であると同時に、国体不変更の主張でもあった。

保田与重郎の孤独、中河与一の硬直

保田与重郎は、昭和戦後期にはあたかも戦争の思想指導者だったかのように語られる時期が長く続いた。しかし先に見たように、保田はむしろ敗北の美学の語り手であり、死の誘惑者ではあっても、勇ましい戦争推進者ではなかった。保田は昭和一九年に体を壊し、暮れには重症化していたが、二〇年三月になって召集され、北支戦線に送られた。危険思想の持ち主とみなされての懲罰召集だったのではないかともいわれている。もとより戦闘に耐えられる体調ではなく、終戦を大陸の石家荘にあった陸軍病院で迎えた。

保田与重郎は戦後になって左翼批判を始めた。特にその舌鋒は、戦中に翼賛思想を語っていた者に向けられていた。それは変節者への嫌悪というより、理ではなく利を得ようとする醜悪な欲望において一貫している「勝者」への反抗だったのかもしれない。保田は戦後になってはじめて積極的に、戦前の国家主義擁護を語ったのである。その一方で、戦後の保田の文章からは、戦前のそれのような暗い煌めきが失われ、ただ辛辣な罵詈雑言としてしか響かなかったのも事実だ。

終戦後、狂気のやうに米露に追従し、戦中の事理に対してむやみと悪口雑言したものがゐた。彼らのその時の心的状態は、一種の狂的なものに近かつた。しかしこの心の状態は、さらに分析すると、自分自身が戦中にとりすがつてゐたものへの絶望といふやうな、高尚な次元のものでなく、戦時中の言動が、その時その時に卑屈な追従に終始したため、それを追究されるかもしれぬといふ恐怖の心理の発露だつたのである。

（「「コギト」の周辺」）

日本の左翼運動の最大の成果は、いつはりの時代を人心につくりあげたことである。うそを平然といふことにうしろぐらさをおもはぬといふことは、その運動の最大の結果だつたのである。警官にピストルを発射しつゝ、追ひつめられて自殺した者を、警官に射殺されたといふやうな虚偽は、左翼運動以前にはなかつた。

（「日本浪曼派の気質」）

保田が戦後文壇から憎まれたのは、戦前の文筆内容のためというより、こうした物言いのせいだったように思われる。またこうした彼自身の文章が、「コギト」や「日本浪曼派」に対する負のイメージを増幅させたことも否めない。それでも保田は戦後も『絶対平和論』（昭和二五）、『日本の美術史』（昭和四三）、『日本の美とこころ』（昭和四五）など、昭和五六年に亡くなるまで著作生活を続けた。

保田与重郎がドイツ・ロマン派風の死の誘惑者だったとすれば、同じく戦後文壇から忌避された中河与一は、民族主義的なロマン派だった。モダニズム期の出発時点から左翼と対立的だった中河は、戦時体制下で左翼作家について当局に密告しているとの噂（いわゆるブラックリスト問題）があり、そのために文壇で孤立をやむなくされたと言われている。だが奇妙なのは、もし本当なら中河はどうやって左翼作家の状況を把握していたかだ。もとからの対立者である中河は、当局に問われれば左翼作家の悪口を口にしたかもしれないが、その思想の詳細や地下活動についての情報などを持っていたとは思われない。中河の弟子である森下節によると、この噂は自身の戦争協力を隠したかった平野謙や中島健蔵が意図的に流したデマだったという。しかしそれだけでなく、中河は『天の夕顔』モデル問題や、門下の老女から強姦未遂で訴えられるなど何かとトラブルがあり、噂に対する弁明もなかったこともあって、何となく敬遠されていった。

「近代の超克」の清算としての『本居宣長』

小林秀雄は座談会「近代の超克」に出席はしたが、古人を語るのみで政治的発言はほとんどなく、語られたわずかな言葉からは、語ることの虚しさ、言葉が空回りすることの痛ましさが伝わってくる。その痛ましさは、長く小林の心に残り続けた。小林の戦後の文章には、「近代の超克」で多くを語らなかったことへのわだかまりが尾を引いているのではないかと思われるものが少なくない。端的に言うと晩年の大著『本居宣長』は、「近代の超克」当時に言葉にしがたかった漠然とした思いを、数十年かけてまとめたものだったと感じる。もちろんそれは時代を経るうちに醸成されたものであり、そもそもの思いもまた記憶の美化によって変容していたが、「あの時代」に直結する思惟を感じる。

そう感じるのは、あるいはこの本が、戦時中の回想場面から始まるせいかもしれない。『古事記』をよく読んでみようとして、小林はまず宣長の『古事記伝』を読み、たまたま折口信夫を訪ねた際にそのことに言及し、折口から橘守部の『古事記伝』評などを聞く。そして帰りがけ「小林さん、本居さんはね、やはり源氏ですよ。では、さようなら」と言われたという。こうした逸話に始まる小林秀雄の『本居宣長』は、彼の戦前戦時思想の総決算であるように思われる。折口が『源氏』を取り、小林が結局は『古事記』の人であることも含めて。

『本居宣長』に描かれた宣長像が、学術的にどの程度正確なのか私にはよく分からない。ただ山桜花と一体でありたいと願うような宣長と、小林もまた一体でありたいと願う思いが晩年には強かったということはひしひし伝わってくる。小林秀雄の評論については印象評論だとよく言われる。それはまことにその通りだと思う。そのうえで、『本居宣長』は研究と評論の違いを見せつけるような作品である。文学研究といえども研究である以上は科学的でなければならず、究極的には研究者が誰であっても同一の結論に達するものでなければならない。だが評論には人格があらわれる。もちろん事実を無視した評論に価値はない。しかし事実のすべてを記述することはできず、また未知の部分がある以上、客観的事実と矛盾しない範囲で、空想上の補助線を引くことで、鮮やかな世界を出現させることが、研究とは違う評論の魅力なのだろう。そういえば小林は「近代の超克」座談会で、魔術は原始時代の実生活上の目的なり手段なりに常に即していたと述べていたが、それは小林の言霊観でもあったのだろうか。

『本居宣長』は『源氏』や『万葉集』に関する宣長の（さらには宣長以降の国学諸家の）古典研究を語り、また荻生徂徠や契沖、安積澹泊《あさかたんぱく》、新井白石や伊藤仁斎ら国史にも関心の深かった江戸期の学者のありようや思想を概観しつつ、やはり『源氏』ではなく『古事記』へと収斂していく。宣長が歌は「詠むもの」、祝詞宣命は「唱ふるもの」と言ったという時、それはたしかに宣長からの引用だが、小林自身の言いたいことでもある。では「唱ふるもの」とは何か。小林はそこに独り立ちした古語の「散文性」を見る。ではここでいう「唱ふるもの」の古語の「散文性」とは何か。それは単なる内容とは別の、しかし情動ともまた異なるものだ。小林は〈宣長は、「古事記」を考へる上で、稗田阿礼の「誦習《ヨミナラヒ》」を、非常に大切な事と見た。「もし語にかゝはらずて、たゞに義理《コトワリ》をのみ旨とせむには、記録を作らしめむとして、先ッ人の口に誦習はし賜はむは、無用《イタツラ》ごとならずや」と彼は強い言葉でいふ。（中略）この内容を旨とする仕事なら、「日本書紀」の場合のやうに、古記録の編纂で事は足りた筈だが、同じ時期に行はれた「古事記」といふ修史の仕事では、その旨とするところが、内容よりも表現にあつた〉のだとする。その内容よりも大切な表現とは、宣長に拠れば〈語のふりを、此間の古語にかへして、口に唱へこゝろみしめ賜へるものぞ〉に他ならない。

　宣長にとって「もののあはれ」は、そのまま「やまとごころ」だった。それは主客未分（一体感）のうちに多様性を受け入れ、移ろいやすいもの、未完成で不完全なものにもすすんで美を見出す気持ちにほかならない――と、小林秀雄は考えていた。

〈宣長は、あるがまゝの人の「情《ココロ》」の働きを、極めれば足りるとした。それは、同時に、「情《ココロ》」を、しつくりと取り巻いてゐる、「物の意《ココロ》、事の意《ココロ》」を知る働きでもあつたからだ〉と『本居宣長』の本文を結び、さらに「本居宣長補記」で〈「神代の伝説のこゝろ」を、吾が「こゝろ」としてみようと努めさへすれば、又、その上で、持つて生れた想像の力を信じ、素直に、無邪気に、これに従つて行きさへすれば、誰の心中にも歴然たるものがあらう〉と書く時、本居宣長と古人はひとつであり、小林もまた宣長や古人とひとつの「こゝろ」で結ばれる。小林秀雄の思索は、理知だけでは到達できない「こゝろ」の真実に身を投じることで、近代との別れを穏やかに告げたのである。

あとがき

政治に限らず文芸・学術・美術などにおいても、理想目標を語る言説と実践のあいだには落差が生じる。作家は目指すようには作品を完成させられないし、倫理学者が自己の学説のように生きるのは困難だ。国家目標もまた、語られた言葉の美しさを裏切るかのような、不幸の実現がしばしば訪れる。国民一丸となっての戦争は、全国民を幸福にするのではなく不幸と困難において平等化した。

本書では近代日本の、ことに一九三〇年代にみられた愛国的な日本回帰の言動と心理を眺めてきた。日本の風土や歴史への回帰という文化的思惟が、軍国主義的愛国運動へ呑み込まれていく過程を眺めた。驚くほど多くの文化人がこの動きに関わっており、本書で取り上げたのはほんの一部にすぎない。さらにこの延長線上には新聞雑誌の特派員、ペン部隊、さらには国民徴用令に基づく報道班員としての従軍報道活動、あるいは情報局指導による日本文学報国会の仕事などがあるのだが、それはもはや「日本回帰」ではないだろう。

国家主義の問題をめぐって、なぜ政治家や軍人ではなく、詩人や作家、思想家に焦点を当てたのかといえば、そこにあらわれている心理や思考が、二一世紀の現在を生きている私たち一般人にとっても他人事ではないと思われるからだ。日本ばかりではない。アメリカや中国やロシアや、その他の国々でも、あたかも一〇〇年前の世界がそうだったように、ナショナリズムが台頭している。新型コロナウイルス感染症の伝播と被害が、その傾向を加速させた。私たちは自らを省みるとともに、かつての日本にも似た誤りにはまり込みつつある他国の動きにも注視しなければならないだろう。歴史はしばしば繰り返すが、事件が同じ場所で起こるとは限らない。

近代国家にあっては、政治家や軍人が個人の幸福より国家利益を優先するのは職務上の必然と考えられており、私利私欲のためでなく職務遂行の極端な拡張の結果であるとすれば、愚行ではあれ、ことの経緯は理解しやすい。だが知識人たちが戦争へと傾斜する祖国を賛美し、多少とも戦争協力する側に回っていったことは、私には理解が難しく、かつ深刻に思われる。

戦争は単純化の思考を温床とする。ものごとを善悪、正邪で切り分けていき、迷いや想像を押さえつけ、ただ一つの結論へと民衆を誘導していく。しかし世の中にはいくら考えても、誰にも正解にたどり着けない問題がある。もしかしたら正解というものがないのかもしれない。合理精神はそうした不確定項目を自己の台帳から削除する。しかし現に存在する問題を無視して答えを出そうとしても、解決するどころか破綻を招くばかりだろう。

戦前戦中の文学者たちの多くは、戦争を歌うに際して、政治的な意欲や思想性をもって書いたというより、ただ詩人・小説家・評論家という各々の職分のなかで文を草していただけのように感じられる。それらは現実政治に利用されたし、なかには進んで加担するかのごとき者もいないではなかった。だが権力に迎合しての言動は論外として、彼らが真に名分を信じ、粛々と死地に赴く同胞に感銘を受けた結果なら、私たちはその作品を真摯に受け止めねばならない。

彼らの現実政治や社会的認識には、明らかな錯誤があったが、文学者に社会的正しさを期待すること自体が誤りだったともいえる。書き手としての彼らはそれぞれに自分が得意とする手法で、時代の要請に合った物語を、自己のアイデンティティを投影しながら描いてみせたのである。その文学上の営為を、政治的社会的な視点からのみ断罪し封殺することは、逆に「安寧秩序紊乱」や「風俗壊乱」といった基準による権力的権威的な検閲を連想させもする。

むしろ文芸上の表現と現実認識のあいだに明確な差を設け、自己の政治的社会的判断を他者の文芸作品に委ねないだけの賢明さを、読者の側が持つべきなのかもしれない。そのうえで物語は、自由に、広範に、多様に享受する余裕を持てればと思う。「愛国」表現も「反日」表現も、あるいは他国のウルトラ・ナショナリズム的表現も、作品それ自体としては受容し、そのうえで政治的社会的判断を曇らせない賢明さを持ちたい。

本書で取り上げた人々は、程度の差こそあれ、自身が日本人であることを自明の前提として、「日本とは何か」「日本人とは何か」を問い、国と国民に寄り添う思考を展開し、その美と尊厳と道徳について思索をめぐらせた。そのこと自体は、咎められるべきではないだろう。

どんな国であれ、ふつうの人々は家族愛や友愛や愛郷心の延長として、自己が存立する足場でもある自国に対して、漠然とした愛着を持っている。そうした素朴な愛国心は誰にも咎められないし、それをも禁ずるのは、愛すること全般を禁止するのと同様、非人道的であろう。だが、そうした祖国愛（しかも主にその文化伝統に対する愛着という形で表明されているもの）が、どうして戦争を肯定する文脈へと結びついていったのか。ここには、私たちもまた単に善良であるだけでは、陥りかねない陥穽がある。

不思議に思うのだが、自由主義者や共産主義者は国境を超えて連帯し、ファシストでさえもが、国家を超えた理解の共有が可能だったのに、なぜナショナリストは国家を超えて分かり合おうとしないのだろうか。国境を挟んで利益が背反するとしても、愛国者は他国の愛国者の心情をも理解し得るのではないか。自分が祖国を愛するように、他国の人々もまたそれぞれの祖国を愛しているのだと思い至れば、利害は別として、心情的にはその思うところは分かるだろう。そのことに思いを致せば、愛国者であればなおのこと空恐ろしくてヘイトスピーチなどしなくなるのではないか。狂信に陥る愚を避けることさえできれば、国家間、民族間の葛藤が人間的なものである以上、互いの叡智と対話によってたいていの問題は無難な解決がはかれるはずだ。そのように信じたい。

主要参考文献

『阿部次郎全集』全一七巻（角川書店、一九六〇—六六年）、特に三、六、八、九、一一巻
『折口信夫全集』全三一巻、別巻一（中央公論社、一九六五—六八年）、特に二一、二二、二七巻
『亀井勝一郎全集』全二一巻、補巻三（講談社、一九七一—七五年）、八、九、一五、一六巻
『河上徹太郎著作集』全七巻（新潮社、一九八一—八二年）、特に三、五巻
『白秋全集』全三九巻、別巻一（岩波書店、一九八四—八八年）、特に五、一一、一二、二三巻
『九鬼周造全集』全一一巻、別巻一（岩波書店、一九八一—八二年）、特に一、二、五巻
『小林秀雄全集』全一三巻、別巻二（新潮社、一九七八—七九年）、特に一三、別巻一巻
『坂口安吾全集』全一八巻（筑摩書房、一九八九—九一年）、特に三、一四、一五巻
『斎藤茂吉全集』全三六巻（岩波書店、一九七三—七六年）特に三、四、一四巻
『高村光太郎全集』全一八巻、別巻一（筑摩書房、一九五七—五九年）、特に二、三、一〇巻
『太宰治全集』全一二巻、別巻一（筑摩書房、一九八九—九二年）、特に四、六、一〇巻
『田邊元全集』全一五巻（筑摩書房、一九六三—六四年）、特に六—八巻
『谷崎潤一郎全集』全三〇巻（中央公論社、一九八一—八三年）、特に一三、一六、二〇、二二、二三巻
『戸坂潤全集』全五巻、別巻一（勁草書房、一九六六—六七年）、特に一、四、五巻
『荷風全集』全二九巻（岩波書店、一九六二—七四年）、九、一〇、一四、二〇—二四巻
『西田幾多郎全集』全一九巻（岩波書店、一九七八—八〇年）、一、二、六、一二、一七、一八巻
『萩原朔太郎全集』全一五巻（筑摩書房、一九七五—七八年）、三、四、一〇、一一巻
『堀辰雄全集』全八巻、別巻二（筑摩書房、一九七七—八〇年）、特に二—四巻

『三木清全集』全一九巻（岩波書店、一九六六―六八年）、特に五、一二―一七巻
『三好達治全集』全一二巻（筑摩書房、一九六四―六六年）、特に二、四巻
『保田與重郎文庫』全三二巻（新学社、一九九九―二〇〇三年）、特に一―三、七、九、一九巻
『和辻哲郎全集』全二〇巻（岩波書店、一九六一―六三年）、二、四、一二―一五巻
『現代日本思想大系』全三五巻（筑摩書房、一九六三―六八年）、特に「4　ナショナリズム」「9　アジア主義」「10　権力の思想」「22　西田幾多郎」「23　田辺元」「31　超国家主義」「33　三木清」
猪狩史山・中野刀水『杉浦重剛座談録』（岩波文庫、一九四一年）
井上章一『法隆寺への精神』（弘文堂、一九九四年）
井上寿一『戦前昭和の国家構想』（講談社選書メチエ、二〇一二年）
石川公彌子『〈弱さ〉と〈抵抗〉の近代国学――戦時下の柳田國男、保田與重郎、折口信夫』（講談社選書メチエ、二〇〇九年）
今井宇三郎・瀬谷義彦・尾藤正英校注『水戸学〈日本思想大系〉53』（岩波書店、一九七三年）
江口朴郎・荒井信一・藤原彰編著『世界史における１９３０年代――現代史シンポジウム』（青木書店、一九七一年）
大川周明『日本精神研究』（文録社、一九二七年）
大川周明『復興亜細亜の諸問題』（中公文庫、一九九三年）
大塚健洋『大川周明と近代日本』（木鐸社、一九九〇年）
大橋良介『西田哲学の世界――あるいは哲学の転回』（筑摩書房、一九九五年）
大橋良介『西田幾多郎――本当の日本はこれからと存じます』（ミネルヴァ書房、二〇一三年）
岡倉覚三、村岡博訳『茶の本』（岩波文庫、一九六一年）
岡倉天心『東洋の理想』（講談社学術文庫、一九八六年）
岡本拓司『科学と社会――戦前期日本における国家・学問・戦争の諸相』（サイエンス社、二〇一四年）

桶谷秀昭『保田與重郎』（新潮社、一九八三年）
片山杜秀『鬼子の歌――偏愛音楽的日本近現代史』（講談社、二〇一九年）
片山杜秀『未完のファシズム――「持たざる国」日本の運命』（新潮選書、二〇一二年）
加藤弘之『強者の権利の競争』（明治文化叢書、日本評論社、一九四二年）
加藤弘之『自然界の矛盾と進化』（金港堂、一九〇六年）
加藤弘之『道徳法律進化の理』（博文館、一九〇〇年）
加藤弘之『迷想的宇宙観』（丙午出版社、一九〇八年）
角家文雄『昭和時代――15年戦争の資料集』（学陽書房、一九七三年）
金森修編著『昭和前期の科学思想史』（勁草書房、二〇一一年）
苅部直『光の領国　和辻哲郎』（創文社、一九九五年）
河上徹太郎、竹内好ほか『近代の超克』（冨山房百科文庫、一九七九年）
紀平正美『日本的なるもの』（目黒書店、一九四一年）
紀平正美ほか『日本精神と生死観』（有精堂、一九四三年）
高坂正顕・西谷啓治・高山岩男・鈴木成高『世界史的立場と日本』（中央公論社、一九四三年）
高山岩男『哲学的人間学』（岩波書店、一九三八年）
高山岩男『文化類型学研究』（弘文堂書房、一九四一年）
高山岩男『世界史の哲学』（岩波書店、一九四二年）
子安宣邦『日本近代思想批判――一国知の成立』（岩波現代文庫、二〇〇三年）
酒井三郎『昭和研究会――ある知識人集団の軌跡』（中公文庫、一九九二年）
酒井直樹・磯前順一編『「近代の超克」と京都学派――近代性・帝国・普遍性』（日文研叢書47、以文社、二〇一〇年）
澤瀉久敬『ベルクソンの科学論』（中公文庫、一九七九年）

瀬沼茂樹『完本・昭和の文学』（冬樹社、一九七六年）
高橋亀吉・森垣淑『昭和金融恐慌史』（講談社学術文庫、一九九三年）
竹内洋『教養派知識人の運命――阿部次郎とその時代』（筑摩選書、二〇一八年）
竹内洋『学歴貴族の栄光と挫折〈日本の近代〉12』（中央公論新社、一九九九年）
竹内洋『丸山眞男の時代　大学・知識人・ジャーナリズム』（中公新書、二〇〇五年）
田中卓『平泉史学の神髄〈続・田中卓著作集〉5』（国書刊行会、二〇一二年）
田中隆吉『日本軍閥暗闘史』（静和堂書店、一九四七年）
筒井清忠『日本型「教養」の運命――歴史社会学的考察』（岩波書店、一九九五年）
中村雄二郎『西田幾多郎〈20世紀思想家文庫〉8』（岩波書店、一九八三年）
中山忠直『漢方医学の新研究』（宝文館、一九二七年）
中山忠直『日本人の偉さの研究』（先進社、一九三一年）
中山忠直『我が日本学』（嵐山荘、一九三九年）
長山靖生『奇想科学の冒険――近代日本を騒がせた夢想家たち』（平凡社新書、二〇〇七年）
長山靖生『テロとユートピア――五・一五事件と橘孝三郎』（新潮選書、二〇〇九年）
橋川文三『昭和維新試論』（朝日新聞社、一九八四年）
橋川文三『増補　日本浪曼派批判序説』（未來社、一九六五年）
橋川文三著、筒井清忠編『昭和ナショナリズムの諸相』（名古屋大学出版会、一九九四年）
廣松渉『〈近代の超克〉論――昭和思想史への一視角』（講談社学術文庫、一九八九年）
福田和也『保田與重郎と昭和の御代』（文藝春秋、一九九六年）
ベルクソン著、真方敬道訳『創造的進化』（岩波文庫、一九七九年）
保阪正康『五・一五事件――橘孝三郎と愛郷塾の軌跡』（中公文庫、二〇〇九年）
堀幸雄『右翼辞典』（三嶺書房、一九九一年）

丸山眞男『戦中と戦後の間』（みすず書房、一九七六年）
丸山眞男『日本政治思想史研究』（東京大学出版会、一九五二年）
蓑田胸喜『学術維新』（原理日本社、一九四一年）
森哲郎編『世界史の理論——京都学派の歴史哲学論攷』（京都哲学叢書第11巻、燈影舎、二〇〇〇年）
山口定『ファシズム』（岩波現代文庫、二〇〇六年）
山田孝雄『国体の本義』（宝文館、一九三三年）
吉見俊哉『一九三〇年代のメディアと身体』（青弓社ライブラリー、二〇〇二年）
若井敏明『平泉澄——み国のために我つくさなむ』（ミネルヴァ書房、二〇〇六年）

雑誌等はこれを略し、引用した場合は本文に記した。また全集等から引用した作品には、必要度に応じて初出誌・年月等を付記した。

ら　行

わ　行

は　行

ま　行

や　行

た　行

な　行

さ　行

人名索引

あ 行

か 行

長山靖生　ながやま・やすお
一九六二年、茨城県生まれ。鶴見大学歯学部卒業。歯学博士。開業医のかたわら、世相や風俗、サブカルチャーから歴史、思想に至るまで、幅広い著述活動を展開する。著書に、『日本SF精神史』（河出書房新社、日本SF大賞・星雲賞・日本推理作家協会賞）、『偽史冒険世界──カルト本の百年』（ちくま文庫、大衆文学研究賞）、『帝国化する日本──明治の教育スキャンダル』（ちくま新書）、『モダニズム・ミステリの時代──探偵小説が新感覚だった頃』（河出書房新社、本格ミステリ大賞）など多数。

筑摩選書 0210

日本回帰《にほんかいき》と文化人《ぶんかじん》　昭和戦前期《しょうわせんぜんき》の理想《りそう》と悲劇《ひげき》

二〇二一年四月一五日　初版第一刷発行

著　者　長山靖生《ながやまやすお》

発行者　喜入冬子

発　行　株式会社筑摩書房
東京都台東区蔵前二-五-三　郵便番号 一一一-八七五五
電話番号　〇三-五六八七-二六〇一（代表）

装幀者　神田昇和

印刷 製本　中央精版印刷株式会社

ISBN978-4-480-01729-1 C0321

筑摩選書 0165

教養派知識人の運命
阿部次郎とその時代

竹内 洋

大正教養派を代表する阿部次郎。『三太郎の日記』で栄光を手にした後、波乱が彼を襲う。同時代の知識人との関係や教育制度からその生涯に迫った社会史的評伝。

筑摩選書 0179

南方の志士と日本人
インドネシア独立の夢と昭和のナショナリズム

林 英一

インドネシア人初の日本留学生たる二人は独立の志士。戦前から戦後にかけて「親日」と「反日」の間を揺れ動き、壮絶な人生を送った彼らと日本人との交流を描く。

筑摩選書 0188

徳川の幕末
人材と政局

松浦 玲

幕末維新の政局中、徳川幕府は常に大きな存在であった。それぞれの幕臣たちが、歴史のどの場面で、どのような役割を果たしたのか。綿密な考証に基づいて描く。

筑摩選書 0192

アジア主義全史

嵯峨 隆

アジア諸国と連帯して西洋列強からのアジア解放を目指したアジア主義。その江戸時代から現在までの全史をたどりつつ、今後のアジア共生に向けて再評価する試み。

筑摩選書 0208

「暮《くら》し」のファシズム
戦争は「新しい生活様式」の顔をしてやってきた

大塚英志

「ていねいな暮らし」を作り出した女文字のプロパガンダとは何か。パンケーキから二次創作まで、コロナとの戦いの銃後で鮮明に浮かび上がる日常の起源。

筑摩選書 0209

乱歩とモダン東京
通俗長編の戦略と方法

藤井淑禎

一九三〇年代の華やかなモダン東京を見事に描いて、読者の憧れをかきたてた江戸川乱歩。都市の魅力を盛り込み大衆の心をつかむ、その知られざる戦略を解明する。